현대인을 위한
고전 다시 읽기
05

사기열전

2

◆ 이 책은 2011년에 출간된 《사기열전》을 '현대인을 위한 고전 다시 읽기' 시리즈로 새롭게 만든 것입니다. 초판본의 오류 등을 바로잡고, 두 권으로 분권했습니다.

史記列傳

【 홍문숙 박은교 평역 】

사기열전 2

열전의 인물들에게 배우는
인생의 지혜와 인간관계의 모든 것!

《사기史記》는 사마천이 중국의 상고 시대부터 한무제까지 3천 년의 역사를 기록한 것으로 인물들의 전기가 중심이다. 《사기》 이전의 역사서들은 모두 사실史實 기록이나 간략한 연대기적 서술에 불과했다. 그런 상황에서 사마천이 수많은 문헌과 답사를 통해 자신의 역사관을 투영시킨 《사기》를 저술했다. 인물 중심의 역사기술 형태인 기전체紀傳體를 창조해 낸 것이다. 기전체의 '기紀'는 '세월, 기록하다'라는 의미이며, '전傳'은 '전하다, 전기'를 뜻한다. 그러므로 기전이란 지나간 세월의 역사를 기록하면서 인간의 삶을 전한다는 뜻이다. 이후 중국의 정사는 모두 《사기》의 형식을 따랐고, 우리나라의 대표적인 역사책 《삼국사기》와 《고려사》도 《사기》의 영향을 받았다.

《사기》는 본기本紀 12편, 표表 10권, 서書 8편, 세가世家 30편, 열전列傳 70편 등 모두 130편으로 구성되었다. 그중 〈본기〉는 제왕들에 대한 역사적 사실을 기록한 것이고, 〈열전〉에는 왕이나 제후는 아니지만 역사에 뚜렷한 업적을 남긴 인물들의 이야기가 실려 있다.

〈열전〉에 등장하는 인물들은 유학자, 충신, 간신, 모사꾼, 은둔자, 장군, 자객, 점쟁이, 의사, 상인 등 매우 다양하다. 이는 보편적인 시각에서 본 인물의 업적이나 공적이 아니라 사마천 개인의 세계관과 인생관에 빗대어 인물을 취사선택하고, 거기에 그들의 이야기를 박진감 있고 생동감 넘치게 묘사한 것이다. 그렇게 함으로써 그들이 먼 과거의 박제된 인물들이 아니라 지금 시대에도 흔히 만날 수 있는 우리 주변의 인물이라고 여기게 만든다. 게다가 이들 대부분은 모범적으로 성공을 향해 나간 인물이라기보다는 시대를 잘못 만나 고생하기도 하고, 세 치 혀로 아첨과 모략을 통해 출세하기도 하며, 주변 사람들의 배신으로 졸지에 모함당해 죽음을 맞기도 하며, 참을 수 없는 굴욕을 견딘 끝에 영광을 얻기도 하는 등 세상의 온갖

풍파를 겪고 있다. 그래서 《사기》를 읽다 보면 어느새 세상의 모진 굴곡을 간접 체험 했다는 느낌마저 든다. 이것이 사람들이 오래도록 《사기열전》을 읽어 온 이유가 아닐까 생각한다.

사마천은 단순한 기록을 나열하는 데 그치는 것이 아니라 그 사람의 일생과 역사적 의미에 대해 끊임없이 의문을 던진다. 이는 보다 깊이 있는 이유를 찾기 위해 그가 고민한 흔적으로 보인다. 그래서 독자들 역시 나태하게 읽는 것에만 그치지 못하게 하는 것이다.

하지만 〈본기〉도 그렇거니와 〈열전〉 역시 만만치 않은 분량이라 많은 독자들이 완독에 번번이 실패했으리라 여겨진다. 그래서 《사기열전》 중에서도 독자들이 꼭 한 번쯤 읽어 봐야 할 인물들을 정리하였는데, 그 결과물이 바로 이 책이다.

이 책은 인물의 이야기를 통해 인간관계와 삶의 지혜를 얻을 수 있는 부분에 중점을 두어 구성했다. 그런 의미에서 각 편의 말미에 사회생활과 인간관계에 도움이 될 만한 내용을 첨언했다. 독자들이 이 글을 통해 각자의 삶에 필요한 부분을 스스로 선택하고 인생의 지혜를 얻을 수 있기를 바란다.

　때론 사마천의 뜻과 달리 자신만의 인물 평가를 내릴 수도 있을 것이며, 무릎을 치는 촌철살인寸鐵殺人의 명구를 발견할 수도 있을 것이다. 또 인물들의 파란만장한 스토리를 읽으며 곳곳에서 '나라면 어떻게 했을까?' 하는 자문자답을 할 수도 있을 것이다.

　사마천이 역사를 기록한 이유는 옳은 세상이란 어떤 것이며 어떤 삶이 올바른 삶인지 알기 위해서였다. 실제로 존재했던 수많은 사람들의 삶을 통해 그 해답을 얻고자 한 것이다. 과연 어떤 삶이 올바른 삶인지 판단하는 것은 각자의 몫이다. 이것이 또한 우리가 《사기열전》을 읽는 묘미이기도 하다.

2016년 홍문숙 · 박은교

사기열전 1

 차례

머리말 4

【첫 번째 장】 의리에 살고
의리에 죽는다

一. 백이 열전 14

二. 사마 양저 열전 24

三. 상군 열전 32

四. 전단 열전 54

五. 범저 · 채택 열전 64

六. 유협 열전 120

七. 계포 · 난포 열전 136

八. 노중련 · 추양 열전 150

九. 전담 열전 184

【두번째 장】 세상을 움직이는
권력의 힘

一. 여불위 열전 200

二. 이사 열전 214

三. 몽염 열전 264

四. 경포 열전 278

五. 양후 열전 300

六. 백기 · 왕전 열전 314

七. 평원군 · 우경 열전 334

八. 원앙 · 조조 열전 362

사기열전 2

차례

머리말 4

【세 번째 장】 사람을
알아보는 눈

一. 노자 · 한비 열전 14

二. 맹상군 열전 32

三. 춘신군 열전 60

四. 위공자 열전 84

五. 역생 · 육고 열전 106

六. 관중 · 안자 열전 140

七. 손자 · 오기 열전 150

八. 장의 열전 170

九. 저리자 · 감무 열전 222

十. 염파 · 인상여 열전 248

차례

【네 번째 장】 굴욕을 어떻게
견딜 것인가

一. 오자서 열전 280

二. 소진 열전 306

三. 악의 열전 360

四. 회음후 열전 376

세 번째 장

사람을 알아보는 눈

신이 천하의 큰일에 대한 계책으로 뵈려 했는데 '나는 지금

천하대사로 바쁘기 때문에 선비를

만나볼 여유가 없다'라고 말씀하시다니!

천하의 큰일을 일으켜 큰 공을 세우려 하면서

사람의 생김새만 가지고 그 사람을 평가하면

당신은 천하의 재주 가진 선비를 놓칠 것입니다.

- 역생·육고 열전 중에서

史記
列傳

一. 노자 · 한비 열전

노자老子는 초나라 고현苦縣 여향廬鄕 곡인리曲仁理 사람이다.
성은 이씨李氏이며 이름은 이耳, 자는 담聃인데, 주나라 장서
를 관리하는 사관으로 있었다.

공자가 주나라에 머무를 때 노자를 찾아가 예禮에 대해 물
었다.

"그대가 말하는 옛 성인들은 지금 그 육신과 뼈가 모두 썩
었고, 그저 그들의 말만 남아 있을 뿐이네. 군자가 때를 만
나면 수레를 타게 되지만 때를 만나지 못하면 이리저리 떠
돌아다니게 될 뿐이오. 훌륭한 장사꾼은 물건을 깊이 감추
어 두어 겉으로는 초라해 보이게 하고, 군자는 풍성한 덕을
지녔으면서도 겉모습은 어리석어 보인다고 들었네. 그대는
지나친 교만과 욕심, 바르지 못한 생각을 버리게나. 자네에
게 아무런 쓸모가 없네. 내가 할 말은 이것뿐일세."

공자는 돌아와 제자들에게 말했다.

"새가 날고 고기가 헤엄치며 짐승이 달린다는 정도는 내
가 알고 있다. 달리는 것은 그물을 쳐서 잡고 헤엄치는 것은
낚싯대로 낚으며 나는 것은 화살로 쏘아 잡으면 된다. 그러

나 용은 바람과 구름을 타고 하늘에 오른다고 하니 나도 그 실체를 알 수 없다. 내가 오늘 노자를 만났는데 그는 정말 용 같은 존재였다."

노자는 도와 덕을 닦았는데 스스로의 재능을 숨겨 이름이 드러나지 않기에 힘썼다. 노자는 오랫동안 주나라에 살았는데 주나라가 쇠락해 가는 것을 보고 떠나기로 결심했다. 함곡관函谷關에 이르자 관령關令 윤희尹喜가 노자에게 청했다.

"선생께서 이제 은둔하려 하신다니, 저를 위해 가르침을 남겨 주십시오."

이 말을 듣고 노자는 도와 덕의 의미를 5천 자로 지어 주고 함곡관을 나섰다. 이것이 《도덕경》이다. 그 후 노자가 어떻게 죽었는지는 아무도 모른다.

노래자老萊子도 초나라 사람이다. 열다섯 권의 책을 써서 도가道家의 속뜻을 밝혔다. 공자와 같은 시대의 사람이었다고 한다.

노자는 160여 살을 살았다고도 하고 200여 살을 살았다고도 한다. 그가 이렇게 오래 산 것은 아마도 도를 닦으며 양생하였기 때문일 것이다.

공자가 죽은 지 129년 되는 해에 주나라 태사太史 담僧이 진秦나라 헌공獻公을 만나 말한 것이 기록으로 남아 있다.

"처음에는 진나라가 주나라와 합했다가 합한 지 500년 만에 갈라지고, 갈라진 지 70년이 지나면 패왕覇王이 나타날 것입니다."

어떤 사람은 담이 바로 노자라고도 하고 또 어떤 사람은 아니라고도 한다. 그가 정말 노자인지 아닌지를 아는 사람은 없다. 노자는 숨어서 산 군자였다.

노자의 아들 이름은 종宗인데 위魏나라 장군이 되어 단간段干에 봉읍封邑을 받았다. 종의 아들은 주注이고, 주의 아들은 궁宮이며, 궁의 현손은 가假인데, 가는 한漢나라 효문제孝文帝에게 벼슬하였다. 가의 아들 해解가 교서왕膠西王 앙卬의 태부太傅가 되었으므로 그때부터 제나라를 다스렸다.

세상에서 노자를 배우는 사람들은 유학儒學을 배척하고, 유학자들도 또한 노자의 학문을 배척한다. '길이 같지 않으면 서로 꾀하는 일도 같이하지 않는다'는 말이 아마도 이런 경우를 뜻할 것이다. 노자는 무위無爲로써 백성들이 스스로 교화되게 하고, 청정淸淨으로 백성들이 스스로 올바른 길로 들어서게 하였다.

장자莊子는 몽蒙 지방 사람인데 이름은 주周이다. 그는 일찍이 칠원漆園의 관리가 되었는데 양梁 혜왕惠王, 제나라 선왕宣王과 같은 시대 사람이었다. 그의 학문은 매우 넓어서 통하지 않은 분야가 없었지만, 그 근본은 노자의 가르침에 두었다. 10여만 자나 되는 그의 책은 대부분 노자의 가르침에다 자신의 설명을 더한 우화로 되어 있다. 그는 〈어부漁父〉, 〈도척盜跖〉, 〈거협胠篋〉과 같은 글로 공자의 무리를 비판하고 노자의 가르침을 밝혔다. 〈외루허畏累虛〉, 〈항상자亢桑子〉와 같은 글들은 모두 꾸며 낸 이야기다.

그러나 장자는 말을 잘 분석하고 연결하며 어울리는 비유를 들어 유가와 묵가를 공격하였다. 비록 당시의 석학이라 하더라도 그 공격에서 벗어나지 못했다. 그의 말은 바다처럼 끝이 없고 거침이 없었으므로 왕공과 대인들로부터는 등용되지 못했다.

초나라 위왕威王은 장자가 현명하다는 말을 듣고 사신을 보내 많은 예물로 대우하고 재상을 삼겠다고 알렸다. 그러자 장자가 웃으며 초나라 사신에게 말했다.

"1천 금이라면 큰돈이며, 재상이라면 높은 벼슬이다. 그대는 제사지낼 때 희생물로 바쳐지는 소를 보지 못했는가?

몇 년 동안 먹이고 수놓은 옷을 입히지만 끝내는 제물로 바쳐질 뿐이다. 그때가 되어 하찮은 돼지를 부러워해 봐야 무슨 소용이겠는가. 그대는 어서 돌아가 나를 욕되게 하지 마시오. 나는 차라리 시궁창 속에서 스스로 유쾌히 놀며 살지언정 임금에게 얽매인 존재는 되고 싶지 않소. 죽을 때까지 벼슬하지 않고 내 뜻대로 살겠소이다.”

신불해申不害는 경읍京邑 사람으로, 본래는 정鄭나라의 낮은 직급 신하였다. 법술을 배워 한韓나라 소후昭侯에게 쓰이기를 구했는데 소후가 그를 등용하여 재상으로 삼았다. 신불해는 한나라에서 15년간 정치와 교육을 다듬고 밖으로 제후들을 상대했다. 덕분에 그가 죽을 때까지 한나라는 잘 다스려지고 군대는 막강해 쳐들어오는 자가 없었다.

신불해의 학문은 황제黃帝, 노자에 바탕을 두면서도 형명술刑名術을 위주로 했다. 두 편의 글을 썼는데, 이것을 〈신자申子〉라고 한다.

한비韓非는 한나라 공자 가운데 한 사람이다. 그도 형명법술刑名法術의 학문을 즐겼는데 그 바탕은 역시 황제, 노자에

두었다. 한비는 태어날 때부터 말더듬이여서 말솜씨는 변변치 못했지만 글쓰기는 잘했다. 이사李斯와 함께 순경苟卿을 스승으로 삼았는데, 이사는 자신이 한비에 미치지 못한다고 말했다.

한비는 한나라의 땅이 자꾸 줄어드는 것을 보고 자주 한나라 왕에게 글을 올려 간했지만 한나라 왕은 그의 의견을 받아들이지 않았다. 한비는 한왕이 나라를 다스린다면서 법제法制를 밝히는 데 힘쓰지 않고 또 부국강병할 인재를 구해 쓰기보다는 나무벌레처럼 쓸모없는 인물을 등용해 전쟁에서 공로가 있는 신하 위에 앉히는 것을 통탄했다.

한비는 유학자는 글로 나라의 법을 어지럽게 하고 협객은 힘으로 나라의 법을 어긴다고 여겼다. 평화로운 시대에는 이름난 유학자를 귀하게 쓰지만, 위급한 때에는 갑옷 입은 무인을 등용해야 하는데, 지금 나라에서 기르는 인물은 위급할 때에 쓸 수 없는 인물이고, 위급할 때 쓰이는 인물은 평소에 기른 자가 아니라고 생각했다.

한비는 맑고 곧은 인물들이 사악한 간신들 때문에 쓰이지 못한 것을 슬퍼하고 옛날 임금들의 정치에서 성공한 점과 실패한 부분을 살펴 〈고분孤憤〉, 〈오두五蠹〉, 〈내외저內外儲〉,

〈설림說林〉, 〈세난說難〉 등 10여만 자의 문장을 지었다.

한비는 유세의 어려움을 알고 〈세난〉을 지었으나, 막상 자신은 유세의 어려움에서 벗어나지 못하고 결국 진秦나라에서 죽었다.

그는 〈세난〉에서 이렇게 밝혔다.

"유세가 어렵다고 하는 까닭은 내가 가진 지식으로 상대방을 설득하기가 어렵기 때문이 아니다. 또는 내가 말솜씨로 내 뜻을 밝히기가 어렵기 때문도 아니다. 내 속마음을 논리정연하게 다 나타내기가 어렵기 때문도 아니다. 대체로 유세가 어려운 까닭은 내가 설득시켜야 하는 임금의 마음을 통찰하고서 내 말을 그의 마음에다 잘 들어맞게 해야 하기 때문이다.

내가 설득하려는 임금이 이름을 높이려고 하는데 내가 재물과 이익을 가지고 설득하다가는 속물로 취급되어 깔보이고 반드시 멀리 쫓겨나게 된다. 반대로 내가 설득하려는 임금이 많은 이익을 바라고 있는데 내가 명예를 가지고 설득하려다가는 너무 세상 이치에 어둡게 보여 받아들여지지 않게 된다. 내가 설득하려는 임금이 속으로는 이익을 바라면서도 겉으로는 명예를 바라는 척할 때 내가 명예를 가지고 설득하면 겉으로는 내 말을 받아들이는 척하면서도 속으로는 멀리하게 된다. 만약 이런 임금에게 내가 이익을 가지고 설득한다면 속으로는 그 말을 받아들이면서도 겉으로는 멀리한다. 유세객들은 이러한 점들을 꿰뚫어보지 않으면 안 된다.

대개의 일이란 비밀을 지킴으로써 성공하고 말이 새나감으로써 실패한다. 유세객이 상대의 비밀을 들출 뜻이 없었지만 설득을 하다 보면 임금의 비밀에 대해서도 말을 하게 된다. 그렇게 되면 유세객의 목숨이 위태롭게 된다. 또 임금에게 잘못이 있는데 유세객이 명정한 논리를 세워 그 잘못을 따진다면 역시 목숨이 위태로워진다.

유세객이 아직 임금의 은혜를 많이 입지 않았는데도 자신이 알고 있는 것을 다 말해 버리면 그의 주장대로 실행해 공을 세우더라도 별로 덕이 되지 않는다. 그의 주장대로 행하지 않아 실패하면 의심까지 받고, 그렇게 되면 목숨이 위태로워진다. 대체로 임금이 남에게서 좋은 대책을 얻어 자기 공로를 세우고자 하는데 유세객이 그 계획을 미리 알게 되면 목숨이 위태로워진다. 임금이 겉으로는 어떤 일을 하는 것처럼 보이면서 속으로는 스스로 다른 일을 하려고 하는 경우에 유세객이 그 내막에 간여하여 알게 되면 목숨이 위태로워진다. 임금이 도저히 하지 못할 일을 하라고 강요하거나 그가 그만두고 싶지 않은 일을 멈추게 하면 유세객의 목숨이 위태로워진다. 그러므로 임금과 함께 현명하고 어진 임금에 대해 얘기하면 자기를 비난한다고 의심하고, 지위가 낮은 인물에 대해 얘기하면 임금의 권세를 팔려고 한다고 의심한다. 임금이 총애하는 자에 대해 이야기하면 그를 이용한다고 의심하고, 임금이 미워하는 자에 대해 이야기하면 자기를 떠보려는 것으로 여길 것이다. 말을 꾸미지 않고 간결하게 이야기하면 무식한 자라고 업신여길 것이고, 이말저말 끌어다 해박하게 이야기하면 말이 많다고 여긴다. 형편에 따라 생각을 말하면 소심한 겁쟁이라 말을 다 못한다고 하고, 사리를 따져 거침없이 말하면 아는 것도 없으면서 건방지다고 할 것이다. 이러한 것들이 유세의 어려움이니 꼭 마음에 새겨 두어야 한다.

유세에서 중요한 것은 상대방이 자랑스러워하는 것을 추어주고, 부끄러워하는 것을 없애 주는 데 있다. 상대방이 자신의 계책을 지혜로운 것으로 여긴다면 잘못된 점이 있더라도 추궁하지 말고, 자기의 결단을 용감하게 여긴다면 유세객이 자기의 의견을 고집해서 화를 돋우지 말아야 한다. 또 그가 자신의 능력을 과장하더라도 실행의 어려운 점을 들어 용기를 꺾어서도 안 된다. 임금이 하려는 일과는 다른 일이지만 같은 계획을 세운 사람과 또 임금이 하려는 일과 같은 일을 한 사람을 칭찬하고, 임금과 같은 실패를 저지른 사람이 있으면 그에게 실수가 없는 것처럼 설명하고 덮어 주어야 한다. 임금이 유세자의 충성스러운 마음에 반감을 가지지 않고 주장을 내치지 않아야 비로소 자기의 말솜씨와 지혜를 펼 수가 있다. 이것이 바로 임금에게 신임을 얻고 의심받지 않으면서 자신이 아는 바를 다 말할 수 있는 방법이다.

이렇게 오랜 세월을 함께 지내 임금의 총애가 깊어지면 그때부터는 임금과 논쟁하며 말해도 벌 받지 않을 것이다. 그렇게 되면 이익과 손해를 분명히 헤아려 공을 이루고, 옳고 그름을 바로 지적하더라도 유세객은 영화를 얻게 된다. 이런 관계가 이어지면 유세는 성공한 것이다.

은나라 탕왕湯王의 재상 이윤伊尹은 처음에 요리사였고, 진秦나라 목공穆公의 재상 백리해百里奚도 한때 포로였는데 이것은 모두 임금에게 등용되기 위한 수단이었다. 이 두 사람은 모두 성인이었지만 이렇듯 몸을 수고롭게 한 후에야 세상에 나왔다. 인재라면 미천한 일을 부끄러워할 까닭이 없는 것이다.

송나라에 큰 부자가 살고 있었다. 하루는 비가 와서 그의 집 울타리가 무너지고 말았다. 그러자 아들이 말했다.

'울타리를 고쳐 쌓지 않으면 도둑이 들 것입니다.'

이웃집 사람도 아들과 같은 말을 했다. 그날 밤, 부자는 정말 많은 재물을 도둑맞고 말았다. 부자는 자기 아들이 정말 똑똑하다고 생각하면서도 이웃집 주인에게 의심을 품었다.

옛날 정鄭나라 무공武公이 호胡나라를 치려고 자기 딸을 그 임금에게 시집보냈다. 그러고 나서 사람들에게 물었다.

'내가 전쟁을 일으키려는데 어느 나라를 치면 좋겠는가?'

그러자 관기사關其思가 호나라를 치는 것이 좋겠다고 대답했다.

'호나라는 형제의 나라이다. 그런데 어찌 그대가 호나라를 치자고 하느냐!'

그리고 관기사를 죽여 버렸다.

이 말을 전해 들은 호나라는 정나라가 자기 나라와 친하다고 생각해 정나라 쪽의 방비를 소홀히 했다. 그러자 정나라 군대가 호나라를 습격해 그 땅을 빼앗았다.

이웃집 사람이나 관기사가 한 말은 모두 맞았다. 그러나 심한 경우에는 목숨을 잃고, 가벼운 경우라도 의심을 받았다. 말하자면 아는 것이 어려운 것이 아니라 아는 것을 어떻게 쓰느냐가 더 어렵다는 것이다.

옛날에 미자하彌子瑕라는 사람이 위衛나라 임금에게 총애를 받았다. 위나라 법에는 임금의 수레를 몰래 타는 자는 발을 자르도록 되어 있었다. 그런데 미자하의 어머니가 병이 나자 어떤 사람이 밤중에 그를 찾아가 이를 알렸다. 미자하는 임금의 명령이라고 속이고 임금의 수레를 타고 왕궁을 나섰다. 이 말을 전해 들은 임금은 그를 어질게 생각했다.

'효자로구나. 어머니의 병 때문에 발이 잘리는 죄까지도 마다하지 않다니.'

한 번은 임금과 과수원에 놀러 갔는데 미자하가 복숭아를 먹다가 맛이 달아서 먹던 것을 그대로 임금에게 바쳤다. 그러자 임금은 이렇게 말했다.

'나를 끔찍이도 생각해 주는구나. 자기가 먹고 싶은 것을 참고 내게 주다니.'

그 뒤 미자하가 나이 들고 임금의 사랑도 줄어들었을 때 임금에게 죄를 지었다. 그러자 임금이 말했다.

'이 자가 예전에는 나를 속이고 내 수레를 탔고, 자기가 먹다 남은 복숭아를 내게 먹였다.'

미자하의 행동은 처음이나 나중이나 같았지만 처음에는 현명하다고 칭찬을 받았고 나중에는 죄를 받았다. 왜냐하면 미자하에 대한 임금의 사랑과 미움이 바뀌었기 때문이다.

임금에게 사랑받고 있을 때는 그 지혜까지도 임금의 마음에 꼭 들어서 더욱 친밀해지고 임금에게 미움을 받고 있을 때는 같은 행위가 죄로 여겨져서 더욱 멀어지는 법이다. 그러므로 유세객은 임금의 사랑과 미움을 잘 살펴본 뒤에 말을 꺼내야만 한다.

용이라는 동물은 잘 길들이면 탈 수도 있다. 그러나 목덜미 아래 지름이 한 자나 되는 비늘이 있는데 사람이 그 비늘을 건드렸다가는 죽고 만다. 임금에게도 이처럼 거꾸로 난 비늘이 있다. 유세객이 임금의 이 비늘만 건드리지 않는다면 거의 성공이라 할 수 있다."

어떤 사람이 한비의 책을 가지고 진나라에 와서 퍼트렸다. 진나라 임금은 〈고분〉, 〈오두〉 같은 글을 보고는 칭찬하며 말했다.

"아아, 과인이 이 사람을 만나 함께 사귈 수만 있다면 죽어도 한이 없겠구나!"

그러자 이사가 대답했다.

"이것은 한비가 지은 책입니다."

그러자 진나라 임금은 한나라를 급히 공격했다. 한나라 임금은 처음에는 한비를 등용하지 않았지만 다급해지자 한비를 진나라에 사신으로 보냈다. 진나라 임금은 한비를 만나게 되어 기뻤지만 믿고 쓰지 않았다. 이사, 요가姚賈들이 한비를 해치려고 진나라 임금에게 헐뜯었다.

"한비는 한나라의 공자입니다. 지금 임금께서 제후들을 병합하려고 하시지만 한비는 끝까지 한나라를 위할 뿐이지 진나라를 위하지는 않을 것입니다. 그게 바로 인정입니다. 그렇다고 해서 지금 와서 임금께서 그를 쓰지 않고 머물러 있게만 하다 그냥 돌려보내면 뒤탈이 생길 것입니다. 가혹한 방법을 써서라도 죽이는 것이 가장 낫습니다."

진나라 임금도 그렇다고 생각해 관리에게 한비를 없애라 했다. 이사는 한비에게 사람을 보내 독약을 주면서 자살을 강요했다. 한비는 직접 진나라 임금에게 말하려고 했지만 만날 수가 없었다. 진나라 임금은 뒤늦게 뉘우치고 사람을 보내 그를 풀어 주려 했지만 한비는 이미 죽은 뒤였다.

신불해와 한비자는 모두 책을 지어 후세에 전했으므로 이를 배우는 자들이 많았다. 나는 한비자가 〈세난〉을 지어내고도 정작 자신은 유세의 어려움에서 벗어날 수 없었던 것을 슬퍼한다.

태사공은 말한다.

"노자가 귀하게 여긴 도덕은 허무한 것이다. 아무것도 하지 않는 가운데 자연의 변화를 따르는 것이다. 그래서 그가 지은 글의 문장도 미묘하고 이해하기 어렵다. 장자는 그 도덕을 더 넓혀서 자신의 생각을 자유롭게 펼쳤는데 그의 요지도 결국은 자연으로 돌아가자는 것이다. 신불해는 스스로 힘써서 도덕을 명실名實에 맞추어 베풀었다. 한비자는 먹줄을 긋는 것처럼 법규를 시행해 세상일의 옳고 그름을 밝히긴 했지만, 너무나 가혹해서 은혜로움이 부족했다. 이들은 모두 도덕에 근원을 두고 있긴 하나 그중에서도 노자가 가장 심오하다."

사마천은 노자가 실제 존재했던 인물이며 공자와 동시대 인물이고, 나아가 '예'를 묻는 공자와 대화까지 나눈 것으로 설명하고 있다. 그러면서 장자와 더불어 신불해와 한비자를 함께 소개했다. 왜 이들을 함께 기록한 것일까? 노자와 장자는 도가 계열의 사상가이고 신불해와 한비자는 법가 계열의 사상가다. 그러나 자세히 살펴보면 신불해나 한비자의 법가 사상은 노자로부터 시작되었음을 알 수 있다. 도가 사상은 자연의 법칙에 맡겨 그대로 하라는 것이고, 법가 사상은 법률과 제도에 맡겨 그대로 하라는 것이기 때문이다. 누구나 따라야 할 한비자의 '법'은 노자의 '도'와 같다. 노련한 통치자는 노자 사상과 법가 사상을 자유자재로 구사해야 함을 의미하는 것이다.

二.

맹상군 열전

맹상군孟嘗君의 이름은 문文이고, 성은 전田이다. 아버지는 정곽군靖郭君 전영田嬰이다. 전영은 제나라 위왕威王의 작은 아들이니, 제나라 선왕宣王의 배 다른 아들이다. 전영은 위왕 때부터 벼슬을 맡아 나랏일을 했다. 성후成侯, 추기鄒忌, 전기田忌와 함께 장수가 되어 한나라를 구원하고 위나라를 쳤다. 성후와 전기는 위왕의 총애를 다투는 사이인데, 성후가 전기를 모함했다. 전기가 두려워서 제나라 변경의 고을을 습격했는데, 이기지 못하자 달아났다. 때마침 위왕이 죽고 선왕이 즉위했는데, 선왕은 성후가 전기를 모함한 줄 알았으므로 전기를 다시 불러 장군으로 삼았다. 선왕 2년에 전기는 손빈孫臏, 전영田嬰과 함께 위나라를 쳐서 마릉馬陵에서 이겼는데, 위나라 태자 신申을 사로잡고 위나라 장군 방연龐涓을 죽였다.

선왕 7년에는 전영이 한나라와 위나라에 사신으로 가서, 한나라와 위나라를 제나라에 굴복시켰다. 전영이 한나라 소후昭候와 위나라 혜왕惠王을 데리고 동아東阿 남쪽에서 제나라 선왕을 만나 화친하게 한 다음 돌아갔다. 이듬해에는 다시 양나라 혜왕惠王과 제나라 견甄에서 만났다. 이해에 양나라 혜왕이 죽었다.

선왕 9년에 전영은 제나라 재상이 되었다. 제나라 선왕은 위나라 양왕裏王과 서주徐州에서 만나 서로 왕이라고 부르기로 했다. 이 소식을 들은 초나라 위왕威王은 이것이 전영의 계략이라고 보고 크게 화를 냈다. 그 이듬해에 초나라가 서주에서 제나라 군대를 쳐부수었으며, 사람을 시켜서 전영을 쫓게 했다. 전영이 장추張丑를 시켜 초나라 위왕을 달래주자, 위왕이 마음을 바꾸었다. 전영이 제나라에서 재상이 된 지 11년이 되었을 때 선왕이 죽고 민왕泯王이 즉위했다. 민왕은 즉위한 지 3년 만에 전영을 설薛 땅에 봉했다.

전영은 아들을 40여 명 두었다. 그중 천첩賤妾이 나은 아들 중에 문文이 있었는데, 5월 5일에 태어났다. 전영은 문의 어머니에게 말했다.

"5월에 태어난 아기는 키워서는 안 되오."

그러나 어머니가 몰래 거두어 길렀다. 문이 자란 뒤, 어머니가 형제들을 통해 자기 아들을 전영과 만나게 했다. 전영이 문의 어머니에게 화내며 물었다.

"내가 너더러 저 아이를 버리도록 했는데 감히 기른 것은 무슨 까닭이냐?"

문이 머리를 조아리며 말했다.

"군君께서 5월에 태어난 아이를 기르지 말라는 까닭은 무엇 때문입니까?"

전영이 대답했다.

"5월에 낳은 아들이 그 키가 지게문만큼 커지면 부모에게 해롭다고 하기 때문이다."

문이 말했다.

"사람이 태어날 때에 명命을 하늘에서 받습니까? 아니면 지게문에서 받습니까?"

전영이 대답하지 않자 문이 다시 말했다.

"반드시 그 명을 하늘에서 받는다면 무엇 때문에 걱정하십니까? 그렇지 않고 명을 지게문에서 받는다면, 그 지게문을 높이면 될 뿐입니다. 누가 그만큼이나 커지겠습니까?"

전영이 말했다.

"그만하여라."

얼마 뒤에 문이 한가한 틈을 타 아버지 전영에게 물었다.

"아들의 아들을 무엇이라고 합니까?"

"손자라고 한다."

"손자의 손자를 무엇이라고 합니까?"

"현손이라고 한다."

"현손의 손자를 무엇이라고 합니까?"

"모르겠다."

"아버님께서는 정권을 잡으시고 제나라 재상이 되어 지금까지 세 임금을 섬겼습니다. 그동안 제나라는 그 영토를 넓히지 못했고, 아버님은 천만금이나 되는 부를 쌓았지만 아버님의 문하에는 한 사람의 어진 사람을 찾아볼 수 없습니다. 제가 들으니 '장군의 가문에는 반드시 장군이 있고, 재상의 가문에는 반드시 재상이 있다'고 합니다. 지금 아버님의 후궁들은 비단옷을 밟고 다니지만 선비들은 짧은 잠방이도 얻어 입지 못하며, 하인들과 첩들은 쌀밥과 고기를 실컷 먹다 남기지만 선비들은 지게미와 쌀겨조차 실컷 먹지 못합니다. 지금 군께서 쌓아 놓은 재물이 남아돌지만 더욱 많이 쌓아두려고만 할 뿐 나라의 일은 날마다 쇠약해져 가는 것을 잊고 계시니, 저는 이러한 사실을 이상하게 여겨 왔습니다."

이 말을 듣고 전영은 문을 높이 사서 집안일을 맡게 하고 손님들을 접대하게 했다. 손님들이 날마다 모여들자, 그 명성이 제후들 사이에 알려졌다. 제후들이 모두 설공薛公 전영에게 사자를 보내 문을 후계자로 삼으라고 청하자, 전영은 허락했다. 전영이 죽자 시호를 정곽군이라고 했다. 문이 아버지를 이어 설 땅의 영주가 되니, 바로 맹상군이다.

맹상군이 설 땅에 있으면서 제후의 손님들을 불러들이자 도망간 사람이나 죄 지은 사람에 이르기까지 다 모여들었다. 맹상군은 자기 집의 재산을 다 털어 그들을 후하게 대우했다. 그러므로 온 천하의 선비들이 거의 그의 집으로 모여들었다. 식객이 수천 명이나 되었지만, 신분의 귀하고 천함에 상관없이 자신과 똑같이 대우했다. 맹상군이 손님을 접대하면서 앉아 이야기하면, 병풍 뒤에는 언제나 시사(侍史, 기록하는 사람)가 있어 맹상군과 손님이 이야기한 것과 그 손님의 친척이 있는 곳을 물은 것 같은 사소한 것까지 모두 기록했다. 손님이 돌아간 뒤에 맹상군은 사람을 보내 그의 친척을 찾아가 선물까지 주게 했다.

하루는 맹상군이 손님을 접대하며 저녁을 먹고 있었는데, 누군가가 불빛을 가려 방 안이 어두워졌다. 손님은 자신의 음식이 맹상군의 것과 같지 않은 것을 감추려고 일부러 어둡게 한 줄 알고 화를 내며 그대로 돌아가려 했다. 그때 맹상군이 일어나 자기 밥그릇을 몸소 들고 가서 손님의 밥그릇과 비교해 보이자, 손님이 부끄러워하며 스스로 목숨을 끊었다. 이런 일이 있고 나자 선비들이 맹상군에게 더욱 많이 모여들었다. 맹상군은 손님들을 가리지 않고 모두 잘 대우했다. 그래서 사람들은 저마다 맹상군과 친하다고 생각했다.

진나라 소왕은 맹상군이 현명하다는 소문을 듣고, 먼저 경양군을 제나라에 볼모로 보낸 뒤에 맹상군을 만나자고 했다. 맹상군이 진나라에 들어가려고 하자, 손님들 가운데 가라고 말하는 사람이 아무도 없었다. 모두들 가지 말라고 말렸지만, 맹상군은 듣지 않았다. 소대蘇代가 맹상군에게 말했다.

"오늘 아침 제가 밖에서 오는 길에 나무로 만든 인형과 흙으로 만든 인형이 서로 이야기하는 것을 들었습니다. 나무 인형이 먼저 '하늘에서 비가 내리면 너는 장차 무너질 거야'라고 말하자, 흙 인형이 '나는 흙에서 만들어졌으니까 무너지면 흙으로 돌아갈 뿐이지만, 이제 비가 내리면 너는 떠내려가서 어디까지 가서 멈출는지 모를 거야'라고 말했습니다. 지금 진나라는 호랑이 같은 나라입니다. 그런데 군께서 그런 나라로 가려고 하시니, 만약 돌아오지 못한다면 군께서는 흙 인형에게 비웃음을 면치 못할 것입니다."

이 말을 듣고 맹상군이 걸음을 멈추었다. 그러나 제나라

민왕 25년에 다시 왕으로부터 강요받아, 마침내 맹상군은
진나라로 들어갔다.

소왕은 즉시 맹상군을 진나라 재상으로 삼으려 했다. 어
떤 사람이 소왕에게 이렇게 말했다.

"맹상군은 현명한 데다 제나라 일족입니다. 이제 진나라
의 재상이 되더라도 반드시 제나라를 먼저 위하고 진나라를
뒷전으로 돌릴 것이니, 진나라로서는 위태로운 일입니다."

이 말을 듣고 소왕은 그를 재상으로 삼으려는 생각을 포
기하고 맹상군을 가두고서 계략을 써서 죽이려고 했다. 맹
상군은 사람을 시켜 소왕이 총애하는 여인에게 가서 자신을
풀어 줄 것을 청하게 했다. 그 여인은 이렇게 말했다.

"나는 맹상군이 가진 흰여우 갖옷을 얻고 싶다."

맹상군은 흰여우 갖옷을 한 벌 갖고 있었다. 값이 1천 금
이나 되는, 천하에 둘도 없는 것이었는데, 진나라에 들어올
때 이미 소왕에게 바쳐서 다른 흰여우 갖옷은 없었다. 맹상
군은 고민에 싸여 자신의 빈객들에게 두루 물었지만, 아무
도 대답하지 못했다. 그런데 가장 끝자리에 개 흉내를 내어
도둑질 잘하는 자가 앉아 있었는데, 이렇게 말했다.

"제가 흰여우 갖옷을 구해 올 수 있습니다."

그날 밤 그는 개 흉내를 내 진나라 궁궐 창고 속으로 들어가 맹상군이 소왕에게 바쳤던 흰여우 갖옷을 꺼내 왔다. 맹상군은 이것을 소왕이 사랑하는 여인에게 바쳤다. 그 여인이 소왕에게 말하여 소왕이 맹상군을 풀어 주었다.

　맹상군은 옥에서 풀려나자 즉시 말을 달려 달아났다. 관문을 드나들 수 있는 통행증의 이름과 성을 바꾸어 함곡관을 빠져나가기로 했다. 밤중이 되어서야 함곡관에 도착했다. 진나라 소왕은 맹상군을 풀어 준 것을 뒤늦게야 뉘우치고 그를 찾았으나 벌써 떠나고 없었으므로, 즉시 사람을 시켜 역마를 달려 그를 뒤쫓게 했다.

　맹상군은 함곡관에 도착했지만, 관의 법에는 첫닭이 울어야 나그네들을 내보내게 되어 있었다. 맹상군은 누군가가 자신을 뒤쫓아 올까 봐 걱정이 되었다. 그런데 식객 중에 닭 울음소리를 잘 내는 사람이 있어, 그가 닭 울음소리를 내자 주변에 있던 다른 닭들도 함께 울었다. 그래서 통행증을 보이고 관문을 나섰다. 그가 빠져나간 지 한 식경이나 되어서 진나라 추격병들이 함곡관에 도착했다. 하지만 맹상군은 이미 관문을 나간 뒤라 되돌아갈 수밖에 없었다.

　처음 맹상군이 좀도둑과 닭 울음소리 잘 내는 사람을 빈객으로 삼았을 때, 다른 빈객들은 그들과 함께 대우받는 것을 부끄럽게 여겼다. 그러나 맹상군이 진나라에서 어려움을 당하자 결국 이 두 사람이 그를 살려 냈다. 그 뒤부터 빈객들이 모두 마음속 깊이 맹상군을 따르게 되었다. 맹상군이 조나라를 지나갈 때 평원군이 그를 빈객으로 접대했다. 조나라 사람들은 맹상군이 현명하다는 소문을 들었던 터라 몰려나와 그를 보았는데, 모두들 웃음을 터트리며 말했다.

"처음엔 설공薛公이 훤칠한 대장부라고 생각했었는데, 이제 보니 왜소한 사내로구나."

맹상군이 그 말을 듣고 성을 내자 함께 있던 빈객들이 수레에서 내려 수백 명이나 베어 죽이고 결국 한 고을을 전멸시킨 후에야 돌아갔다.

제나라 민왕은 자신이 맹상군을 진나라로 보내 곤경에 빠뜨렸기 때문에 마음이 불안했다. 그래서 맹상군이 돌아오자 곧 그를 제나라 재상으로 삼고, 정치를 맡겼다.

맹상군은 진나라에 원한을 가졌다. 마침 제나라가 한나라와 위나라를 위해 초나라를 치게 되었다. 그래서 이 기회에 한나라, 위나라와 함께 진나라를 치기로 하고, 서주西周에서 무기와 식량을 빌리려 했다. 소대가 서주를 위해 맹상군에게 말했다.

"당신께서 제나라를 이끌고 한나라와 위나라를 위해서 초나라를 친 지 9년이나 되었습니다. 그래서 초나라 땅인 원宛과 섭葉의 이북을 빼앗아 한나라와 위나라를 강하게 해 주었는데, 이제 다시 진나라를 쳐서 그 두 나라를 더욱 강하게 해 주시려 합니다. 한나라나 위나라가 남쪽으로 초나라의 근심이 없고 서쪽으로 진나라의 걱정이 없다면, 결국 제나라는 위태로워질 것입니다. 한나라와 위나라는 반드시 제나라를 깔보고 진나라를 두려워할 것입니다. 제가 보기에 당신이 이렇게 하는 것은 위험한 일입니다. 당신께서 주나라와 진나라와의 관계를 깊이 하고, 서주를 공격하지도 말며, 무기와 식량을 빌리지도 않는 것이 가장 좋습니다. 당신께서 함곡관에 임하더라도 진나라를 공격하지 마십시오. 저희 주나라를 시켜서 당신 마음을 진나라 소왕에게 이렇게 전하십시오. '설공이 진나라를 깨뜨려 한나라나 위나라를 강하게 해 주지는 않을 것입니다. 그가 진나라를 치려는 것은 당신이 초나라 회왕을 설득해 초나라의 동쪽 땅을 베어서 제나라에 주게 하고, 또 진나라가 초나라 회왕의 억류를 풀고 내보내서 화친하기를 바라기 때문입니다.' 당신께서 저희 주나라로 하여금 이렇게 진나라에 은혜를 입히게 하면 진나라는 자기 군대가 격파되지도 않으면서 초나라의 동쪽 땅을 베어 내게 하고 스스로는 화를 면할 수 있으니, 반드시 그렇게 할 것입니다. 초나라도 자기 왕이 진나라의 억류에서 벗어날 수 있다면, 반드시 제나라의 덕택이라고 생각할 것입니다. 제나라는 초나라의 동쪽 땅을 얻어 더욱 강하게 될 것이며, 설薛 땅은 두고두고 근심이 없을 것입니다. 진나라가 크게 약화되지 않은 채로 삼진三晉의 서쪽에 있으면, 삼진은 반드시 제나라를 중시할 것입니다."

설공이 말했다.

"좋소."

그는 한나라와 위나라에 명해 진나라에 하례賀禮하게 하고, 세 나라(한, 위, 조)로 하여금 진나라를 공격하지 않게 했다. 그리고 서주로부터 군사와 식량을 빌려 오지도 않았다. 이때에 초나라 회왕이 진나라에 들어갔다가 붙들리게 되었다. 그래서 초나라에서도 반드시 왕을 풀려나게 하려고 했으니 진나라는 끝내 회왕을 돌려보내지 않을 수 없었다.

맹상군이 제나라 재상이 되자, 그의 가신 위자魏子가 맹상군을 위해 봉읍의 조세를 거두었다. 그런데 위자는 한 해 동안 세 차례나 봉읍을 다녀왔지만, 한 번도 조세를 가져오지 않았다. 그래서 맹상군이 그 까닭을 묻자 그가 대답했다.

"어진 이가 있어 그에게 빌려 주었습니다. 그래서 조세를 가져오지 못했습니다."

맹상군은 화가 나서 위자를 내쫓았다.

그로부터 몇 년 뒤에 어떤 사람이 제나라 민왕에게 맹상군을 헐뜯어 말했다.

"맹상군이 장차 반란을 일으키려고 합니다."

마침 전갑田甲이 민왕을 위협하자 민왕도 맹상군을 의심하게 되었다. 이를 알게 된 맹상군은 나라 밖으로 달아났다. 그러나 전에 위자에게 곡식을 빌린 어진 사람이 이 소문을 듣고, 민왕에게 글을 올렸다.

"맹상군은 반란을 일으키지 않을 것입니다. 이 한 몸을 바쳐 맹세합니다."

그러고는 궁궐 문에서 스스로 목숨을 끊어 맹상군의 결백을 증명했다. 민왕이 이에 깜짝 놀라 조사해 보니, 맹상군은 과연 반란을 음모한 적이 없었다. 그래서 맹상군을 다시 불렀다. 그러나 맹상군은 병을 핑계 대고서 벼슬을 내놓고는, 설 땅으로 돌아가 조용히 살겠다고 했다. 민왕이 그의 말을 허락했다.

그 뒤 진나라에서 망명해 온 장군 여례_{呂禮}가 제나라 재상이 되자, 소대를 곤경에 빠뜨리려고 했다. 소대는 맹상군에게 이렇게 말했다.

"주최_{周最}는 제나라에서 신임이 매우 두터웠습니다. 그런데도 제왕이 그를 내쫓고 친불_{親弗}의 말을 들어 여례를 정승으로 삼은 것은 진나라의 환심을 사고 싶었기 때문입니다. 제나라와 진나라가 합심하게 되면, 친불과 여례가 중용될 것입니다. 그들이 중용되면 제나라와 진나라는 반드시 군을 경시할 것입니다. 군께선 빨리 제나라 군대를 이끌고 북쪽으로 가서 조나라를 도와 진나라와 위나라가 화친하게 하고, 주최를 거두어 후하게 대우하며 그에 대한 제왕의 신임을 회복하게 해 주는 것이 좋겠습니다. 그렇게 해서 천하의 제후들이 제나라를 배척하는 변을 미리 막는 것이 좋겠습니다. 제나라가 진나라와 합심하지 않으면 천하 제후들이 제나라로 모일 테고, 친불은 반드시 달아납니다. 그렇게 되면 제왕이 그 누구와 함께 나랏일을 의논하겠습니까?"

이 말을 듣고 맹상군이 그의 계책을 따르자 여례는 맹상군을 미워하여 모해했다. 그러자 맹상군은 두려워서 진나라 재상 양후 위염에게 이런 편지를 보냈다.

"제가 들으니 진나라가 여례를 보내 제나라의 환심을 사려 한다고 합니다. 제나라는 천하에 강대한 나라입니다. 여례 때문에 제나라의 환심을 얻게 되면, 그대는 반드시 진나라에서 경시될 것입니다. 제나라와 진나라가 합력하여 삼진에 군림하면, 여례는 반드시 제나라와 진나라의 재상을 겸하게 될 것입니다. 그렇게 되면 당신이 제나라와 통하여 여례를 중용하게 만드는 셈입니다. 만약 제나라가 진나라의 힘을 얻어 천하 제후들의 공격을 면할 수 있게 되면, 여례의 악평에 따라 제나라가 그대를 원수처럼 여길 것입니다. 그러니 당신은 진왕에게 권하여 제나라를 치도록 하는 것이 좋겠습니다. 제나라가 격파되면, 제가 진왕에게 청하여 그 빼앗은 땅을 당신에게 봉하도록 하겠습니다. 제나라가 격파된 뒤에는 진나라가 진晉이 강해질 것을 두려워할 테니, 진나라는 반드시 당신을 중용하여 진晉과 친교를 맺으려 할 것입니다. 진晉나라는 제나라 때문에 피폐해졌으니 진나라를 두려워할 것입니다. 그래서 진晉나라는 반드시 당신을 중용하여 진나라의 친교를 얻으려고 할 것입니다. 이렇게 되면 당신은 제나라를 깨뜨려 공을 세우고, 진晉나라를 끼고 중용될 것입니다. 이는 당신이 제나라를 격파하여 봉읍을 얻고, 진나라와 진晉나라가 서로 그대를 중시하게 되는 길입니다. 만약 제나라가 격파되지 않으면 여례가 다시 등용되고, 당신은 반드시 큰 어려움에 빠질 것입니다."

이 편지를 읽고 양후가 진나라 소왕에게 말해 제나라를 치자 여례는 달아났다.

그 뒤에 제나라 민왕은 송나라를 멸망시키고 더욱 교만해져서 맹상군을 제거하려고 했다. 맹상군이 두려워져서 위나라로 가자, 위나라 소왕이 그를 재상으로 삼았다. 맹상군은 서쪽으로 진나라, 조나라와 힘을 합하고 연나라와 더불어 제나라를 쳐서 격파했다. 제나라 민왕은 달아나 거莒에 머물다가, 끝내 그곳에서 죽었다. 제나라 양왕襄王이 즉위하자 맹상군은 여러 제후들 가운데 중립을 지켜, 어디에도 속하지 않았다. 제나라 양왕이 새로 즉위하고는 맹상군을 두려워하여 여러 제후들과 화목하고 맹상군과도 다시 친하게 지냈다. 문文이 죽자, 시호를 맹상군이라고 했다. 여러 아들들이 서로 대를 잇겠다고 다투는 동안 제나라와 위나라가 함께 설 땅을 멸망시켰다. 그래서 맹상군은 후사가 끊어졌다.

일찍이 풍환馮驩이 맹상군이 빈객을 좋아한다는 소문을 들고는 짚신을 신고 와서 맹상군을 만났다. 맹상군이 말했다.

"선생께서는 먼 길을 오느라 고생하셨소. 나에게 무엇을 가르쳐 주시렵니까?"

풍환이 대답했다.

"당신이 선비를 좋아한다는 말을 듣고, 가난한 몸을 군께 맡기려고 왔습니다."

맹상군이 그를 전사(傳舍, 신분이 낮은 사람을 위한 숙소)에 열흘 동안 있게 하고는, 전사의 책임자에게 물었다.

"그 손님이 무엇을 하던가?"

"풍환 선생은 매우 가난합니다. 겨우 칼 한 자루를 가지고 있을 뿐인데, 그나마 노끈으로 자루를 감싼 것입니다. 그 칼을 손으로 두드리면서 '장협(長鋏, 긴 칼)아, 돌아갈까 보다. 식사에 고기반찬이 없구나' 하고 노래 부릅니다."

맹상군이 그를 행사(幸舍, 중간 신분의 사람을 위한 숙소)로 옮기고 식사에 고기반찬을 주었다. 닷새 뒤에 행사의 책임자에게 물었더니, 이렇게 말했다.

"그 손님이 다시 칼을 두드리면서 '장협아, 돌아갈까 보다. 밖에 나가려 해도 수레가 없구나'라고 노래 부릅니다."

맹상군이 그를 대사(代舍, 높은 신분의 사람을 위한 숙소)로 옮기고, 드나들 때에 수레에 태웠다. 닷새 뒤에 맹상군이 다시 대사의 책임자에게 물었더니, 이렇게 대답했다.

"선생이 또 칼을 두드리면서 '장협아, 돌아갈까 보다. 살 집이 없구나'라고 노래 부릅니다."

맹상군은 이 말을 듣고 기분이 좋지 않았다. 1년이 지나도록 풍환은 아무런 말도 하지 않았다.

맹상군은 그때 제나라 재상으로, 1만 호萬戶의 설읍을 봉지로 받았다. 식객이 3천 명이나 되자, 설읍의 세입만으로는 이 많은 식객들을 접대하기에 모자랐다. 그래서 사람을 시켜 설 읍 백성들에게 돈놀이를 했다. 그러나 한 해가 지나도록 수입은 없고, 돈을 빌려 간 사람들 중 이자도 갚지 못하는 자들이 많아 머지않아 식객들에게 대접할 돈도 떨어질 지경이 되었다. 맹상군은 걱정 끝에 주위 사람들에게 물었다.

"누가 설 땅에 가서 빚을 받아 올 수 있겠소?"

숙소의 책임자가 말했다.

"대사에 있는 손님 풍공은 얼굴과 몸집이 훤칠한 데다 말도 잘합니다. 나이는 많지만 다른 솜씨는 없습니다. 그를 보내 빚을 받아 오게 하는 것이 좋겠습니다."

맹상군이 풍환을 불러 이 일을 부탁했다.

"빈객들이 내 어리석음을 모르고 찾아와 머무는 이들이 3천여 명이나 됩니다. 봉읍의 세입으로는 이 많은 빈객들을 다 대접할 수가 없습니다. 그래서 설읍의 백성들에게 이자를 얻으려고 돈을 빌려 주었습니다. 그런데 설 땅에서는 해마다 조세가 들어오지 않고, 백성들도 이자를 물지 않습니다. 이제는 빈객들에게 식사도 제공치 못할까 봐 걱정됩니다. 선생께서 책임지고 빚을 받아 주십시오."

풍환이 대답했다.

"알겠습니다."

그는 맹상군에게 인사하고 설 땅에 도착해 맹상군의 돈을 빌려 쓴 자들을 불러 모아 이자 10만 전을 거두었다. 그 돈으로 술을 많이 빚고 살찐 소도 사들인 다음 돈을 빌려 간 사람들을 모두 불렀다. 이자를 잘 바칠 수 있는 자들도 다 오게 하고, 이자를 제대로 바칠 수 없는 자들 또한 오게 했다. 모두 차용증서를 가지고 오게 해서 원장과 대조한 뒤에, 다시 모일 날짜를 정했다.

약속한 날이 되자 소를 잡고 술자리를 열었다. 술자리가 무르익자 가지고 온 차용증서를 지난번처럼 원장과 대조했다. 이자를 낼 수 있는 자에게는 이자 갚을 날짜를 약속하고, 가난해서 이자를 낼 수 없는 자는 차용증서를 받아 불태워 버렸다. 그러고는 이렇게 말했다.

"맹상군께서 돈을 빌려 준 까닭은 돈 없는 백성들이 그 돈을 밑천으로 하여 본업에 힘쓰게 하기 위한 것입니다. 이자를 요구한 까닭은 빈객들을 대접할 돈이 없기 때문입니다. 이제 부유한 자에게는 빚 갚을 날짜를 약속받고, 가난한 자에게는 차용증서를 불태워서 그 채권을 포기했습니다. 여러분은 마음껏 드십시오. 이런 주군이 있으니, 어찌 이러한 주군의 은혜를 저버릴 수 있겠습니까!"

자리에 앉았던 사람들이 다 일어나서 두 번 절했다. 맹상군은 풍환이 차용증서를 불태웠다는 소식에 화를 내며 사람을 보내 풍환을 불렀다. 풍환이 들어오자 맹상군이 말했다.

"나는 식객이 3천 명이나 되기에, 설 땅 백성들에게 돈놀이를 한 것입니다. 나의 봉읍이 작은 데다 이자를 제때에 갚지 않는 백성들이 많습니다. 이러다간 빈객들의 식사 비용도 모자랄까 봐 걱정됩니다. 그래서 선생께 청하여 책임지고 거두어 달라고 했던 것입니다. 내가 들으니 선생께서 이자를 받은 돈으로 쇠고기와 술을 많이 차려 놓고 차용증서를 불태웠다 하는데, 무슨 일입니까?"

풍환이 대답했다.

"맞습니다. 제가 그렇게 했습니다. 쇠고기와 술을 많이 준비하지 않으면, 돈 빌려간 백성들을 모두 모을 수가 없고, 그 가운데 여유가 있는 사람과 능력이 부족한 사람을 알 수가 없습니다. 여유 있는 자에게는 빚 갚을 기일을 정해 주었습니다. 능력이 부족한 자에 대해서 아무리 채권을 지키고 있어 봐야, 10년을 독촉하더라도 못 받는 이자만 많아질 뿐입니다. 급히 독촉하면 결국 도망갈 테니 원금까지 저절로 버려질 것입니다. 급히 독촉해도 끝내 받을 수 없는 빚이라면 위로는 군주가 이익에 눈이 멀어 백성을 사랑하지 않은 꼴이 되고, 아래로는 백성들의 마음이 군주를 떠나서 빚을 갚지 않았다는 말을 듣게 됩니다. 이것은 선비와 백성들을 격려하고 군주의 명성을 널리 드러내는 일이 아닙니다. 쓸데없는 차용증서를 불태워서 받을 수도 없는 빚을 없애 버린 까닭은 설 땅의 백성들로 하여금 군주를 가까이 하고 군주의 명성을 널리 드러내려고 한 것입니다. 무엇을 의아하게 생각하십니까?"

맹상군은 손뼉을 치며 잘했다고 고마워했다.

제나라 왕은 진나라와 초나라 사람들의 헐뜯는 말에 현혹

되어, 맹상군의 이름이 그의 군주보다도 높으며 제나라의 권력을 제멋대로 휘두른다고 생각했다. 그래서 맹상군을 벼슬에서 물러나게 했다. 이에 많은 빈객들도 함께 떠나갔다.

풍환이 말했다.

"저에게 진나라로 타고 갈 수 있는 수레 한 대만 빌려 주십시오. 반드시 당신을 제나라에 중용되게 하고 봉읍도 더욱 넓히도록 하겠습니다."

맹상군이 곧 수레와 예물을 마련하여, 그를 진나라로 보냈다. 풍환이 서쪽으로 가서 진왕을 설득했다.

"천하의 유세하는 선비들 가운데 수레를 몰고 말을 달려서 서쪽으로 진나라에 들어오는 자들 치고, 진나라를 강하게 하고 제나라를 약하게 만들겠다고 하지 않는 자가 없습니다. 수레를 몰고 말을 달려 동쪽으로 제나라에 들어가는 자들 치고, 제나라를 강하게 하고 진나라를 약하게 만들겠다고 하지 않는 자가 없습니다. 이 두 나라가 암수를 겨루는 나라들이기 때문입니다. 두 나라가 모두 수컷이 될 수는 없습니다. 수컷이 되는 나라가 천하를 얻을 것입니다."

진나라 왕이 무릎을 꿇으며 물었다.

"어떻게 하면 진나라가 암컷이 되지 않을 수 있겠소?"

풍환이 말했다.

"왕께서는 제나라에서 맹상군을 내친 사실을 아십니까?"

"들었습니다."

"제나라를 천하에서 비중 있게 만든 사람이 맹상군입니다. 지금 제왕이 남의 헐뜯는 말만 듣고, 그를 파면했습니다. 맹상군은 마음속으로 원망하여, 반드시 제나라를 저버릴 것입니다. 그가 제나라를 저버리고 진나라로 오게 되면, 제나라의 속사정을 모두 진나라에 알릴 것입니다. 그렇게 되면 제나라의 땅을 얻을 수 있습니다. 어찌 수컷이 될 뿐이겠습니까? 왕께서는 빨리 사람을 보내 예물을 싣고 가서, 맹상군을 몰래 맞아 오게 하십시오. 때를 놓쳐선 안 됩니다. 만약 제나라가 잘못을 깨닫고 맹상군을 다시 등용한다면, 암수는 제나라와 진나라 가운데 어느 쪽이 될는지 예측할 수가 없습니다."

진나라 왕은 매우 기뻐하여, 곧 수레 열 대와 황금 백 일을 보내 맹상군을 맞아 오게 했다. 풍환은 진나라 왕에게 하직하고 나와서, 진나라 사자보다 먼저 제나라에 도착해 제왕을 설득했다.

"천하의 유세하는 선비 중에 수레를 몰고 말을 달려 동쪽으로 제나라에 들어오는 사람 치고, 제나라를 강하게 하고 진나라를 약하게 만들겠다고 하지 않는 자가 없습니다. 또한 수레를 몰고 말을 달려 서쪽으로 진나라에 들어가는 자들 치고, 진나라를 강하게 하고 제나라를 약하게 만들겠다고 하지 않는 자가 없습니다. 진나라와 제나라는 암수를 다투는 나라입니다. 진나라가 강하게 되면 제나라는 약하게 됩니다. 이것은 양쪽이 다 수컷이 될 수 없기 때문입니다. 지금 신이 들으니, 진나라가 사자를 보내 수레 열 대에 황금 백 일을 싣고 맹상군을 맞아 오게 했다고 합니다. 맹상군이 서쪽으로 안 간다면 그만이지만, 서쪽으로 들어가서 진나라의 재상이 된다면 천하가 그에게로 돌아갑니다. 진나라가 수컷이 되고, 제나라는 암컷이 되는 것이지요. 암컷이 된다면 임치臨淄와 즉묵卽墨이 위태로워집니다. 왕께선 어째서 진나라 사자가 채 도착하기 전에 맹상군을 복위시키고 봉읍을 더 넓혀 주어서 그에게 사과하지 않습니까? 맹상군은 반드시 기뻐하며 받아들일 것입니다. 진나라가 아무리 강국이라지만, 어찌 남의 나라 재상을 맞아 가겠다고 청하겠습니까? 진나라의 계책을 꺾어서, 그들이 강한 패자가 되려는 책략을 끊어 버려야 합니다."

제나라 왕이 말했다.

"좋소."

그리고 곧 사람을 국경으로 보내 진나라 사자가 오는 것을 살펴보게 했다. 진나라 사자의 수레가 마침 제나라 국경 안으로 들어오고 있었다. 제왕의 신하가 급히 달려와서 그대로 아뢰었다. 제왕이 맹상군을 불러다 재상의 지위를 회복시켜 주고, 예전 봉읍의 땅을 돌려주면서 1천 호의 땅을 더 보태 주었다. 진나라 사자는 맹상군이 다시 제나라 재상이 되었다는 말을 듣고서, 수레를 되돌려 돌아갔다.

지난날 제나라 왕이 맹상군을 파면시켰을 때에 식객들이 모두 그를 떠나갔다. 풍환은 그들을 다시 불러서 오게 하려고 했다. 식객들이 아직 도착하기 전에 맹상군이 크게 한숨을 쉬며 탄식했다.

"나는 빈객을 좋아하여, 그들을 대우하는 데 실수가 없도록 늘 힘썼습니다. 식객이 3천여 명이나 되었던 것은 선생께서도 알 것입니다. 그런데 내가 하루아침에 파면되는 것을 보고 그 식객들은 모두 나를 저버리고 가 버렸습니다. 나를 돌아보는 자가 아무도 없었습니다. 이제 선생의 힘을 입어 재상 지위를 회복했지만, 그들이 무슨 낯짝으로 나를 다시 보겠습니까? 만약 다시 나를 보겠다는 자가 있으면, 반드시 그 낯짝에 침을 뱉어 크게 욕보이겠습니다."

풍환은 이 말을 듣자 수레에서 내려와 말고삐를 매어 놓고 절했다. 맹상군도 수레에서 내려와 맞절하면서 말했다.

"선생께서 빈객들을 대신해서 사과하는 것입니까?"

"빈객들을 위해서 사과하는 것이 아닙니다. 당신 말이 잘못되었기 때문입니다. 대체로 세상 사물에는 반드시 그렇게 되는 것이 있고, 본래부터 그런 것도 있습니다. 당신께서는 그러한 것을 알고 계십니까?"

"내가 어리석어 무슨 말을 하시는지 모르겠습니다."

"살아 있던 자가 반드시 죽게 되는 것은 만물이 반드시 다 다를 결과입니다. 부귀하면 선비가 많이 모여들고 빈궁하면 벗이 적어지는 것은 일이 본래부터 그러한 것입니다. 당신께서는 아침에 시장으로 몰려가는 자들을 보지 않았습니까? 이른 아침에는 서로 어깨를 부딪치면서 먼저 문으로 들어가기를 다투지만, 날이 저문 뒤에는 시장 바닥을 지나가는 자들이 팔을 흔들면서 시장을 돌아보지도 않습니다. 아침에는 시장을 좋아하다가 저녁에는 미워하기 때문에 그런 것이 아닙니다. 저녁 시장에는 기대하는 물건이 그 안에 없기 때문입니다. 당신께서 재상 지위를 잃자 빈객들이 모두 떠나갔습니다. 그렇다고 해서 선비들을 원망하고, 빈객들이 찾아오는 길을 끊어서는 안 됩니다. 저는 당신께서 빈객들을 예전처럼 대우하시길 원합니다."

맹상군이 두 번 절하고 말했다.

"선생 말대로 하겠습니다. 선생의 말을 듣고, 어찌 따르지 않을 수 있겠습니까?"

태사공은 말한다.

"내가 일찍이 설 땅을 지나간 적이 있는데, 그곳 풍속은 대체로 마을에 거칠고 사나운 젊은이들이 많아서 추나라나 노나라의 풍속과는 사뭇 달랐다. 그 까닭을 물었더니 '맹상 군이 천하의 협객들과 간인姦人들을 불러 모으니, 설 땅에 들어온 자가 6만여 집이나 되었다'라고 했다. 세상에 전하는 말로는 맹상군이 빈객을 좋아하여 접대하는 것을 즐겼다고 하는데, 그 이름이 헛된 것만은 아니었다."

선비들을 좋아했던 맹상군은 3천여 명의 빈객을 거느린 인물로 유명하다. 물론 그가 단지 선비를 좋아한 것인지, 아니면 자신에게 도움이 될 것이라 여겼는지는 분명하지 않다. 그중에는 하찮은 무법자나 협객도 있었고 별 하는 일 없이 밥만 축내는 이가 대부분이었다. 그러나 주인에게 일이 생기면 주인을 위해 발 벗고 나섰다. 이렇다 할 재주가 없었던 제나라 왕족의 서자였던 맹상군에게 이들은 큰 힘이자 재산이 된 것이다. '하늘이 나를 낳은 것은 반드시 써 먹을 곳이 있기 때문이다.'라는 당나라 시인 이백의 말처럼 주변의 비루한 인물이라도 잘 거두어 두면 반드시 그 쓰임새가 있는 법이다.

三. 춘신군 열전

춘신군春申君은 초나라 사람으로 이름은 헐歇이고, 성은 황黃이다. 그는 세상을 돌아다니며 배워 많은 것을 알고 있었으며, 초나라의 경양왕頃襄王을 섬겼다. 경양왕은 그가 변론에 뛰어나다는 것을 알고 진나라에 사신으로 보냈다. 이보다 앞서 진나라 소왕은 백기를 시켜 한나라와 위나라를 공격하게 하여 화양華陽 땅에서 이 두 나라를 무찔렀으며, 위나라 장수인 망묘芒卯를 사로잡았다. 그래서 한나라와 위나라는 진나라를 섬기게 되었다. 진나라 소왕은 백기에게 한나라와 위나라와 함께 초나라를 치라고 명령을 내렸다. 그런데 군사가 아직 떠나기 전에 초나라 사자 황헐이 진나라에 와서 이 계획을 들었다. 그 무렵 진나라는 그에 앞서 백기에게 초나라를 공격하게 하여 무巫와 검중黔中을 빼앗고, 언과 영을 함락시켰으며, 동쪽으로는 경릉竟陵에까지 쳐들어가자 초나라 경양왕은 동쪽의 진현陳縣으로 도읍을 옮겨야만 했다.

황헐은 초나라 회왕이 진나라의 유혹에 넘어가 진나라에서 죽는 것을 보았다. 경양왕이 그 아들이기 때문에 진나라는 그를 무시했다. 그래서 경양왕은 진나라가 한번 병사를 일으키면 초나라가 망할 것 같아 두려워했다. 황헐은 진나라 소왕에게 글을 올렸다.

"천하에서 진나라와 초나라보다 강한 나라는 없습니다. 그런데 지금 대왕께서 초나라를 정벌하려 하신다는 소문이 들리고 있으니 이는 두 마리의 호랑이가 서로 싸우는 것과 같다고 하겠습니다. 두 마리의 호랑이가 싸울 때에는 힘 없는 개가 그 기회를 틈타 이익을 보게 되오니 초나라와 친하게 지내는 것이 가장 나은 일이라 하겠습니다. 신이 듣기로는 그 까닭이 '모든 일은 극단의 상태에 이르면 다시 처음으로 되돌아간다. 겨울이 다하면 여름이 오고, 여름이 다하면 겨울이 온다. 위로 쌓은 것이 극에 이르면 위태롭게 되니 바둑알을 쌓아 놓는 경우가 바로 그 예이다'라고 들었습니다. 지금 대왕의 토지는 천하에 두루 퍼져 동서의 변경까지 걸쳐 있습니다. 이것은 사람이 생긴 이래로 만승의 천자로도 가지지 못했던 것입니다. 선왕이신 혜문왕과 장왕莊王 그리고 대왕 자신까지 3대에 걸쳐서 제나라와 국경을 접함으로써 종친인 한나라와 위나라의 허리를 끊으려는 생각을 잊지 않고 있습니다. 대왕께서는 성교盛橋를 한나라 재상으로 추천해 보냈고, 그는 한나라 땅을 가지고 진나라로 들어왔습니다. 이것은 대왕께서 군대를 쓰거나, 위세를 과시하지 않으면서도 100리의 땅을 얻은 것이니 대왕께서는 실로 유능한 분이라 할 수 있습니다. 대왕께서는 또 군사를 일으켜서 위나라를 공격하여 대량의 문을 막아 버리고, 하내河內를 공략하고, 연燕, 산조酸棗, 허虛, 도挑를 함락시키고, 형邢으로 돌입하니 위나라 군대가 구름처럼 흩어져서 감히 구할 생각조차 못했습니다. 그리고 군사와 백성들을 휴식하게 한 뒤 2년 만에 다시 전쟁을 시작해 포蒲, 연衍, 수首, 원垣을 합병하시고, 인仁과 평구平丘에 다다르니 황黃, 제양濟陽의 성들이 문을 굳게 닫은 채 나오지 못하고 위나라는 굴복하고 말았습니다. 복마濮磨의 북쪽을 떼어 연나라에 할양함으로써 제나라와 진나라의 허리 부분을 끊고, 초나라와 조나라의 등뼈 부분을 자르니 천하의 제후들이 여섯 차례나 모여도 감히 이를 구하지 못했습니다. 그러니 대왕의 위세 또한 극에 이르렀다 하겠습니다.

이러한 때 대왕께서 만약에 쌓아 올린 공과 위엄을 지키면서도 남을 공격하여 탈취하려는 욕심을 버리고, 그 대신 인의仁義의 땅을 비옥하게 갈아 놓으셔서 후환이 없도록 하신다면 삼왕三王에다 다시 대왕을 첨가할 필요가 없을 만큼 대왕께서는 위대하신 것이며, 오패의 업적도 왕의 업적을 따를 수 없을 것입니다. 그러나 대왕께서 만약에 자기를 따르는 백성의 많음을 믿고, 병력의 강대함을 의지하고, 위나라에 승리한 위세를 타서 힘으로 천하의 군주를 신하로 삼으려 하신다면 그 후환이 생기리라고 신은 걱정이 됩니다. 《시경詩經》에 '시작을 잘하지 못하는 사람은 없어도 끝맺음을 잘하는 사람은 드물다'라고 했으며 《역경易經》에서 '여우가 물을 건너다 끝내는 그 꼬리를 적시게 마련이다'라고 했습니다. 이러한 글들은 모두 일이란 시작하기는 쉬워도 끝맺기는 어려움을 뜻합니다.

옛날 지백智伯은 조나라를 정벌하는 것의 이익만 바라보고, 유차楡次에서 자신이 당할 화는 미리 내다보지 못했으며, 오나라는 제나라를 정벌하는 것의 편리함만 알았고, 간수干隧에서 패배하리라는 것은 몰랐습니다. 이 두 나라는 큰 공이 없었던 것이 아니고, 눈앞에 있는 이익에 빠져서 그 뒤에 있을 환난을 가볍게 여겼던 것입니다. 오나라는 월나라를 믿었기 때문에 제나라를 정벌할 수 있었던 것인데, 이미 애릉艾陵에서 제나라를 이기고도 삼저三渚의 포구에서 월왕越王에게 사로잡히는 신세가 되었습니다. 지백은 한나라와 위나라를 믿었기 때문에 뒤를 이어 조나라를 공격할 수 있었던 것인데 진양성晉陽城을 공격해 승리를 며칠 앞두고 한나라와 위나라가 지백을 배반하여 착대鑿臺의 밑에서 지백요智伯瑤를 죽였습니다. 지금 대왕께서는 초나라가 무너지지 않는 것을 투기하시느라 초나라를 무너뜨리는 것이 한나라와 위나라를 강하게 만든다는 사실을 잊고 계십니다. 신이 대왕을 위하여 생각건대, 이것을 찬성할 수 없습니다.

《시경》에 '병사를 잘 다스리는 자는 멀리 가서 정벌하지 않는다'라고 합니다. 이렇게 본다면 초나라는 진나라 편이고 한나라와 위나라는 적입니다. 또 《시경》에 '이리저리 날뛰는 교활한 토끼도 사냥개를 만나면 사로잡힌다. 다른 사람이 무언가 마음에 두고 있으면 내 마음으로 그걸 헤아려 안다'라고 했습니다.

지금 한나라와 위나라가 말을 공손히 하여 진나라의 걱정을 덜어 줄 듯이 하는 것은 사실 진나라를 속이려는 게 아닌가 걱정됩니다. 진나라는 대대로 한나라와 위나라에 덕을 베푼 일이 없고 오히려 원한을 사 왔기 때문입니다. 대체로 한나라와 위나라의 아버지와 아들과 형과 동생이 진나라와의 싸움에서 죽은 지가 이미 열 대에 이를 것입니다. 그들의 나라는 피폐하게 되고, 사직은 기울어가며, 종묘는 허물어졌습니다. 그들은 배가 갈리고 창자가 끊어지고, 목을 잘리고 턱은 꺾어졌으며, 머리와 몸은 분리된 채 초원이나 연못 근처에 해골이 나뒹굴고, 두개골은 거꾸로 처박혀 국경에서 서로 바라보고 있습니다. 그리고 아버지와 아들, 늙은이와 어린이가 목을 매이고 손이 묶인 채 진나라의 포로가 되어 길 위에 끊일 날이 없습니다. 죽은 자의 영혼은 외로이 상처받고, 그들을 제사하는 남은 가족도 없습니다. 백성들은 삶을 영위하지 못하고 가족들은 여기저기로 흩어진 채 남의 종이 된 사람이 천하에 가득한 실정입니다. 그러한 까닭에 한나라와 위나라가 망하지 않는 것은 진나라의 걱정거리입니다. 그런데 지금 대왕께서는 그들의 힘을 빌려 함께 초나라를 공격하니 잘못된 일이 아니겠습니까? 게다가 대왕께서 초나라를 공격할 때에는 어느 길을 따라 군대를 파견하실 작정입니까? 대왕께서는 장차 서로 원수 관계인 한나라와 위나라로부터 길을 빌리려 하십니까? 군대가 출병하는 날이 되면 대왕께서는 그들이 배반하지 않을까 걱정하실 것이니 이는 대왕께서 군대를 원수인 한나라와 위나라에게 대주는 것이라 하겠습니다. 대왕께서 만약에 원수인 한나라와 위나라로부터 길을 빌리지 않는다면 반드시 수수隨水의 오른편에 있는 땅을 공격해야만 할 것입니다. 그런데 수수의 오른편에 있는 땅은 모두 넓고, 큰 강과 산림, 계곡으로 식량이 나지 않는 곳입니다. 그러므로 대왕께서 비록 이러한 땅을 얻는다 하더라도 땅을 얻었다고 말할 수 없을 것입니다. 따라서 이것은 대왕께서 초나라를 쳤다는 이름만 남기고 실속은 없을 것입니다.

또한 대왕께서 초나라를 공격하는 동안 네 나라(제, 한, 위, 조)에서는 반드시 군대를 일으켜서 대왕에게 대응할 것입니다. 진나라와 초나라의 군대가 전쟁을 쉬지 않고 하는 동안 위나라는 군대를 출격시켜 유留, 방여方與, 질錟, 호릉湖陵, 탕碭, 소蕭, 상相을 공격할 것이니, 그러면 옛 송나라의 땅을 모두 차지하게 될 것입니다. 제나라 사람들은 남쪽을 향하여 초나라를 공격할 것이니, 그러면 사상泗上은 반드시 정복당할 것입니다. 이들 땅은 모두 사방으로 통할 수 있는 평원이며, 기름진 땅인데 그들로 하여금 단독으로 공격하여 얻을 수 있는 기회를 주는 것입니다. 즉 대왕께서 초나라를 공격함으로써 중원 지방에 한나라와 위나라를 부유하게 만들어 주고, 제나라를 강하게 만들어 주게 됩니다. 그리하여 한나라와 위나라가 강해지면 진나라에 맞서 대항할 수 있을 것입니다.

한편 제나라는 남으로는 사수를 경계선으로 삼고, 동쪽으로는 바다를 등지고 있으며, 북쪽으로는 황하를 끼고 있으므로 후환이 없을 것입니다. 이렇게 된다면 천하의 나라 중에 제나라와 위나라보다 강한 나라는 없게 될 것입니다. 제나라와 위나라가 땅을 얻고 이익을 챙겨서 거짓으로 진나라의 하급 관리가 되어 섬기면 1년 뒤에는 비록 자기들이 황제가 되지는 못한다 할지라도 대왕께서 황제가 되는 것을 방해하기에 충분한 힘을 가질 것입니다.

생각건대, 대왕과 같이 많은 땅을 소유하고 있고, 많은 백성을 가지고 있으며, 강력한 군대를 보유하고 있는 처지에 전쟁을 하는 것은 잘못된 계책이라 하겠습니다. 신이 대왕을 위하여 깊이 생각하여 보건대, 초나라와 잘 지내는 것보다 더 나은 것이 없습니다. 만약에 진나라와 초나라가 화합하여 하나가 되어서 한나라에 대처한다면 한나라는 반드시 진나라에 복종을 하게 될 것입니다. 대왕께서 이때에 험준한 동산과 굽이진 황하의 이로움으로 나라를 튼튼히 하면 한나라는 반드시 대왕의 관문을 지키는 제후가 될 것입니다. 이와 같이 된 다음 대왕께서 10만의 군대로 정나라에 주둔한다면 위나라는 벌벌 떨고 허許와 언릉鄢陵의 성들이 문을 걸어 잠그고, 상채上蔡, 소릉召陵과 왕래할 수 없을 것입니다. 이와 같이 된다면 위나라도 또한 진나라를 위하여 제후를 감시하는 나라가 될 것입니다. 대왕께서 일단 초나라와 친하게 지내기만 하면 진나라의 전차 만 대를 가진 두 군주를 관내의 제후로 맞아들이게 되고 영토를 제나라와 맞대게 되어 제나라 오른편에 있는 땅은 팔짱 낀 채 그대로 얻을 수 있을 것입니다. 대왕의 땅이 일단 동해와 서해를 가로질러 형성이 된다면 천하의 허리를 장악하는 것이 됩니다. 이렇게 된다면 연나라와 조나라는 제나라와 초나라와 연결될 수 없고, 제나라와 초나라는 연나라와 조나라와 연결될 수 없을 것입니다. 그런 뒤에 연나라와 조나라를 위협하고, 바로 제나라와 초나라를 뒤흔들어 놓는다면 이 네 나라는 가혹히 공격하지 않는다 하더라도 복종할 것입니다."

황헐의 글을 읽은 소왕이 말했다.

"옳은 말이다."

소왕은 백기가 출발하려던 것을 멈추게 한 다음 한나라와 위나라에 사과했다. 그리고 초나라에 사신을 보내 예물을 주고, 동맹국이 되기로 약속했다. 황헐은 진나라 왕의 약속을 받고 초나라로 돌아왔다.

초나라는 황헐과 태자 완完을 진나라에 볼모로 들어가도록 했다. 진나라는 이들을 여러 해 동안 잡아 두었다. 그러다 초나라의 경양왕이 병들었는데 태자는 돌아갈 수가 없었다. 초나라의 태자는 진나라의 승상인 응후와 사이가 좋았다. 황헐은 응후를 이렇게 설득했다.

"승상께서는 정말 초나라의 태자와 친하십니까?"

"그렇소."

그러자 황헐은 이렇게 말을 이었다.

"지금 초나라 왕은 병상에서 일어나지 못할 것 같으니 진나라는 초나라의 태자를 귀국시키는 것이 좋겠습니다. 태자가 초나라 왕 자리에 오르게 된다면 그는 분명히 진나라를 정성스럽게 섬길 것이며, 상국相國에 대해서도 무궁한 은혜를 베풀 것입니다. 이것은 동맹국과 친교를 두텁게 하는 것이며 만승의 왕에게 신임을 얻는 결과를 낳습니다. 그러나 만일에 태자가 돌아가지 못한다면 그는 다만 함양에 사는 평범한 선비에 불과할 뿐이니, 초나라는 다른 태자를 세우고 진나라를 섬기지 않을 것이 분명합니다. 무릇 동맹국을 잃고 만승의 나라와 평화를 깨뜨리는 것은 잘못된 계책이라 할 수 있습니다. 상국께서는 이를 깊이 생각하여 보시기 바랍니다."

이에 응후는 이러한 뜻을 진나라 왕에게 전했다. 그러자 진나라 왕은 이렇게 말했다.

"초나라 태자의 스승으로 하여금 먼저 초나라에 가서 초나라 왕의 병이 어떤 상태인가를 알아보고, 그가 돌아온 뒤에 어떻게 할 것인지 생각하도록 합시다."

이에 황헐은 초나라의 태자를 위하여 다음과 같은 계책을 태자에게 말했다.

"진나라가 태자를 붙잡아 두는 까닭은 그들에게 이익이 되는 것을 구하기 때문입니다. 그런데 지금 태자께서는 진나라를 이롭게 할 만한 힘이 없습니다. 이것이 제가 걱정하는 점입니다. 한편으로 양문군陽文君의 두 아들이 초나라에 있는데 대왕께서 만일에 돌아가신다면 태자께서 초나라에 계시지 않기 때문에 양문군의 아들이 왕의 자리를 물려받아 태자께서는 초나라의 종묘에 제사를 받들 수 없게 될 것입니다. 그러니 조속히 서두르시어 진나라에 사신 온 사람과 함께 진나라에서 도망하여 국경을 벗어나는 것이 제일 좋을 것입니다. 신은 여기에 그대로 머물러 있다가 죽음을 무릅쓰고 뒷일을 맡겠습니다."

초나라의 태자는 옷을 바꾸어 입고 초나라 사자의 마부로 변장하여 진나라의 관문을 벗어났다. 황헐은 태자의 숙소에 남아 태자가 병이 났다는 이유로 빈객의 방문을 거절했다. 태자가 이미 멀리 도망하여 진나라가 추격할 수가 없다고 판단되자 그는 스스로 진나라 소왕에게 나아가 다음과 같이 말했다.

"초나라의 태자는 이미 귀국길에 올라 국경선을 멀리 벗어났습니다. 제가 그 책임을 지고 죽어 마땅하오니 죽음을 내려 주시기 바랍니다."

소왕은 크게 노하여 그가 죽는 것을 내버려 두려 했다. 이때 응후가 이렇게 말렸다.

"황헐이 신하된 의리로써 자신을 내던져 군주를 위하여 죽고자 했으니 태자가 왕위에 오른다면 반드시 황헐을 기용할 것입니다. 그러하오니 죄를 주지 마시고 그대로 귀국하게 해 초나라와 친교를 맺는 것이 좋을 것입니다."

진나라는 황헐을 돌려보냈다.

황헐이 초나라로 돌아간 지 석 달 뒤에 초나라의 경양왕이 세상을 떠나고 태자 완이 왕위에 올랐다. 그가 바로 고열왕考烈王이다. 고열왕은 즉위 원년에 황헐을 재상으로 삼고, 그를 춘신군에 봉하고 회북淮北의 12현을 내렸다. 그 뒤 15년이 지나서 황헐은 초나라 왕에게 이렇게 말했다.

"회북의 땅은 제나라와 국경을 접한 곳이므로 정치적으로 긴요한 곳입니다. 그러므로 군郡으로 만드는 것이 편리할 것입니다."

그러고는 회북의 12현을 헌납하고 강동江東에 봉해 주기를 청했고, 고열왕은 이를 허락했다. 춘신군은 오나라의 옛 성지에 성을 쌓고 자신의 봉읍으로 삼았다.

춘신군이 초나라 재상이 되었을 무렵, 제나라에는 맹상군이 있었고, 조나라에는 평원군이 있었으며, 위나라에는 신릉군이 있었다. 이들은 앞다투어 선비들을 예우하고 빈객을 불러 모으는 일에 힘썼다. 이들은 선비의 힘을 빌려 나라의 정치를 돕는 한편 자신들의 권력을 유지하려고 했다.

춘신군이 초나라의 재상이 된 지 4년 만에 진나라가 조나라의 장평에서 군사 40만을 격파하고, 이듬해에는 조나라의 한단을 포위했다. 이때 한단이 초나라에 위급한 사정을 고하자 초나라는 춘신군으로 하여금 군사를 이끌고 가서 구원을 하도록 했는데 마침 진나라 군대가 물러났기 때문에 춘신군도 돌아왔다. 춘신군이 초나라의 재상이 된 지 8년에 초나라를 위하여 북벌을 감행하여 노나라를 멸하고 순경荀卿을 난릉蘭陵의 현령으로 삼았다. 이 무렵 초나라는 다시 강해졌다.

조나라의 평원군이 춘신군에게 사신을 보냈는데 춘신군은 그를 상등의 객사에 머물게 했다. 조나라의 사자는 초나라에 자랑하고 싶어서 대모玳瑁로 만든 비녀를 꽂고 주옥으로 장식한 칼집을 가지고 춘신군의 빈객에게 만나기를 청했다. 그런데 춘신군의 빈객은 3천 명으로 그중 상등의 빈객은 모두 구슬로 장식한 신을 신고 조나라의 사신을 만났다. 조나라의 사신은 크게 부끄러워했다.

춘신군이 재상이 된 지 14년이 되었을 때 진나라의 장양왕莊襄王이 왕위에 오르고 여불위로 재상을 삼아 문신후文信侯에 봉했다. 그리고 동주東周를 차지했다.

춘신군이 재상이 된 지 22년에 제후들이 진나라의 공격과 정벌이 그칠 날이 없음을 우려하고 서로 합종을 하여 서쪽으로 진나라를 정벌하기로 했다. 이때 초나라의 왕이 합종의 수장이 되고 춘신군이 그 실무를 담당했다. 연합군이 함곡관에 이르렀을 때 진나라가 군대를 내보내 공격하자 제후의 군대가 모두 패하여 달아났다. 초나라의 고열왕은 그 일을 춘신군의 잘못으로 돌렸고, 춘신군은 더욱 왕과 거리가 멀어졌다.

춘신군의 빈객 중에 관진觀津 사람인 주영朱英이라는 자가 있었다. 그가 춘신군에게 이렇게 말했다.

"사람들 말이 초나라는 원래 강대한데 당신이 맡으면서 군대가 나약해졌다고 합니다. 그러나 저는 그렇게 생각하지 않습니다. 선왕의 시절에 진나라와 친선을 한 기간이 20년이나 되고 진나라가 초나라를 공격하지 않은 것은 무슨 까닭이겠습니까? 진나라가 맹애의 요새를 넘어서 초나라를 공격하는 것이 불편하며, 동주와 서주에게 길을 빌리고 한나라와 위나라를 등지고 초나라를 공격한다는 것이 사실상 불가능하기 때문이었습니다. 그런데 지금은 사정이 다릅니다. 위나라는 머지않아 망할 형편이므로 허許와 언릉 땅을 아까워할 겨를도 없이 허 땅을 갈라 진나라에 줄 것입니다. 그러면 진나라 군대가 초나라의 수도인 진陳과 겨우 160리 정도 떨어져 있게 됩니다. 따라서 신이 보는 바로는 앞으로는 진나라와 초나라가 날마다 전쟁을 하리라는 것입니다."

초나라는 이에 진 땅을 떠나서 수춘壽春으로 수도를 옮겼다. 그리고 진나라는 위衛나라를 야왕으로 옮기고 그 자리에 동군東郡을 설치했다. 춘신군은 이로 말미암아 오吳 땅에 봉해지고 재상의 일을 맡게 되었다.

초나라의 고열왕은 아들이 없었다. 춘신군은 이를 걱정하여 아들을 낳을 만한 부인을 여럿 구해 왕에게 바쳤으나 끝내 아들을 두지 못했다. 그때 조나라 사람인 이원李園이 그의 누이동생을 데리고 와서 초나라 왕에게 바치려고 했다. 그런데 왕이 아이를 낳을 수 없다는 말을 듣고 오래도록 사랑을 받지 못할까 염려했다. 그래서 이원은 먼저 춘신군을 섬기기로 하고 그의 사인舍人이 되었다. 그 뒤 휴가를 얻어 고향으로 갔다가 일부러 돌아오는 날짜를 어기고 뒤늦게 돌아와 춘신군을 만나자 춘신군이 늦은 사정을 물었다. 이원이 이렇게 답했다.

"제나라 왕이 사자를 보내 신의 누이동생을 데려가려고 했습니다. 그 사자와 술을 마시느라고 이렇게 늦었습니다."

춘신군이 물었다.

"누이를 보내기로 했는가?"

"아직 보내지 않았습니다."

춘신군이 물었다.

"한번 누이를 볼 수 있겠는가?"

"좋습니다."

이원은 그의 누이동생을 춘신군에게 바쳤다. 그의 누이동생은 춘신군의 사랑을 받았다. 이원은 누이동생이 임신을 한 사실을 알고 누이동생과 계략을 짰다. 이원의 누이동생은 한가한 틈을 타서 춘신군에게 이렇게 말했다.

"초나라 왕이 당신을 대우하고 사랑하는 정도는 형제보다 더 깊습니다. 지금 당신께서 초나라의 재상이 되신 지 20여 년이 흘렀습니다마는 왕께서 아들이 없어서 왕께서 돌아가시고 난 뒤에는 다른 형제들 중에서 왕을 세울 것입니다. 새 임금은 예전부터 친했던 사람들과 친척을 아낄 것입니다. 그러니 당신이 어떻게 오래도록 사랑을 받으실 수 있겠습니까? 이것뿐만이 아닙니다. 당신은 높은 지위에 있으면서 정권을 잡은 지 오래되었으니 왕의 형제들에게 실례를 범한 것도 많을 것입니다. 그 형제들이 만일 왕위에 오른다면 화가 장차 당신에게 닥칠 것이니 무엇으로 재상의 인수와 강동의 봉토를 지키실 수 있겠습니까? 제가 임신한 것은 저만 알 뿐 다른 사람은 알고 있지 않습니다. 또 제가 당신의 사랑을 받은 지가 그리 오래되지 않았으므로 만일 당신의 높은 지위로 저를 초나라 왕에게 바친다면 왕은 반드시 저를 사랑할 것입니다. 그리하여 제가 하늘의 도움으로 아들을 얻게 된다면 이는 당신의 아들이 왕이 되는 것이고, 초나라를 얻을 수 있는 것입니다. 이것과 당신이 뜻하지 않은 재앙을 당하는 것 중 어느 편이 좋습니까?"

춘신군은 이 말을 그럴 듯하게 여겨 이원의 누이동생을 내보내 숙소에서 근신하게 하고 초나라 왕에게 그녀를 추천했다.

초나라 왕은 그녀를 궁궐로 불러들여서 아꼈는데 마침내 그녀가 아들을 낳았다. 초나라 왕은 아들을 태자로 삼고, 이원의 누이동생을 왕후로 삼았다. 초나라 왕이 이원을 아끼자 그는 정치에 관여할 수 있게 되었다.

이원은 그의 누이동생을 왕실에 들여보내 왕후로 만들고, 그 아들을 태자로 세운 뒤 춘신군이 그러한 사실을 누설하거나 더욱 교만해질까 두려워하여 은밀하게 암살자를 길러 춘신군을 죽임으로써 그의 입을 막고자 했다. 그러나 초나라 사람 가운데 이 사실을 알고 있는 자가 상당수 있었다.

춘신군이 재상이 된 지 25년에 초나라의 고열왕이 병이 들었다. 주영이 춘신군에게 이렇게 말했다.

"세상에는 뜻밖에 찾아드는 복이 있고, 뜻밖에 찾아드는 화도 있습니다. 지금 당신은 뜻밖의 일이 벌어지는 세상에 처하여 뜻밖의 일을 당할 왕을 섬기고 계시니 뜻밖의 일을 할 수 있는 사람이 없어서야 되겠습니까?"

춘신군이 물었다.

"뜻밖에 찾아드는 복이란 무엇을 말하는가?"

주영이 대답했다.

"당신이 초나라의 재상이 된 지 20여 년 동안 비록 이름은 상국이었지만 실은 초나라의 왕이셨습니다. 지금 초나라 왕이 병이 들어서 머지않아 돌아가실 것입니다. 그러할 경우 당신은 어린 군주를 모시게 되어 그의 대리로 왕의 자리에 서서 나라를 다스리게 될 것입니다. 이때 만일 옛날 이윤이나 주공과 같이 하신다면 왕이 장성한 뒤에 국정을 왕에게 되돌려 주시겠지만, 그렇지 않을 경우에는 왕 노릇을 하여 고孤라고 칭하면서 초나라를 차지할 수 있습니다. 이것이 이른바 뜻밖에 찾아든 복입니다."

춘신군이 다시 물었다.

"그러면 뜻밖의 화란 무엇인가?"

"이원은 당신이 있으면 자신이 권력을 잡을 수 없기 때문에 당신을 원수로 생각하고 오래전부터 당신을 해칠 병사를 키우고 있습니다. 만약에 초나라 왕이 죽으면 이원은 반드시 먼저 궁궐에 들어가 정권을 잡고 당신을 죽임으로써 입을 막으려 할 것입니다. 이것이 바로 뜻밖의 화입니다."

이에 춘신군이 물었다.

"그렇다면 뜻밖의 사람이란 무엇인가?"

"당신이 저를 낭중郎中의 자리에 임명하시면 초나라 왕이 돌아간 뒤에 이원이 분명히 먼저 궁궐에 들 것인즉 제가 당신을 위하여 이원을 죽이겠습니다. 이것이 바로 뜻밖의 사람입니다."

춘신군은 이렇게 말했다.

"이제 그만하시오. 이원은 나약한 사람이고, 또 내가 그를 잘 대우했는데 어떻게 그가 이러한 일까지 하겠소?"

주영은 자신의 계획이 받아들여지지 않음을 알고 화가 자신에게까지 미칠까 두려워 도망하여 초나라를 떠났다. 그리고 이런 일이 있은 뒤 17일 만에 초나라의 고열왕이 죽었다. 이원은 과연 먼저 궁궐로 들어와 극문棘門의 안에 자객을 잠복시켰다. 춘신군이 극문으로 들어오자 이원의 자객이 춘신군을 곁에서 부여잡아 찌르고는 그의 머리를 베어 극문의 밖으로 던져 버렸다. 그리고 관리를 시켜 춘신군의 집안사람까지 모두 죽였다.

이원의 누이동생은 당초에 춘신군의 사랑을 받아 임신을 했는데 왕궁에 들어가서 낳은 아들이 마침내 왕이 되었다. 이 사람이 바로 초나라의 유왕幽王이다.

이때가 진나라의 시황제가 등극한 지 9년째 되는 해였다. 노애嫪毐도 진나라에서 난을 일으키려다 발각되어 삼족이 몰살되었고, 여불위도 벼슬에서 쫓겨났다.

태사공은 이렇게 말한다.

"내가 초나라에 갔을 때 춘신군의 옛 성을 보았는데 그 궁실이 참으로 웅장했다. 당초 춘신군이 진나라의 소왕에게 유세하고, 몸을 바쳐서 초나라의 태자를 귀국시킬 적에는 얼마나 그 지혜가 명석했던가! 그 뒤에 이원에게 제압을 당한 것은 사리 판단에 어두워진 때문이리라. 속담에 '잘라야 할 때에 자르지 아니하면 도리어 그 난리를 당한다'라고 했는데 바로 춘신군이 주영의 말을 듣지 않은 것을 두고 한 말이 아닐까?"

박학다식한 언변으로 이름 높은 춘신군은 초나라 경양
왕에게 특채되어 진나라에 파견되었다. 그는 한나라와
위나라가 연합해 초나라를 공격하려 한다는 정보를 입
수한 후, 직접 진나라 소왕에게 탄원을 담은 편지를 올
려 공격 계획을 취소시켰으며 초나라와 동맹까지 맺게
했다. 그는 20여 년 동안 재상 자리에 있으면서 합종책
을 추진했고 초나라를 강하게 만들었지만 말년에는 권
세와 부귀를 지키려다 이원의 음모에 빠져 비참한 최후
를 맞았다. 《사기열전》에 등장하는 권력자들의 좋지 못
한 말년만 보더라도 권력을 얻는 것보다 유지하는 것이
더 어려운 일이라는 것을 알 수 있다.

四.

위공자 열전

위나라 공자 무기無忌는 위나라 소왕昭王의 막내아들이며, 위나라 안희왕安釐王의 배다른 동생이다. 소왕이 죽고 안희왕이 즉위하자 그는 공자를 신릉군信陵君에 봉했다. 그 무렵 범저가 위나라에서 도망해 진나라의 재상이 되었는데, 위나라 재상 위제魏齋에 대한 원한으로 진나라의 군대를 내어 대량을 에워싸게 하고 화양華陽에 진치고 있는 위나라 군대를 무찔러 위나라 장군 망묘芒卯를 달아나게 했다. 이에 위나라 왕과 공자는 이런 사태를 걱정했다.

공자는 사람됨이 어질고, 선비에 대해서 공손했다. 그는 선비라면 현명하고 모자라고를 가리지 않고 모두 겸양으로써 대우하고 예를 갖추어 사귀었으며, 자신이 부귀하다고 하여 결코 교만을 떨지 않았다. 이런 까닭에 선비들이 사방에서 앞을 다투어 모여들어 식객이 3천 명에 이르게 되었다. 이 무렵에 제후들은 공자가 현명하고 식객이 많은 것을 알고 섣불리 위나라를 공격하지 않은 지가 10여 년이나 되었다.

어느 날, 공자가 위나라 왕과 바둑을 두고 있었다. 그런데 북쪽 변방에서 봉화가 올라왔다는 보고가 들어왔다.

"조나라 군대가 침입하여 국경선을 넘으려 합니다."

그러자 위나라 왕은 바둑을 멈추고 대신을 불러 그 대책을 논의하려 했다. 그러자 공자는 왕을 만류하며 말했다.

"조나라 왕이 사냥을 하는 것일 뿐, 침입을 하려는 것이 아닙니다."

그러고는 그대로 바둑을 두었다. 왕은 걱정 때문에 바둑에 집중할 수가 없었다. 잠시 후 다시 북방으로부터 전갈이 왔다.

"조나라 왕이 사냥을 하러 나온 것일 뿐, 침입을 한 것이 아니라고 합니다."

그러자 위나라 왕은 크게 놀라 공자에게 물었다.

"공은 어떻게 그 사실을 알았소?"

공자가 대답했다.

"신의 손님 중에 조나라 왕의 비밀을 깊이 알고 있는 자가 있습니다. 조나라 왕이 하고 있는 일을 신에게 즉시 전해 줍니다. 이러한 까닭에 신이 알게 되었습니다."

그 뒤로 위나라 왕은 공자의 현명함과 능력을 두려워하여 감히 공자에게 나랏일을 맡길 수가 없었다.

위나라에는 후영候嬴이라는 은사가 살고 있었다. 그는 나이가 일흔으로 집안이 가난하여 대량성 이문夷門의 문지기 노릇을 하고 있었다. 공자가 이러한 이야기를 듣고 그를 찾아가 빈객이 되기를 청하고 후한 선물을 주었다. 그러나 그는 받으려 하지 않으며 이렇게 말했다.

"신이 자기 자신을 닦으며 깨끗하게 산 지가 수십 년입니다. 새삼스럽게 문지기가 곤궁스럽다 하여 공자의 재물을 받을 수는 없습니다."

공자는 뒷날 술자리를 크게 벌이고 빈객들을 성대하게 모이게 했다. 연회장의 자리가 정해지자 공자는 수레와 말을 거느리고 왼쪽 자리를 비워 둔 채 몸소 이문의 후영을 맞이하러 갔다. 그때 후영은 해진 의관을 걷어 올리며 다짜고짜 공자의 윗자리로 올라타고는 아무런 사양의 빛이 없었다. 그는 공자를 시험해 볼 속셈이었다. 그러나 공자는 말고삐를 더욱 공손하게 잡았다. 후영은 공자에게 이렇게 말했다.

"신의 친구가 시장의 푸줏간에 살고 있습니다. 수레와 말을 돌려서 그곳에 들러 주시기 바랍니다."

이 말을 듣고 공자는 수레를 이끌고 시장으로 들어갔다. 후영은 수레에서 내려 그의 친구인 주해朱亥를 만났다. 그는 곁눈질을 하면서 일부러 오랫동안 서서 친구와 이야기를 나누며 은밀히 공자의 행동을 관찰했다. 공자의 얼굴빛은 더욱 더 온화했다. 이때 공자의 집에서는 위나라의 장수와 재상, 종실과 빈객이 연회장에 가득 차 공자가 들어와 술잔을 들기만을 기다리고 있었다. 시장 사람들은 모두 공자가 말고삐를 잡고 있는 것을 보고 있었고, 그의 뒤를 따르는 기병들은 모두 속으로 후영을 욕하고 있었다. 후영은 공자의 안색이 끝내 변하지 않음을 보고 그제야 친구와 작별하고 수레에 올라탔다. 그들이 집에 도착하자 공자는 후영을 인도하여 윗자리에 앉히고 빈객들에게 일일이 소개했다. 그러자 빈객들은 모두 깜짝 놀랐다. 술자리가 무르익어 갈 무렵 공자가 일어나 후영의 앞으로 나아가 후영의 장수를 기원하는 술잔을 올렸다. 이것을 보고 후영은 공자에게 말했다.

"오늘 저는 공자에 대하여 시험할 만한 일은 다 해 보았습니다. 저는 이문의 문지기에 불과합니다. 그러나 공자께서는 친히 수레와 말을 이끌고 많은 사람이 모인 넓은 곳에 몸소 맞이하여 주셨습니다. 푸줏간은 들르기에는 마땅하지 않은 곳인데도 불구하고 공자께서는 들러 주셨습니다. 그러나 저는 공자의 이름을 높여 주기 위하여 고의로 공자의 수레와 말을 시장 가운데에 오랫동안 서 있게 했습니다. 지나가는 사람들이 공자를 보았을 때 공자는 더욱 더 공손했습니다. 저자의 사람들은 모두 저를 소인이라고 여겼던 반면에 공자께서는 덕이 있으며 선비에게 몸을 낮추는 분이라고 생각했을 것입니다."

술자리가 끝나고 후영은 공자의 상객이 되었다. 후영이 공자에게 이렇게 말했다.

"신이 잠시 들렀던 푸줏간의 주해라는 사람은 현자라 할 수 있는데 세상 사람들이 그를 알아주지 않습니다. 그래서 푸줏간의 일이나 하며 숨어 살고 있는 것입니다."

이 말을 듣고 공자는 그를 찾아가서 여러 번 빈객이 되기를 청했다. 주해는 일부러 답례조차 하지 않았다. 공자는 이를 이상하게 생각했다.

위나라 안희왕 2년에 진나라 소왕이 조나라 장평의 군대를 격파하고, 그 뒤에 다시 진격을 하여 한단을 포위했다. 공자의 누이는 조나라 혜문왕의 동생인 평원군의 부인이었던 관계로 평원군은 여러 번 위나라 왕과 공자에게 편지를 띄워서 구원을 요청했다. 이에 위나라 왕은 장군 진비晉鄙를 시켜 10만 명의 군대를 끌고 가서 조나라를 구원하도록 했다. 그러자 진나라가 사자를 보내 위나라 왕에게 이렇게 전했다.

"우리가 조나라를 공격하여 이제 머지않아 항복을 받을 수 있다. 그런데 만일 제후 중에서 감히 조나라를 돕는 자가 있으면 조나라를 격파한 다음 반드시 군대를 옮겨 우선 그를 공격하겠다."

이 말에 위나라 왕이 두려워서 사람을 보내 진비의 진격을 멈추게 하고, 업鄴 땅에 군대를 주둔시키고 누벽壘壁을 쌓게 했다. 명목상으로는 조나라를 돕는다는 것이었으나 실은 양쪽의 전세를 가늠하며 관망하는 데 지나지 않았다. 평원군은 위나라에 계속 사자를 보내 위나라 공자를 꾸짖었다.

"내가 스스로 공자와 혼인의 관계를 맺은 까닭은 공자께서 숭고한 의리가 있어 다른 사람의 곤궁함에 재빨리 구원의 손길을 뻗치기 때문이었습니다. 지금 한단은 머지않아 진나라에 항복해야 할 상황인데도 위나라의 구원병이 도착하지 않으니 공자가 다른 사람의 곤궁함에 재빨리 구원의 손길을 뻗친다는 의리가 어디로 갔습니까? 비록 공자께서 저는 가볍게 여겨 진나라에 항복하도록 내버려 둔다 하더라도 공자의 누이에 대해서는 불쌍하게 여기지 않습니까?"

공자가 이러한 것을 근심하여 여러 번 위나라 왕에게 구원을 청하고, 그의 빈객과 변사들이 왕에게 온갖 수단을 써서 설득했으나 위나라 왕은 진나라를 두려워하여 공자의 말을 끝내 들으려 하지 않았다. 공자는 아무래도 왕의 허락을 얻지 못할 것이라고 판단하고, 조나라를 망하게 하고 자신만 살 수는 없는 일이라고 결정을 내렸다. 이에 수레와 말 100여 대를 마련하고 빈객들을 이끌고 진나라에 대항하여 조나라와 함께 죽기를 약속했다.

그들이 구원하러 가는 도중에 이문을 들러서 후영을 보고 진나라 군대와 싸우다 죽으려는 사정 이야기를 상세하게 들려주었다. 그리고 이별 인사를 하고 떠나려 하는데 후영이 이렇게 말했다.

"공자께서는 나가 열심히 싸우십시오. 이 늙은이는 따를 수가 없습니다."

공자가 몇 리를 가면서 생각해 보니 마음이 불쾌하여 이렇게 말했다.

"내가 후영을 대우함에 있어서 소홀하게 한 것이 아무것도 없다는 것은 천하에 모르는 사람이 없는데 지금 내가 죽으러 가는 길에 후영이 일언반구의 인사말도 없이 그냥 나를 보내다니 내가 그에게 무슨 잘못이라도 한 것일까?"

그러고는 다시 수레를 되돌려 돌아와 후영에게 그 까닭을 물었다. 후영은 웃으며 이렇게 대답했다.

"신은 공자께서 돌아오실 줄로 확신하고 있었습니다."

그러고는 이렇게 말을 이었다.

"공자께서 선비를 좋아하신다는 명성은 천하에 퍼져 있습니다. 지금 난처한 지경에 처하여 다른 기묘한 방책을 세우지 않은 채 진나라 군대와 부닥치려고 하니 이것은 비유하자면 굶주린 범에게 고기를 던져 주는 것과 같은 것이므로 무슨 공적을 이루겠습니까? 만일 이렇게 된다면 평소 빈객들을 대우해 기를 필요가 있었겠습니까? 그렇지만 공자께서는 신을 후하게 대우해 주셨는데 공자가 떠나는데도 신이 제대로 작별을 하지 않았으므로 공자께서 이를 한스럽게 여겨 다시 되돌아올 줄 알았던 것입니다."

이 말을 듣고 공자가 두 번 절하고 자문을 구했다. 후영이 그제야 다른 사람을 물리치고 조용히 이야기했다.

"제가 들으니 진비의 병부兵符 한쪽은 언제나 대왕의 침실 안에 간수되어 있다고 합니다. 그런데 여희如姬라는 여자가 왕에게 가장 큰 사랑을 받고 있어서 대왕의 침실 안에 출입할 수가 있으므로 그 병부를 훔쳐 낼 수가 있습니다. 제가 들은 바에 의하면, 여희의 아비가 어떤 사람에게 죽임을 당했는데 여희는 그 원수를 갚을 사람을 3년간이나 찾고 있었습니다. 그리하여 왕뿐 아니라 여러 사람이 여희의 원수를 갚으려고 했으나 그 원수를 결코 찾지 못했습니다. 이에 여희가 공자의 앞에 가서 울었는데 공자께서 빈객을 시켜 그 원수의 머리를 베어다 여희에게 바쳤습니다. 그러니 여희가 공자를 위해서라면 목숨이라도 바치려고 할 것입니다. 공자께서 만일 한 번 입을 열어 여희에게 청하기만 한다면 여희는 반드시 이를 허락할 것입니다. 그렇게 된 다음 병부를 얻어서 진비의 군대를 빼앗아 북쪽으로는 조나라를 구원하고, 서쪽으로는 진나라 군대를 물리치게 될 것이니 이는 오패五霸가 세웠던 공과 같은 것입니다."

이에 공자가 그의 계책을 따라 여희에게 부탁하자 여희는 정말로 진비의 병부를 훔쳐서 공자에게 건네주었다. 공자가 길을 떠나려 하자 후영이 말했다.

"장수가 적진에 있을 때에는 군주의 명령이라 하더라도 받아들이지 않는 경우가 있으니 그 이유는 그렇게 하는 것이 나랏일을 하는 데 편리하기 때문입니다. 공자께서 병부를 맞추어 보아 합해진다 하더라도 진비가 공자에게 군사를 양도하지 아니하고 다시 대왕에게 그 진위를 물어본다면 분명히 사태가 위태롭게 될 것입니다. 그러니 제 친구 백정 주해와 함께 가시는 것이 좋을 것입니다. 그는 힘이 센 장사입니다. 진비가 말을 들으면 대단히 좋은 일이지만 만일에 듣지 않는다면 그를 시켜 죽이도록 하는 것이 좋을 것입니다."

공자가 이 말을 듣고 눈물을 흘리자 후영이 물었다.

"공자께서는 죽음이 두려우십니까? 무슨 일로 우십니까?"

공자가 대답했다.

"진비는 용맹스러운 노장이오. 내가 가면 나의 말을 듣지 않을 것 같은데 그를 꼭 죽여야만 하니 이 때문에 우는 것이오. 어찌 내가 죽음을 두려워하겠소?"

그리하여 공자는 주해에게 함께 가기를 청했다. 그러자 주해는 웃으며 이렇게 말했다.

"신은 시장에서 칼이나 휘두르며 짐승이나 잡는 사람에 불과한데, 공자께서 친히 자주 찾아 주셨는데도 제가 그 은혜에 사례하지 아니한 것은 자질구레한 예절 같은 것은 쓸모가 없다고 생각했기 때문입니다. 지금 공자께서 급박하게 되셨으니 이는 바로 신이 목숨을 바칠 절호의 기회입니다."

드디어 주해는 공자와 함께 가게 되었다. 공자가 길을 떠나면서 후영에게 사례의 인사를 하자 후영이 말했다.

"신도 또한 마땅히 동행해야 할 것으로되 늙어서 할 수가 없습니다. 대신 공자께서 떠난 날짜를 헤아려서 진비의 주둔지에 도착하시는 날이 되면 북쪽을 바라보고 스스로 제 목을 벰으로써 공자를 전송하겠습니다."

공자가 마침내 길을 떠났다.

공자는 업 땅에 이르자 위나라 왕의 명령을 사칭하여 진비의 자리를 교체하려고 했다. 이에 진비가 그 병부를 가져다 맞추어 보니 합치했다. 그러나 그는 의심을 하고 손을 들어 공자를 바라보면서 말했다.

"지금 나는 10만 명의 군사를 거느리고 국경선 위에 주둔하고 있소. 그런데 나라의 막중한 임무를 지금 수레 한 대를 타고 와서 교체하려고 하니 그것이 말이 되는 일입니까?"

그는 말을 들으려 하지 않았다. 그때 주해가 40근짜리 철퇴를 소매 속에 감추고 있다가 진비를 내리쳐 죽였다. 그러자 공자가 마침내 진비 부대의 장수가 되었다. 공자는 군대를 정비하고 군중에 다음과 같이 명령을 내렸다.

"아버지와 아들이 함께 군대에 있는 경우에는 아버지가 돌아가고, 형제가 군대에 있는 경우는 형이 돌아가고, 외아들로서 형제가 없는 경우는 집에 돌아가 부모를 봉양하라."

그러고는 8만 명의 군사를 선발해 진나라 군대를 공격했다. 진나라 군대가 포위를 풀고 물러나자 드디어 한단의 포위가 풀리고 조나라를 구하게 되었다. 조나라 왕과 평원군은 몸소 국경선까지 나와서 공자를 맞이했다. 평원군은 직접 화살통을 등에 매고 공자를 위해 길 안내를 했다. 조나라 왕은 두 번 절하고 이렇게 말했다.

"자고로 어진 사람은 많지만 공자를 따라갈 사람은 아무도 없습니다."

이때 평원군은 감히 스스로를 공자와 겨루려 하지 않았다.

한편 공자가 후영과 결별을 하고 진비의 군대에 이르렀을 때 후영은 정말로 북쪽을 향해 목숨을 끊었다. 위나라 왕은 공자가 진비의 병부를 훔쳐 내어 왕의 명령을 사칭하여 진비를 죽인 일에 대해 화를 냈다. 공자도 또한 이러한 사실을 알고 있었다. 그리하여 진나라를 물리쳐서 조나라를 구하고 나서는 장수들에게 군대를 거느리고 위나라로 돌아가도록 명령하는 한편 자신은 빈객들과 함께 조나라에 머물러 있었다. 조나라의 효성왕은 공자가 왕의 명령을 사칭해 진비의 군사를 빼앗아 조나라를 구한 것을 고맙게 여겼다. 그래서 평원군과 상의해 성 다섯 개를 공자에게 봉읍으로 주었다. 공자가 이러한 소식을 듣고 내심 교만한 마음이 생겨 자신의 공을 자랑하는 티를 냈다. 그러자 빈객 중의 한 사람이 공자에게 이렇게 말을 했다.

"일에는 잊어서는 안 되는 것이 있고, 잊지 않아서는 안 되는 일이 있습니다. 다른 사람이 공자께 덕을 베풀었으면 공자께선 그러한 사실을 잊어서는 안 됩니다. 그러나 공자께서 다른 사람에게 덕을 베풀었으면 그것은 잊어 주시기 바랍니다. 게다가 공자께서는 위나라 왕의 명령을 사칭하여 진비의 군대를 빼앗아 조나라를 구한 것입니다. 이것은 조나라에 대해서는 공을 세운 것이지만 위나라에 대해서는 충성스러운 행동이라고 할 수는 없습니다. 그런데도 공자께서는 교만해져 자신의 공을 내세우니, 이는 공자께서 취하실 태도가 아닌 줄로 압니다."

공자는 즉시 스스로의 잘못을 부끄러워하며 몸 둘 곳을 몰랐다. 조나라 왕은 몸소 길을 청소하고 직접 공자를 맞이하여 주인의 예를 취하여 공자를 인도해 서쪽 계단으로 오르도록 안내했다. 그러나 공자는 곁으로 비켜서서 사양을 하고 동쪽 계단을 통해 올라갔다. 그리고 위나라를 저버리고, 조나라에 대해서는 공을 세우지 못했다고 스스로의 죄과를 말했다. 조나라 왕은 날이 저물 때까지 공자와 술을 마셨지만 차마 성 다섯 개를 바치겠다는 말은 하지 못했다. 그까닭은 공자가 너무 겸양했기 때문이다. 그러나 결국 공자는 조나라에 머물게 되었다. 조나라 왕은 호鄗 땅을 공자의 시중을 드는 읍으로 만들어 주었다. 한편 위나라에서도 신릉信陵의 땅을 공자에게 봉읍으로 주었다. 공자는 조나라에 머물러 살았다.

공자는 조나라에 모공毛公이라는 처사가 도박꾼 사이에 숨어서 살고, 설공薛公이라는 처사가 술 파는 집에 숨어 산다는 이야기를 들었다. 공자는 두 사람을 만나 보고자 했으나 두 사람은 스스로를 숨기고 공자를 만나 주려 하지 않았다. 공자는 그들이 사는 곳을 수소문하여 남몰래 두 사람을 찾아가 함께 사귀어 보고는 크게 기뻐했다. 평원군이 이런 소문을 듣고서 그의 부인에게 말했다.

"내가 예전에는 부인의 동생인 공자가 천하에 맞수가 없는 사람이라 들었는데, 요사이 들어보니 도박꾼이나 술장수와 망령되게 돌아다닌다 하니 공자는 망령된 사람일 뿐이오."

부인이 이 말을 공자에게 하자 공자가 누이에게 작별인사를 하면서 이렇게 말했다.

"처음에 나는 평원군이 현명하다는 소문을 듣고서 고의로 위나라 왕을 배반하면서까지 조나라를 구하여 평원군의 마음에 들려고 노력했습니다. 그런데 평원군의 사람 사귀는 것을 보면 단지 부귀한 사람들일 뿐이고 선비를 구하는 것은 아니었습니다. 나는 대량에 있을 때부터 이 두 사람이 현자라는 소문을 들었기 때문에 조나라에 온 뒤에는 그들을 혹시 만나 보지 못할까 두려웠습니다. 내가 그들을 따라다니며 사귀려고 해도 혹시 그들이 나를 받아들이지 않을까 두려웠습니다. 그런데 지금 평원군은 오히려 이러한 사귐을 부끄러운 것으로 여기고 있으니 평원군과는 더불어 사귈 수가 없습니다."

그러고는 짐을 챙겨 떠나려 했다. 부인이 이를 상세히 평원군에게 전했다. 이에 평원군이 관을 벗고 사죄하면서 몹시 공자를 만류했다. 평원군의 문하에 있던 사람들은 이러한 이야기를 듣고 그중 반은 평원군을 떠나 공자에게로 왔다. 그리고 천하의 선비들이 다시 공자에게로 모여들었으며, 공자는 평원군의 빈객들의 마음을 사로잡았다. 공자는 조나라에 머물러 있은 지 10년이 되어도 위나라로 돌아가지 않았다. 진나라는 공자가 조나라에 있다는 사실을 알고 날마다 군대를 보내 동쪽으로 향하여 위나라를 공격했다. 위나라 왕은 이를 걱정하여 사신을 조나라로 보내서 공자가 돌아오도록 청했다. 그러나 공자는 왕이 노했던 것을 두려워하여 문하의 사람들에게 경계를 하여 다음과 같이 말했다.

"감히 위나라 왕의 사신을 들어오게 하는 사람이 있으면 죽음을 당할 것이다."

빈객들도 모두 위나라를 등지고 조나라로 온 자들이기에, 감히 공자에게 위나라로 돌아가기를 권하는 사람이 없었다. 그때 모공과 설공 두 사람이 공자를 찾아와 이렇게 말했다.

"공자께서 조나라에서 존중을 받고, 그 이름이 천하에 유명한 까닭은 위나라가 배후에 있기 때문입니다. 지금 진나라가 위나라를 공격하여 위나라가 위급한데도 공자께서 이를 모른 체하고 계시니, 만일 진나라로 하여금 대량을 격파시키게 하고 선왕의 종묘를 허물어뜨리게 한다면 공자께서는 무슨 면목으로 천하에 나설 수가 있겠습니까?"

그 말이 끝나기도 전에 공자는 금세 얼굴빛이 변하더니

수레를 준비시키고 위나라를 구원하러 돌아가기로 했다.

위나라 왕은 공자를 보자 반가워 서로 울음을 터뜨리고, 상장군의 인수를 공자에게 주었다. 공자는 드디어 장수가 되었다. 위나라 안희왕 30년에 공자는 사신을 제후들에게 보내서 장수가 된 사실을 알리게 했다. 제후들은 공자가 장수가 된 사실을 듣고 제각기 장수를 보내 군대를 이끌고 가서 위나라를 구원하게 했다. 공자는 다섯 나라의 군대를 이끌고 하외河外에서 진나라 군대를 격파하고, 몽오蒙驁를 달아나게 했다. 승승장구하여 진나라 군대를 추격하여 함곡관에까지 이르러 진나라 군대를 억제하자 진나라 군대가 감히 함곡관을 나올 수가 없었다. 이 무렵 공자의 위세는 천하에 떨쳐져 제후의 빈객들이 공자에게 병법을 많이 바쳤는데, 공자는 병법 모두에 그의 이름을 붙였다. 그러한 까닭에 세상에서는 이를 위공자병법魏公子兵法이라고 한다.

진나라 왕이 이러한 상황을 근심하여 위나라에 금 10만 근을 풀어서 진비의 빈객을 구하여 위나라 왕에게 공자를 다음과 같이 헐뜯게 했다.

"공자는 외국에서 10년간이나 망명하고 있었습니다. 지금 위나라의 장수가 되자 제후들의 장수도 모두 그에게 귀속되어 있습니다. 제후들은 단지 위나라 공자에 대해서만 이야기를 들을 뿐이고 위나라 왕에 대해서는 듣지 못하고 있습니다. 공자도 또한 이러한 시기를 이용해 왕이 되고자 하고 있습니다. 한편 제후들도 공자의 위세를 두려워하여 지금 모두 힘을 모아 그를 왕으로 세우려 하고 있습니다."

그리고 진나라는 자주 이간질하는 사람을 보내 공자가 위나라 왕에 등극했느냐고 거짓으로 축하 사절을 보내곤 했다. 위나라 왕은 날마다 공자를 헐뜯는 소문을 듣자 믿지 않을 수가 없어 공자 대신 다른 사람을 장수에 앉혔다. 공자도 자신이 모함 때문에 자리에서 물러났다는 것을 깨닫고 병을 핑계로 조회에 나가지 않았다. 그리고 빈객과 더불어 날마다 밤새도록 술을 마셨다. 그는 좋은 술을 마시고, 여인들을 가까이했다. 밤낮으로 즐기고 마시기를 4년 동안 하다가 마침내 술 중독으로 병이 생겨 죽었다. 그해에 위나라의 안희왕도 죽었다. 진나라는 공자가 죽었다는 소식을 듣고 몽오를 시켜 위나라를 공격하게 해, 성 스무 개를 함락시키고 처음으로 동군東郡을 설치했다. 그 뒤로 진나라는 조금씩 위나라를 잠식하여 18년이 지난 뒤 위나라 왕을 포로로 사로잡고, 대량을 도륙했다.

한나라 고조高祖는 아직 미천하고 젊을 적에 공자의 현명함에 대해서 자주 들었다. 그 뒤 천자의 자리에 즉위한 뒤 대량을 지날 적마다 언제나 공자를 위하여 제사를 지냈다. 고조 12년에 경포黥布를 치고 돌아오는 길에는 공자를 위하여 그의 묘역을 관리하는 묘지기 집을 다섯 채나 짓고 대대로 해마다 사계절에 공자의 제사를 지내도록 했다.

태사공은 이렇게 말한다.

"내가 일찍이 대량의 옛터를 지나가면서 이른바 이문에 대해 물어본 적이 있었다. 이문이란 성의 동쪽 문이었다. 천하의 많은 공자들 중에 선비를 좋아하는 사람이 많았으나 특히 신릉군은 깊은 산과 계곡에 사는 사람들을 만나고 신분이 낮은 사람들과 사귀는 것을 부끄러워하지 않았다. 그의 명성이 제후들 사이에서 으뜸이었던 것은 헛소문만은 아니었다. 한나라 고조도 대량을 지날 적마다 백성을 시켜 신릉군의 제사를 받들어 끊이지 않도록 했다."

위공자는 어질고 능력 있었던 전국 시대 네 공자 중 한 명으로, 예를 다해 사람을 사귄 덕분에 선비들이 사방에서 모여들었다. 특히 그는 낮고 천한 자들과 사귀는 것도 부끄럽게 여기지 않았다. 위공자의 일생에서 가장 두드러진 공적은 조나라를 도와 진나라를 무찌른 일인데, 이것은 빈객들의 도움이 있었기에 가능했다. 주변 사람들의 능력을 면밀히 살필 줄 아는 혜안이야말로 권력을 가지는 첫걸음이다. 모름지기 주변을 두루 살필 일이다.

五.
역생 · 육고 열전

역생酈生 이기食其는 진류현陳留縣 고양高陽 사람이다. 그는 독서를 좋아했으나 집안이 가난해 뜻한 바를 이루지 못하고 생계조차 이을 수 없게 되자 어느 마을의 성문을 관장하는 벼슬아치가 되었다. 그렇지만 현 안의 현인이나 부호들은 그를 전혀 쓰려고 하지 않았고, 현 사람들도 모두 그를 미치광이라고 불렀다.

진승과 항량 등이 봉기를 하고 난 뒤에 장수들이 각지를 공략하는 길에 고양을 지나간 사람이 수십 명이나 되었다. 역생은 장수들이 모두 악착같은 사람들로 자질구레한 예법을 지키기를 좋아하며 자기 생각만 옳다고 여겨, 원대한 포부를 가진 말을 들어주려 하지 않는다는 이야기를 듣고 숨어 지냈다. 그 뒤에 역생은 패공이 군사를 거느리고 진류현의 외곽 지역을 공략한다는 말을 듣게 되었다. 그때 패공의 휘하에 있는 기병 한 사람이 마침 역생과 고향이 같았다. 폐공은 때때로 그 기병에게 읍 가운데 어진 선비와 호걸이 누구냐고 물었다. 그 기병이 마을로 돌아왔을 때 역생은 그를 만나서 이렇게 말했다.

"내가 들은 바로는 패공은 사람이 오만하여 남을 업신여기지만 큰 뜻을 가지고 있다고 했으니, 이 사람이 바로 내가 추종하고자 하는 사람이다. 그렇지만 나를 그에게 소개하는 사람이 지금껏 없었다. 자네가 만일 패공을 보거든 '신의 고향에 역생이라고 하는 사람이 있는데 나이는 예순 살이요, 신장은 8척이고, 사람들은 모두 그를 미치광이라고 부릅니다마는 본인 스스로는 그렇지 않다고 하는 사람입니다'라고만 해 주게."

그러자 기병이 말했다.

"패공은 선비를 좋아하지 않아서 빈객 중에 관을 쓰고 찾아오는 사람이 있으면 패공은 그 빈객의 관을 벗겨서 그 안에 오줌을 누어버립니다. 그리고 패공은 다른 사람과 대화를 할 때 상대방을 큰소리로 욕하곤 합니다. 그러니 선비의 신분으로 그를 만나 유세하는 것은 불가능합니다."

"어쨌든 그에게 내 말을 전하기만 해 주시오."

그 기병은 역생이 말한 바를 그대로 패공에게 전했다.

패공은 고양의 객사에 머물면서 사람을 시켜 역생을 불렀다. 역생이 객사에 이르러 안으로 들어가 만났다. 그때 패공은 침상에 걸터앉아 두 여자로 하여금 발을 씻기게 하고 있었는데, 그 모습 그대로 역생을 만났다. 역생은 들어가 길게 읍을 할 뿐 절을 올리지는 않았다. 그리고 이렇게 말했다.

"당신은 진나라를 도와서 다른 제후들을 공격하시려 하십니까? 아니면 제후들을 이끌고 진나라를 격파하시려 하십니까?"

그러자 패공은 역생을 꾸짖었다.

"글이나 파먹는 이놈아! 천하가 함께 진나라의 고초를 겪은 지가 오래된 까닭에 제후들이 서로 협력하여 진나라를 공격하려 하고 있는데 너는 어찌하여 진나라를 도와 다른 제후들을 공격한다는 말을 하는가?"

역생이 말했다.

"사람을 모으고 의병을 합쳐서 저 무도한 진나라를 없애고자 하신다면 오만한 태도로 나이 든 사람을 만나서는 안 됩니다."

그러자 패공은 발 씻기를 멈추고 일어나 옷깃을 여미고서 역생을 이끌어 윗자리에 앉게 한 뒤 사과했다. 역생은 여섯 나라가 합종하고 연횡했던 때의 형세에 대하여 설명했다. 그의 설명을 듣고서 패공은 기뻐하여 역생에게 음식을 하사한 뒤 물었다.

"그렇다면 나는 어떻게 행동해야 하겠소?"

역생이 말했다.

"당신은 오합지졸을 모으고, 뿔뿔이 흩어진 병사를 수습하여 군대를 만들었는데 그 수 또한 1만 명을 넘지 않습니다. 이러한 병력을 가지고 강한 진나라로 쳐들어가는 것은 이른바 호랑이의 입속으로 뛰어드는 것과 같습니다. 진류현은 천하의 요충 지대로, 사통오달의 지역입니다. 그리고 성에는 식량을 많이 쌓아 놓고 있습니다. 신은 그 현의 현령과 잘 아는 사이이니 제가 사신으로서 그에게 갈 수만 있다면 그로 하여금 당신께 항복하도록 설득하겠습니다. 그러나 만일 그가 제 말을 듣지 않는다면 군대를 일으켜 그 성을 공격하십시오. 제가 안에서 응대를 하겠습니다."

이에 패공은 역생을 사신으로 파견하고, 그 자신은 군대를 이끌고서 그의 뒤를 따라가서 마침내 진류를 항복시켰다. 그 뒤에 패공은 역생을 광야군廣野君으로 봉했다.

한편 역생은 자기의 친동생인 역상酈商을 패공에게 추천하고, 역상으로 하여금 수천 명의 군사를 거느리고 패공을 따라서 남쪽 지방을 공략하게 했다. 역생은 언제나 세객說客의 신분으로 제후들에게 왕래했다.

한나라 3년 가을에 항우가 한나라를 공격하여 형양을 함락시켰는데, 한나라는 퇴각하여 공鞏과 낙洛을 지키고 있었다. 그 무렵 초나라 군은 회음후가 조나라를 격파했다는 소식과 팽월이 여러 차례 양 땅에서 반란을 꾀했다는 소식을 듣고서 군대를 나누어 지원하도록 했다. 이때 회음후는 동쪽으로 제나라를 공격하고 있었고, 한나라 왕은 여러 차례 형양과 성고에서 곤욕을 치렀기 때문에 한나라는 성고 동쪽 지역을 포기하고 공과 낙 지역에 군대를 주둔시켜서 초나라에 대항할 계획을 하게 되었다. 이러한 상황이 되자 역생은 이렇게 말했다.

　"신이 듣건대 하늘이 하늘이 될 수밖에 없는 까닭을 아는 사람만이 천하의 패왕이 되는 대업을 이룰 수 있는 반면 하늘이 하늘이 될 수밖에 없는 까닭을 알지 못하는 사람은 천하의 패왕이 되는 대업을 이룰 수가 없다고 했습니다. 그렇기 때문에 천하의 왕자가 되는 사람은 백성을 하늘을 삼고, 그리고 그 백성들은 양식으로써 하늘을 삼는다고 했던 것입니다. 오창敖倉이라고 하는 곳은 천하의 양곡이 교역되는 중심지로 이용된 지가 이미 오래되었습니다. 신이 들은 바로는, 오창에는 지하에 막대한 양곡이 저장되어 있다고 합니다. 초나라 군이 형양을 탈취하고 난 다음 오창을 견고하게 수비하지 않은 채 군대를 이끌고 동쪽으로 가면서 수비병을 여러 부대로 나누어 성고를 수비하게 했으니 이것은 바로 하늘이 한나라에게 기회를 주는 것입니다. 그런데 현재 초나라를 이기기에 쉬운 상황인데도 한나라는 오히려 퇴각함으로써 스스로 호기를 놓치고 있으니, 신은 이러한 계획이 잘못된 것이라고 생각합니다.

또 두 개의 강한 나라가 함께 설 수는 없는 것입니다. 초나라와 한나라가 오래도록 대치하여 승세가 결판나지 않은 까닭에 백성들이 안정을 찾지 못하고, 천하가 불안에 떨고 있으며, 농부들은 쟁기를 놓고 있고, 여인들은 베틀에서 내려와 일을 하지 않고 있는 형편이라 천하의 마음이 안정되지 않고 있습니다. 원컨대, 당신은 재빨리 다시 군대를 진격하여 형양을 탈환하고, 오창의 양곡을 점거하여, 성고의 험난한 지세를 수비하고, 태항산으로 가는 길목을 차단하며, 비호蜚狐의 입구를 장악하고, 백마진白馬津을 견고히 지킴으로써 제후들에게 현재의 실제적인 형세가 누구에게 기울고 있는가를 보여 주십시오. 그렇게 할 경우 천하가 귀속할 곳이 어느 나라인지를 알게 될 것입니다.

현재 연나라, 초나라는 이미 평정되었으나 오직 제나라만이 무너지지 않고 있습니다. 지금 전광은 1천 리의 넓은 제나라를 차지하고 있고, 전간은 20만의 군대를 거느리고서 역성歷城에 주둔하고 있습니다. 게다가 이들 전씨의 세력은 강대하여 바다를 등에 지고, 하수와 제수를 사이에 두고 있으며, 남쪽으로는 초나라 지방과 가까이에 있습니다. 그리고 그 나라 사람들은 권모술수에 능하여 당신이 비록 수십만의 군사를 내어 그들을 공격한다 하더라도 어느 세월에 그들을 격파할는지 알 수가 없습니다. 그러므로 신은 당신의 조칙을 받들어 제나라에 사신으로 가서 제나라로 하여금 한나라를 위하여 동쪽의 속국이 되도록 만들고자 합니다."

이 말을 듣고 패공이 말했다.

"좋다."

패공은 역생의 계획에 따라서 다시 오창을 공격하여 빼앗은 다음 수비를 하고, 역생으로 하여금 제나라에 사신으로 가게 했다. 역생은 제나라 왕에게 다음과 같이 유세했다.

"대왕께서는 천하가 어디로 귀속될 것인지 알고 계십니까?"

제나라 왕이 말했다.

"모르오."

역생이 말했다.

"왕께서 만일에 천하가 어디로 귀속될 것인지를 아신다면 제나라를 차지하실 수 있겠지만, 만일 천하가 어디로 귀속될 것인지 모르신다면 제나라를 보존할 수 없을 것입니다."

제나라 왕이 물었다.

"천하의 민심이 어디로 향할 것 같소?"

역생이 말했다.

"한나라에 돌아갈 것입니다."

왕이 말했다.

"선생은 무슨 근거로 그렇게 말하는 거요?"

역생이 대답했다.

"한나라 왕이 항왕項王과 더불어 힘을 다하여 서진을 하여 진나라를 공격할 때 먼저 함양에 들어서는 자가 왕이 되기로 약속했습니다. 그런데 한나라 왕이 먼저 함양에 입성하자 항왕은 약속을 저버리고 한나라 왕에게 함양 땅을 주지 아니하고, 한중漢中의 왕에 봉했을 뿐이었습니다. 항왕은 의제를 내쫓아 죽였습니다. 한나라 왕이 이 소식을 듣고 촉나라와 한나라의 군대를 동원하여 삼진三秦을 공격하고, 함곡관을 나와서 의제를 살해한 곳이 어디인가 항왕에게 따졌습니다. 그러고서 천하의 병사를 수습하고, 각 제후의 후사를 세워 주었습니다. 그는 성을 차지하면 바로 그 장수를 후로 봉하고, 재화를 얻으면 바로 병사들에게 나누어 주는 등 천하와 더불어 그 이익을 함께했습니다. 호걸, 영웅과 현자, 재사가 모두 한나라 왕에게 기용되기를 기쁘게 여겼습니다. 그리하여 제후들의 군대가 사방에서 한나라 왕에게로 이르러 왔으며, 촉한의 곡물을 실은 배가 머리를 나란히 하고 장강을 따라서 내려오고 있습니다. 그렇지만 항왕은 약속을 저버렸다는 악명을 쓰고 의제를 죽였다는 큰 죄를 범했으며, 또한 다른 사람이 세운 공은 기억하는 일이 없으면서 다른 사람이 저지른 죄에 대해서는 잊어버리는 일이 없습니다. 그러한 까닭에 전투에서 승리를 거둔다 하더라도 그에 대한 상을 받을 수 없으며, 성을 함락시킨다 하더라도 후에 봉해질 수가 없습니다.

또한 항씨의 일족이 아니면 그의 신임을 얻어서 일을 할 수가 없으며, 그의 사람됨이 벼슬과 상을 주는 데 인색하여 후에게 주는 인장을 끼고 앉아서 아까워하기만 하지 다른 사람에게 주지를 못합니다. 그리고 성을 공격하여 재화를 얻을 경우에는 그 재화를 쌓아 둘 뿐 다른 사람에게 상으로 나누어 주지 않습니다. 이러한 까닭에 천하의 사람들이 그에게 반기를 들 뿐만 아니라 현인과 재사들이 그를 원망하고 있는 형편이고, 아무도 그를 위하여 일하기를 원하지 않습니다.

따라서 천하의 선비들이 한나라 왕에게로 돌아가리라는 것은 추측하기 어려운 일이 아닙니다. 한편 한나라 왕은 촉한의 군사를 일으켜서 삼진의 땅을 평정시키고, 서하 밖을 건너 상당의 군대를 동원하여 정형을 함락시키고 성안군成安君을 죽이고, 북위를 격파하고 난 뒤 성 서른두 개를 함락시켰으니 이와 같은 일은 치우蚩尤의 군대이지 인간의 군대라고 할 수 없습니다. 이것은 하늘이 내려 준 복입니다. 현재 한나라 왕은 이미 오창의 곡물을 점거해 차지하고 있으며, 성고의 험준한 지세를 이용하여 수비하고 있고, 백마진을 경계하고, 태항산으로 가는 길목을 차단하고 있으며, 비호의 입구를 장악하고 있는 상황입니다. 이러한 때 만일 천하의 제후 중에 뒤늦게 한나라 왕에게 항복하는 자는 남보다 앞서서 멸망하게 될 것입니다. 왕께서 재빨리 먼저 한나라 왕에게 항복한다면 제나라의 사직을 보존할 수 있으실 것입니다. 그러나 만일 한나라 왕에게 항복하지 않으신다면 위태로운 일과 멸망은 곧바로 닥쳐올 것입니다."

전광은 역생의 말이 옳다고 생각하고 역하를 지키며 전투 준비를 하던 군대를 쉬게 하고 역생과 더불어 온종일 술을 마셨다.

한편 회음후는 역생이 아무런 병력의 손실도 없이 수레 위에 앉아서 변론의 힘으로 제나라 70여 성의 항복을 받았다는 소식을 듣자 밤을 틈타 평원을 가로질러 제나라를 습격했다. 제나라 왕 전광은 한나라 군대가 쳐들어왔다는 소식을 접하고 역생이 자신을 속였다고 생각하고 이렇게 말했다.

"네가 만일 한나라 군을 멈추게 할 수 있다면 살려 주겠지만, 만일 그렇게 할 수 없다면 나는 너를 삶아서 죽이겠다."

그러자 역생이 말했다.

"큰일을 하는 사람은 자질구레한 일에는 신경 쓰지 않으며, 덕을 많이 가진 사람은 다른 사람의 비난을 돌아보지 않는다고 했습니다. 내가 당신을 위해 그것을 바꿀 수는 없습니다."

제나라 왕은 결국 역생을 삶아 죽이고 군대를 이끌고서 동쪽으로 도망쳤다.

한나라 12년에 곡주후曲周侯 역상은 승상의 지위를 가지고 군대를 거느리고 경포를 정벌하여 공을 세웠다. 고조는 열후와 공신의 공을 논할 때 역생을 떠올렸다. 역생의 아들인 개疥는 여러 번 군대를 거느리고 전투를 했으나 벼슬에 봉해질 정도는 아니었다. 그렇지만 고조는 그 아버지인 역생의 공로를 생각해 개를 고량후高梁侯에 봉했다. 그 뒤에 역개는 또 무수武遂를 식읍으로 받고 3대째 그 작위를 계승했다. 원수元狩 원년 중에 무수후武遂侯인 역평酈平이 조칙을 사칭하여 형산왕衡山王의 황금 100근을 탈취한 일이 발생했는데, 그의 죄는 마땅히 사형에 처한 다음 시체를 시장에 버리는 형벌에 처하여야 했으나 병으로 죽은지라 그의 나라만 몰수했다.

육고陸賈는 초나라 사람이다. 그는 식객으로 고조를 추종해 천하를 평정했다. 그는 구변에 능한 변사로 명성이 있어서 언제나 고조의 좌우에 있으면서 제후들에게 사신으로 가곤 했다.

고조가 비로소 중국을 평정했을 무렵 위타尉他라는 자가 남월南越을 평정하여 그곳의 왕이 되었다. 고조는 육고를 남월에 사신으로 보내 위타에게 남월 왕의 인을 하사하도록 했다. 육고가 남월에 이르자 위타는 송곳 같은 상투를 틀고서 두 다리를 죽 벌려 앉은 채 육고를 만났다. 육고는 그러한 모습을 보고서 그의 앞에 나아가 다음과 같이 말했다.

"당신은 중원 사람으로 친척과 형제, 그리고 조상의 무덤이 진정眞定 땅에 있습니다. 그런데 지금 당신은 하늘의 이치를 어기고, 관대를 버린 채, 보잘것없는 월나라를 믿고서 중국의 천자와 대항하여 적국이 되고자 하오니 그 화가 장차 당신에게 미칠 것입니다. 진나라가 정치를 잘못했기 때문에 제후와 호걸들이 모두 봉기하여 진나라에 반기를 들었습니다. 그중에서 한나라 왕만이 남보다 앞서서 함곡관 안으로 들어가 함양을 차지했습니다. 그런데 항우는 제후와의 약속을 저버리고 스스로 서초 패왕의 자리에 올랐고 다른 제후들도 그에게 귀속되었으니 매우 강한 나라라고 할 수 있습니다. 그러나 한나라 왕이 파와 촉에서 봉기하여 천하에 대하여 채찍질을 하고 다른 제후들을 평정한 다음 마침내는 항우를 베어 멸망시켰습니다. 그리하여 5년 만에 천하가 평정되었으니 이것은 사람의 힘으로는 불가한 것이요, 하늘이 세워 준 것입니다.

천자께서는 당신이 남월의 왕이 된 뒤 천하를 도와서 폭도와 반역자를 죽이지 않았기 때문에 장군과 재상들이 군대를 이리 보내 당신의 목을 베고자 한다는 말을 들었지만 천자께서는 또다시 백성이 고달파질 것을 가엾게 여겨 잠시 쉬도록 하고 신을 이 땅으로 보내 왕의 인을 주고, 사신을 왕래하도록 하신 것입니다. 당신은 마땅히 교외에 나와서 사신을 맞이하고 북면을 하여 신하라고 일컬어야 하는 것이 도리인데도 새로 만들어 안정되지도 않은 월나라를 가지고 이와 같이 한나라에 대하여 강경하게 나오고 있습니다. 한나라에서 만일 이와 같은 사정을 알게 될 경우에는 당신 선조의 묘를 파내어서 불태우고, 종족을 모두 없앨 것이며, 한 사람의 부장으로 하여금 10만의 군대를 거느리고서 월나라를 공격하게 할 것입니다. 그때에는 월나라 사람들이 당신을 죽여서 한나라에 항복하는 것이 손바닥을 뒤집는 것처럼 쉬울 것입니다."

그러자 위타는 벌떡 일어나 꿇어 엎드린 채 사죄하며 말했다.

"오랑캐 나라에 오래 거하다 보니 예의를 잊어버렸습니다."

그러고는 육고에게 다음과 같은 질문을 던졌다.

"나를 소하, 조참, 한신과 비교할 때 누가 가장 낫다고 생각하시오?"

육고가 말했다.

"왕께서 가장 현명한 듯합니다."

위타가 다시 물었다.

"나를 황제와 비교하면 누가 더 낫다고 생각하시오?"

육고가 대답했다.

"황제께서는 풍현과 패현 땅에서 일어나 포악한 진나라를 토벌하고 강한 초나라를 무찔러 천하를 위하여 이익을 만들고, 해를 제거하신 다음 삼황오제의 대업을 계승해 중원을 다스리시고 계십니다. 또한 중원 지방은 인구가 많고, 영토는 사방이 1만 리에 이르며 천하의 기름진 땅을 차지하고 있습니다. 사람도 많고, 수레도 많으며, 모든 것이 풍부한 데다가 정치는 한 집안에서 장악하고 있으니 이러한 일은 천지가 열린 이래로 없었던 일입니다. 지금 왕의 인구는 수십 만에 불과하고 게다가 모두 오랑캐입니다. 또 산과 바다 사이에 구차하게 끼어 있어 한나라의 한 군과 같습니다. 그런데 왕께서는 어찌하여 자신을 한나라의 천자에 비교하십니까?"

그러자 위타가 크게 웃으며 이렇게 말했다.

"나는 중원 지방에서 일어나지 않았기 때문에 이곳의 왕 노릇을 하는 것일 뿐이오. 만일 내가 중원에 거하도록 기회가 주어진다면 어찌 한나라의 천자보다 못하겠소?"

위타는 육고가 아주 마음에 들었기 때문에 그를 만류하여 수개월 동안 술을 마시며 함께 노닐었다. 그는 육고에게 이렇게 말했다.

"남월에는 더불어 이야기를 나눌 사람이 없소. 선생이 이곳에 온 뒤로 나에게 그동안 들을 수 없었던 소식을 듣게 해주었소."

그러고는 육고에게 천금을 자루에 넣어 주었고, 천금 가치의 다른 예물도 보내 주었다. 육고는 마침내 위타를 남월 왕에 임명하고, 그로 하여금 한나라의 신하라 일컬으면서 한나라를 받들 것을 약속 받았다. 육고가 한나라로 돌아와서 보고하자 고조는 대단히 기뻐하여 그를 태중대부에 임명했다.

육고는 때로 황제의 앞에서 《시경》, 《서경》을 인용했다. 고조는 육고를 꾸짖었다.

"나는 말 위에서 천하를 얻었다. 어찌 《시경》, 《서경》 따위를 일삼을 필요가 있겠느냐?"

그러자 육고가 말했다.

"말 위에서 천하를 얻으셨지만 어찌 말 위에서 천하를 다스릴 수 있겠습니까? 옛날의 은나라 탕왕과 주나라 무왕은 반역으로써 천하를 얻었지만 민심에 순응하여 나라를 지켰으니, 이와 같이 문무文武를 함께 사용하는 것이 나라를 길이 보존하는 기술인 것입니다. 옛날에 오나라 왕 부차와 진나라의 지백智伯은 무력을 너무 지나치게 사용함으로써 나라를 망하게 했으며, 진나라는 형법만 쓰다가 결국 조씨趙氏는 멸망하게 되었습니다. 만일 진나라가 천하를 통일하고 난 다음에 인의를 행하고, 옛 성인을 본받았다면 폐하께서 어떻게 이 천하를 차지할 수 있었겠습니까?"

고조는 육고의 말이 불쾌했지만 얼굴에는 부끄러워하는 기색이 나타났다. 고조는 육고에게 이렇게 말했다.

"그렇다면 시험 삼아 나를 위하여 진나라가 천하를 잃은 이유가 무엇이고, 내가 천하를 얻은 이유는 무엇인지, 아울러서 고대의 국가가 성공하고 실패한 원인에 대해 글을 지어 올리도록 하라."

육고는 이에 국가 존망의 조짐에 대하여 간략하게 저술하여 모두 12편을 지었다. 그가 1편을 고조에게 올릴 때마다 훌륭하다는 칭찬을 받았으며 좌우에 있던 사람들도 만세를 외쳤다. 그 책을 《신어新語》라 했다.

효혜제 시절에 여태후가 정사를 맡아서 여러 여씨들을 왕으로 세우려 했다. 그러나 여후는 대신들의 간언이 두려웠다. 육고는 여태후와는 싸울 힘이 없다고 스스로 판단하고 병을 구실로 사직하고서 집에 머물렀다. 육고는 호치好畤에 있는 전답이 좋은 곳이라 하여 그곳에 정착하기로 했다. 그에게는 다섯 아들이 있었는데, 그가 월나라에 사신으로 갔을 때 얻은 보물을 팔아서 천금을 만들고 이를 아들들에게 나누어 한 사람당 200금씩 가지고 살림 밑천을 삼도록 했다. 육고는 언제나 네 마리의 말이 끄는 마차에 편안히 앉아 가무를 하고, 거문고를 타는 시종 열 명을 데리고 다녔다. 그에게는 100금이나 하는 값비싼 칼이 있었는데 어느 날 아들들에게 이렇게 말했다.

"한 가지 약속을 하자. 내가 너희 집을 지나가면 너희는 내가 거느린 사람과 말에게 술과 음식을 제공하도록 하라. 아무리 오래 머문다 하더라도 열흘이면 다른 데로 옮길 것이다. 내가 죽음을 맞이하는 집에서는 보검과 수레와 말, 시종들을 갖도록 하라. 1년 동안 다른 지방을 들르는 경우도 있으니 대략 두세 번 정도 너희 집을 찾아갈 것이다. 너희를 자주 보게 되면 반갑지 않을 테니 너희들이 귀찮지는 않도록 하겠다."

여태후의 때에 여러 여씨들을 왕으로 삼았는데, 여씨 일족은 정권을 전횡하고 어린 황제를 협박하여 유씨의 한나라를 위태롭게 하려 했다. 우승상인 진평은 이러한 상황을 근심하고 있었으나 힘으로는 그들과 다툴 수 없었기 때문에 그 화가 자기 자신에게까지 미칠까 두려워서 언제나 깊은 상념에 잠겨 있었다. 어느 날 육고가 진평의 문안을 물으러 그를 찾았으나 그는 깊은 상념에 잠겨 육고가 들어 온 것을 알지 못했다. 육고가 말했다.

"무슨 생각을 그리 깊이 하고 계십니까?"

진평이 대답했다.

"선생은 내가 무슨 생각을 하고 있다고 생각하시오?"

육고가 대답했다.

"당신은 지위가 최상의 재상에 이르고 있으며, 식읍이 3만 호가 되는 열후로 부귀의 극을 달리고 있으므로 더 이상 바랄 것이 없을 것입니다. 그럼에도 근심스러운 생각을 가지고 계시니, 이는 여러 여씨와 어린 군주를 걱정하는 것이 겠지요."

진평이 말했다.

"그렇소. 이 일을 어떻게 했으면 좋겠소?"

육고가 말했다.

"천하가 안정되어 있을 때에는 재상에게 주의를 기울여야 하며, 천하가 위태로울 때에는 장군에 주의를 기울여야 합니다. 만일 장군과 재상이 사이가 좋고 서로 협력하고 있다면 선비들이 모두 그들을 따르고 사모할 것이며, 선비들이 따르고 사모할 경우에는 비록 천하에 변란이 발생한다 하더라도 국가의 권력은 분산되지 않을 것입니다. 사직을 위하여 계획을 해 본다면, 모든 일에 승상과 장군이 서로 손을 잡는 방법밖에 없습니다. 신은 언제나 태위인 강후, 즉 주발에게 이러한 이야기를 하고자 했으나 강후는 나와 농담을 곧잘 하는 사이여서 나의 말을 가볍게 여기고 있습니다. 당신은 어찌하여 태위와 사이좋게 지내 손을 굳게 잡지 않습니까?"

그리고 나서 육고는 진평을 위하여 여씨에 대처하는 몇 가지 계책을 일러 주었다. 진평은 육고의 계책을 따라 500

금을 가지고 강후 주발에게 예물로 주어 장수를 축복하고 음식을 후하게 장만하고 즐겁게 술을 나누어 마셨다. 태위도 그에 대한 보답으로 진평과 똑같이 했다. 이 두 사람의 관계가 밀접하게 되자 여씨들의 음모는 점차 움츠러들었다. 진평은 이에 노비 100명과 수레와 말 50승, 돈 500만을 육고에게 주어 음식의 비용으로 사용하게 했다. 육고는 이를 자금으로 한나라 조정의 공경들과 교유를 하니, 그의 명성이 매우 높아졌다.

여러 여씨들을 죽이고 효문제를 세우는 일에 있어 육고는 상당한 공을 세웠다. 효문제가 즉위하자 남월에 사신을 보내려고 했다. 그때 진평 등이 육고를 추천하여 태중대부로 삼아 사신으로 위타에게 가도록 했다. 육고는 위타가 천자처럼 황색의 수레 덮개를 사용하는 것을 포기하도록 했고, 제(制, 황제를 일컬음)를 칭하는 등의 참월한 행위를 그만두도록 해, 제후와 동등하게 만들어서 황제의 마음에 들게 했다. 이와 같은 이야기는 〈남월 열전南越列傳〉 가운데 상세하게 기록되어 있다. 육고는 마침내 수명을 다하고 죽었다.

평원군平原君 주건朱建은 초나라 사람이다. 예전에 그는 회남왕인 경포의 재상으로 있었는데, 죄를 벌하고 그를 떠났다가 그 뒤에 다시 경포를 섬겼다. 경포가 반란을 일으키려고 할 때에 평원군에게 자문을 구하자 평원군은 반대했다. 그러나 경포는 그의 말을 듣지 않고 도리어 양보후梁父侯의 말을 듣고서 반란을 일으켰다. 한나라가 경포를 죽이고 난 다음 평원군은 경포에게 간언을 하고 반란의 모의에 동참하지 않았다는 사실을 알고서 그를 죽이지 않았다. 이러한 사건은 〈경포 열전〉에 자세히 기록되어 있다.

평원군은 사람됨이 변론을 잘하고, 말재주가 있었으나 엄격하고 강직한 성격을 가지고 있었다. 그는 장안에 살고 있었는데 구차하게 남의 비위를 맞추지 않고, 의리에 벗어나는 행동을 하는 자와는 타협하지 않았다. 벽양후辟陽侯, 심이기審食其는 행실이 올바르지 못한 사람인데도 여태후의 사랑을 받았다. 그 무렵에 벽양후는 평원군과 사귀고자 했으나 평원군은 그를 만나 주려 하지 않았다. 평원군의 어머니가 죽었을 때 육고는 평소에 평원군과 사이가 좋았던 관계로 그의 집에 문상을 하러 갔다. 그런데 평원군은 너무나 가난해 장례도 치르지 못하고 상복과 장례도구를 빌려 오려던 중이었다. 육고는 평원군으로 하여금 장례를 치를 수 있도록 해 준 뒤 벽양후를 찾아가 축하하며 이렇게 말을 건넸다.

"평원군의 어머니께서 돌아가셨소."

그러자 벽양후가 말했다.

"평원군의 어머니께서 돌아가셨는데 어찌하여 나에게 축하를 한단 말입니까?"

육고가 대답했다.

"전날 당신이 평원군과 사귀기를 바랐는데, 평원군은 의리를 지키느라 그대와 사귀지 않았소. 그 이유는 어머니 때문이었소. 그런데 지금 그의 어머니께서 돌아가셨으니 그대가 만일 후하게 조의를 표한다면 저 사람은 그대를 위하여 목숨도 내놓을 것이오."

이 말을 듣고 벽양후는 100금을 가지고 평원군을 찾아가서 조의금을 냈다. 그러자 열후와 귀인들이 벽양후의 체면을 보아 평원군을 찾아가서 조의금을 냈으므로 모두 500금이 모였다.

벽양후가 여태후의 사랑을 받자 어떤 사람이 효혜제에게 벽양후를 헐뜯었다. 그러자 효혜제는 크게 노하여 벽양후를 감옥에 가두고 죽이려 했다. 그렇지만 여태후는 자신과 벽양후 사이의 관계가 부끄러워서 아무 말도 하지 못했다. 한편 대신들은 벽양후의 행실을 싫어했기 때문에 그를 죽이고

자 했다. 벽양후는 사정이 급해지자 사람을 시켜 평원군을 만나 보고자 했다. 그러나 평원군은 이를 거절하며 이렇게 말했다.

"사안이 급박하므로 감히 당신을 만날 수 없습니다."

그리고 난 다음 평원군은 효혜제가 사랑하는 신하인 굉적 유(閎籍孺)를 찾아가서 이렇게 그를 설득했다.

"당신이 황제의 사랑을 받고 있다는 것은 천하의 사람 중에 모르는 사람이 없소. 그런데 지금 벽양후는 태후에게 사랑을 받았다고 하여 옥에 갇혀 있는데 길거리에서는 모두가 당신이 중상해서 그를 죽이려 한 것이라 떠들고 있소. 지금 만일 벽양후가 죽임을 당한다면 다음날에는 여태후께서 분노를 감추어 두고 있다가 당신 역시 죽여 버릴 것이오. 그런데 어찌하여 어깨를 드러내고 벽양후를 위하여 황제께 부탁하지 않습니까? 황제께서 만일 당신의 청을 들어 벽양후를 옥에서 내보내 준다면 태후께선 크게 기뻐하실 것이오. 그렇게 된다면 두 분의 군주께서 당신을 사랑하실 것이니 당신의 부귀는 이전에 비하여 배나 더할 것이오."

이 말을 듣고 굉적유는 크게 두려워하여 그의 계책에 따라 황제에게 간청하자 황제는 짐작대로 벽양후를 풀어 주었다.

벽양후는 자기가 감옥으로 갈 때 평원군을 만나려 했으나 평원군이 자신을 만나 주지 않았기 때문에 그가 자신을 배반했다고 생각하고 매우 화가 나 있었다. 그러나 평원군이 계략을 성공시켜 그를 석방시키자 벽양후는 매우 놀랐다.

여태후가 죽자 대신들이 여씨 일족을 모두 죽였다. 그러나 벽양후는 여씨 일족과 대단히 밀접한 관계였음에도 끝내 죽임당하지 않았다. 그가 온전할 수 있도록 계획을 세워 준 사람은 바로 육고와 평원군이었다.

효혜제의 시절에 회남의 여왕厲王이 벽양후를 죽였는데, 그것은 여씨 일족과의 관련 때문이었다. 효문제는 벽양후의 식객인 평원군이 벽양후를 위하여 계책을 세워 주었다는 이야기를 듣고 관리를 시켜 평원군을 체포하여 그 죄를 다스리도록 했다. 그리하여 관리들이 문에 다다랐다는 소식을 접했을 때 평원군은 스스로 목숨을 끊으려 했다. 그러자 여러 아들과 관리들이 모두 이렇게 말하며 그를 말렸다.

"이 일이 어떻게 될지 아직은 알 수 없는 것입니다. 어찌해서 섣불리 목숨을 끊으려 하십니까?"

그러자 평원군이 말했다.

"내가 죽으면 화가 너희들에게까지 미치지는 않을 것이

다."

그러고는 마침내 스스로 목을 찔러 죽었다. 효문제는 이 소식을 듣고 슬퍼하며 말했다.

"나는 그를 죽일 뜻이 없었다."

그러고는 평원군의 아들을 불러서 중대부에 임명했다. 그는 흉노에 사신으로 갔는데 흉노의 왕 선우單于가 무례하게 대하자 그를 꾸짖었다가 결국 흉노 땅에서 죽음을 맞았다.

처음 패공이 군대를 이끌고 진류 땅을 지나갈 때 역생이 군문 앞까지 몸소 찾아와 명함을 올리고 만나기를 청했다.

"고양 땅의 천민 역생이 패공께서 노숙을 하면서 군대를 거느리고 초나라를 도와 불의한 진나라를 토벌한다는 소식을 듣고 삼가 따르는 자들을 위로하고 멀리서나마 패공을 뵙고 천하의 큰일을 논하고자 합니다."

사자가 들어가 아뢰자 패공은 발을 씻고 있다가 물었다.

"어떠한 사람이더냐?"

사자가 이렇게 대답했다.

"그의 용모로 보아서 큰 선비 같습니다. 선비 옷을 입고, 측주(側注, 유자들이 쓰는 관의 이름)를 쓰고 있습니다."

그러자 패공이 말했다.

"네가 나를 대신해 만남을 거절하도록 하라. 나는 지금 천하의 일에 바쁘기 때문에 선비를 볼 여유가 없다고 말하도록 하라."

사자가 이에 밖으로 나와 역생에게 사절의 뜻을 전했다.

"패공께선 선생께 정중히 거절하며 사과하라고 하셨습니다. 지금은 천하의 대사에 바쁘기 때문에 선비를 만날 여유가 없다고 하셨습니다."

그러자 역생은 눈을 부릅뜨고 검을 움켜쥐더니 호령했다.

"다시 들어가 봐라! 다시 들어가서 패공께 나는 고양의 술꾼이지 선비가 아니라고 전하라!"

사자는 두려움에 명함을 떨어뜨렸다가 허리를 굽혀서 그 명함을 주워 든 뒤 다시 들어가 다음과 같이 아뢰었다.

"바깥에 와 있는 손님은 천하의 장사입니다. 저를 질책했는데 두려워서 명함을 떨어뜨릴 정도였습니다. 그 손님은 '다시 들어가 봐라! 다시 들어가서 나는 고양의 술꾼이라고 여쭈어라!' 하고 말했습니다."

그러자 패공은 맨발로 창을 잡고서 말했다.

"그 손님을 맞이하여 들이라!"

역생은 들어오자 패공에게 읍을 하고서 이렇게 말했다.

"고생이 많으십니다. 옷을 따가운 햇볕에 쏘이면서 고생 고생하여 군대를 이끌고 초나라를 도와 불의한 군주를 정벌하는데 어찌하여 흔쾌히 인재를 맞지 않으시는지요? 그리고 신이 천하의 큰일에 대한 계책을 가지고 뵈려고 했는데 '나는 지금 천하 대사로 바쁘기 때문에 선비를 만나볼 여유가 없다'라고 말씀하시다니! 당신은 천하의 큰일을 일으켜서 큰 공을 세우려 하면서 사람의 생김새만 가지고 그 사람을 평가하여 천하의 재주 가진 선비를 놓칠 것입니다. 제 생각으로는 당신의 지혜가 저보다 못하고, 당신의 용맹도 저보다 못합니다. 당신이 천하를 도모한다면서 나를 만나지 않는다면 이는 인재를 잃는 것이 될 것입니다."

이 말을 듣고 패공은 사과했다.

"앞서는 선생의 생김새에 대해 들었고, 지금은 선생의 포부에 대하여 직접 들었습니다."

그리고 역생을 맞아들여 자리에 앉히고서 천하를 취할 수 있는 방도에 대하여 물었다. 역생은 이렇게 말했다.

"당신이 큰 공을 이루고자 하신다면 진류 땅에 머무는 것보다 나은 계책이 없습니다. 진류는 천하의 요충지로 군대가 모이는 곳이며, 수십만 석의 곡식을 저장하고 있는 곳이기도 하여, 성에 대한 수비가 대단히 견고합니다. 신은 평소부터 진류의 현령과 잘 아는 사이이므로 당신을 위하여 그를 설득하여 보겠습니다. 그러나 그가 신의 말을 듣지 아니하면 신은 그를 죽이고서라도 진류를 함락시키도록 하겠습니다. 그러니 당신은 진류의 군대를 거느리고, 진류의 성에 웅거하여 진류에 쌓인 곡식을 군량미로 삼아 천하의 군사를 모집하십시오. 당신을 따르려는 군사가 많으면 천하에 횡행하더라도 당신을 해칠 수 있는 사람은 아무도 없을 것입니다."

패공은 이 말을 듣고 말했다.

"삼가 선생의 가르침대로 따르겠습니다."

이리하여 역생은 밤을 틈타 진류의 현령을 만나서 그를 다음과 같이 설득했다.

"진나라는 천도에 어긋난 정치를 하여 천하가 반기를 들고 있소. 지금 당신이 천하의 대세에 따른다면 큰 공을 성취할 수 있을 것이오. 그러나 당신 혼자 망해 가는 진나라를 위해 성을 굳게 지킨다면 신은 당신을 위하여 생각해 보건대, 대단히 위태로운 일이라고 생각합니다."

그러자 진류의 현령은 다음과 같이 말했다.

"진나라의 법은 너무도 엄중하니 함부로 망령된 말을 할 수가 없는 것이오. 그리고 함부로 망령된 말을 하는 사람은 그 집안을 모두 죽이므로 나는 선생의 말에 따를 수 없소. 선생이 나에게 가르쳐 준 것은 신의 뜻한 바가 아니므로 다시는 이 같은 말을 마시오."

역생은 그곳에 머물러 자다가 한밤이 되자 진류 현령의 머리를 베어 가지고 성을 내려와 패공에게 그 사실을 알렸다. 그러자 패공은 군사를 이끌고 성을 공격했다. 패공은 진류 현령의 머리를 긴 장대 위에 매달아 성 위에 있는 사람에게 보이면서 이렇게 말했다.

"빨리 항복하라! 너희 현령의 머리는 이미 베어 버렸다. 지금부터 뒤늦게 항복하는 사람은 반드시 먼저 참수할 것이다!"

진류성 사람들은 현령이 벌써 죽은 것을 알고서 서로 앞을 다투어서 패공에게 항복했다. 패공은 진류의 남쪽 성문 위에 주둔한 채 진류의 물자와 군사를 이용하고, 저장하여 놓은 식량을 먹으며 3개월 동안 진류에 머물면서 군사를 모집해 수만 명의 군사를 얻었다. 그래서 드디어 함곡관에 들어가 진나라를 격파할 수 있었다.

태사공은 말한다.

"역생의 일생에 대하여 쓴 세상의 전기에서는 대개 한나라 왕이 이미 삼진을 함락시킨 뒤 동진하여 항우를 공격하여 공과 낙양 사이에서 군대를 지휘하고 있을 무렵에 역생이 선비의 옷을 입고서 한나라 왕에게 유세했다고 하는데, 이것은 잘못된 기록이다. 패공은 함곡관 안에 들어가기 전에 항우와 결별하고 고양에 이르러서 역생 형제를 휘하에 두었던 것이다. 내가 《신어新語》라는 책 열두 편을 읽어 보니 역생은 과연 그 시대의 변사라고 할 수 있었다. 나는 평원군의 아들과 잘 아는 사이였기에 그의 사적에 대해 덧붙여서 서술했다."

역사상 뛰어난 변설가였던 역생, 육고, 평원군의 이야기다. 변설이란 '말을 잘하는 재주'인데 오늘날에도 '화술'은 성공의 중요한 필요 덕목이기도 하다. 선비를 싫어하는 오만한 패공을 꺾어 넘긴 역생의 화술은 단연 돋보이는 대목이다. 좀체 움직이지 않을 것 같은 사람의 마음을 움직이는 것은 무력이 아니라 세 치 혀에서 나오는 말이라는 것이 놀랍고도 경이롭다. 한나라 고조에게 '말 타고 천하를 얻었다 하여 말 타고 천하를 다스릴 수는 없다'라고 가르친 육고의 말에서 권력을 얻는 것은 힘이지만, 지키는 것은 인이 아닐까 조심스럽게 생각해 본다.

六.
관중 · 안자 열전

관중管仲 이오夷吾는 영수潁水 기슭에 살던 사람이다. 젊었을 때부터 포숙아鮑叔牙와 사귀었는데, 포숙은 그가 보통 사람이 아니란 것을 알아보았다. 관중은 가난했기 때문에 종종 포숙을 속였다. 그러나 포숙은 언제나 관중을 좋게만 대했을 뿐, 그에 대해서는 눈감아 주었다.

얼마 뒤에 포숙은 제나라 공자 소백小白을 섬기게 되었고, 관중은 공자 규糾를 섬기게 되었다. 소백이 즉위하여 환공桓公이 되자 왕권 다툼에 패한 규는 죽고 관중은 옥에 갇혔다. 그러자 포숙은 관중을 환공에게 천거했다. 관중이 등용되어 제나라의 정치를 맡게 되자 제나라 환공이 패자覇者가 되었다. 여러 제후들을 아홉 차례나 불러 모아 천하를 바로잡은 것도 모두 관중의 지략 덕분이었다.

관중은 출세한 뒤에 이렇게 말했다.

"나는 가난한 시절, 포숙과 함께 장사를 했다. 이익을 나눌 때마다 나는 더 많은 몫을 챙겼다. 하지만 포숙은 나에게 욕심쟁이라고 말하지 않았다. 내가 가난한 것을 알았기 때문이다. 한번은 내가 포숙을 위해 어떤 일을 꾸미다가 실패해 더욱 곤궁해졌다. 그러나 포숙은 나를 어리석다고 나무라지 않았다. 때에 따라 사람이 이로울 수도 있고 불리할 수도 있다는 것을 알고 있었기 때문이다. 내가 일찍이 세 차례나 벼슬길에 나갔다가 세 번 다 임금에게 쫓겨났지만 포숙은 나에게 못난이라고 비웃지 않았다. 내가 아직 때를 만나지 못했음을 알고 있어서였다. 또 나는 세 번 싸우러 나갔다가 세 번 달아났지만 포숙은 나더러 겁쟁이라고 욕하지 않았다. 내게 늙으신 어머님이 계시다는 것을 알았기 때문이다. 공자 규가 왕권 다툼에서 패했을 때에 동료인 소홀召忽은 싸우다 죽고 나만 산 채로 감옥에 갇혀 치욕을 받았지만, 포숙은 나더러 부끄러움을 모르는 놈이라고 야단치지 않았다. 내가 임금을 따라 죽어야 할 하찮은 절개를 부끄러워하기보다는 공명을 천하에 떨치지 못하는 것을 부끄러워하는 줄 알았기 때문이다. 나를 낳아 준 이는 부모님이지만 나를 알아준 이는 포숙이다."

관중은 제나라 재상이 되어 정치를 맡게 되었다. 제나라는 바닷가에 자리 잡고 있어 힘이 약한 나라였지만 해산물을 팔아 재물을 쌓고, 나라 살림을 넉넉하게 만들고 군비를 튼튼히 갖춰 나갔다. 그리고 백성과 더불어 즐거움과 괴로움을 함께 나누었다.

그가 지은 《관자管子》에는 이런 구절이 있다.

"백성은 창고가 가득 차야만 예절을 알고 옷과 밥이 넉넉해야만 영화와 치욕을 안다. 윗사람이 법도를 지키면 육친六親이 굳게 결합된다. 예의와 염치가 없으면 나라가 망한다. 한번 명령을 내리면 마치 물이 낮은 곳으로 흐르듯 민심이 따르게 해야 한다."

그러므로 나라에서 의논하는 정책을 낮추어서 백성들이 쉽게 행할 수 있도록 했다. 백성들이 바라는 것은 그대로 들어주었고, 백성들이 싫어하는 것은 없앴다.

그가 정치를 하는 방법은 화가 될 일을 잘 이용해 복이 되게 하고, 실패를 돌이켜서 성공으로 만드는 것이었다. 그는 일의 가볍고 무거움을 잘 비교하여 균형을 얻는 데 힘썼다.

예를 들면 환공이 소희(少姬, 채나라 사람으로 환공의 후궁. 뱃놀이에서 환공을 놀라게 한 죄로 채나라로 쫓겨 갔다. 채나라에서는 소희를 다른 나라로 다시 시집보냈다.)의 일 때문에 몹시 화가 나서 채나라를 공격했을 때 관중은 여세를 몰아 초나라까지 함께 쳤다. 마침 초나라가 주나라 왕실에 공물인 띠풀 묶음을 바치지 않았기 때문에 잘못을 따진다는 명분을 세운 것이다. 또 환공이 북쪽 산융山戎을 치자 관중은 그 걸음에 연燕나라에 압력을 가해 그 조상인 소공召公의 정치를 부활시켰다. 또 가柯의 회의에서 환공이 조말曹沫에게 강요받은 약속을 어기려 하자 관중은 화를 복으로 돌리기 위해 환공에게 약속을 지키게 했다. 조말은 노나라 사람으로 제나라와 싸웠으나 세 번 싸워 세 번 패하고 노나라 땅을 빼앗겼다. 그러나 강화회의 석상에서 조말은 비수로 제나라 환공을 위협하여 500리의 땅을 되돌려 주겠다는 약속을 받아냈다. 환공이 이 약속을 어기려 하자 관중이 나서서 되돌려 주게 한 것이다. 제후들은 환공이 약속을 실천하는 것을 보고 더욱 제나라를 믿고 따랐다. 그래서 정치의 요체란 '주는 것이 곧 가지는 것'이라는 말이 생겼다.

관중의 재산은 제나라 왕실과 맞먹을 정도였다. 삼귀(三歸. 성이 다른 세 여인을 거느리고 각기 살림을 차려 준 집)와 반점(反坫, 제후가 회견할 때 술잔을 바치는 예가 끝나면 술잔을 엎어 놓는 받침)까지 갖췄지만 제나라 사람들은 이것을 사치스럽다고 여기지 않았다. 관중이 죽은 뒤에도 제나라는 그의 정책을 받들어 제후들 가운데 가장 강한 나라가 되었다.

관중이 죽은 후 100여 년 뒤에 안자晏子가 나타났다. 안자 (晏平仲. 평은 호, 중은 자. 이름은 嬰)는 내萊나라 이유夷維 사람이다. 제나라 영공靈公, 장공莊公, 경공景公을 섬기며 절약과 검소한 생활을 힘써 행하여 제나라에서 높이 쓰였다. 제나라 재상이 된 후에도 밥상에 두 가지 고기반찬을 겹쳐 놓지 않았고, 아내도 비단옷을 입지 않았다. 조정에 있을 때에 임금이 말을 걸어오면 겸손하게 대답했고 말을 걸어오지 않으면 몸가짐을 더욱 조심했다. 나라에 도가 있을 때에는 그 명령에 따랐고, 도가 없을 때에는 명령이 올바른 것인지 잘 헤아렸다. 그래서 3대에 걸쳐 제후들 사이에서 이름을 날렸다.

하루는 안자가 길을 가다가 월석보越石父라는 현인이 죄를 짓고 묶여 있는 것을 우연히 보게 되었다. 안자는 자기 수레에 매인 왼쪽 말을 풀어서 그의 속죄금으로 내주고 그를 자기 수레에 태워 돌아왔다. 집으로 돌아온 안자는 아무런 말도 없이 안채로 들어가 버렸다. 잠시 뒤에 월석보가 사람을 시켜 안자에게 절교하기를 청했다. 안자가 깜짝 놀라 의관을 바로 잡고 석보에게 물었다.

"제가 비록 어질지는 못하지만 선생을 어려움에서 구해 드렸습니다. 그런데 선생께서는 어째서 이다지도 성급하게 절교를 하시려 하는지요?"

그러자 석보가 대답했다.

"그렇지 않소. 내가 듣기로 군자는 자기를 모르는 자에게는 자기 뜻을 굽히지만 자기를 아는 자에게는 자기 뜻을 편다고 했소. 내가 죄수로 묶였을 때에 나를 죄준 자는 나를 모르는 자였소. 그러나 재상께서는 내가 죄 없음을 깨닫고 내 죗값을 내어 풀어 주셨으니 그게 바로 나를 알아주신 것이오. 그런데 나를 알아주고도 예의를 차리지 않는다니 차라리 죄수로 묶여 있는 것보다 못하오."

안자는 그제야 말을 알아듣고 석보를 안채로 모시고 상객으로 대우했다.

또 하루는 안자가 외출을 준비하고 있었다. 그런데 마부의 아내가 문틈으로 자기 남편의 모습을 엿보았다. 남편은 안자의 마부였다. 마부는 커다란 햇빛 가리개를 받쳐 들고 네 마리의 말에 채찍질을 하면서 아주 흐뭇한 얼굴로 의기양양해 했다. 얼마 뒤 마부가 외출에서 돌아오자 아내는 이혼을 청했다. 남편이 까닭을 묻자 아내는 이렇게 대답했다.

"안자는 키가 6척도 못 되지만 그 몸으로 제나라 재상이 되어 제후들 가운데 이름을 날리더군요. 아까 그가 외출하는 모습을 보니 생각이 깊은 데다 언제나 남에게 겸손하게 굽디다. 그런데 당신은 키가 8척이나 되면서도 남의 마부 노릇이 대단하기나 한 것처럼 의기양양하더이다. 내가 그걸 보고서 이혼하려는 거라오."

이 말을 들은 마부는 스스로 행동을 억제하며 겸손하게 살았다. 안자가 이상히 여겨 물어보자 마부가 사실대로 말했다. 안자는 그 마부를 조정에 천거하여 대부로 삼았다.

태사공은 말한다.

"나는 관중이 쓴 책 《목민牧民》, 《산고山高》, 《승마乘馬》, 《경중輕重》, 《구부九府》의 여러 편과 《안자춘추晏子春秋》를 읽어 보았는데, 그 내용이 아주 자세했다. 그의 저서를 보고 난 뒤에 그가 행한 사적까지 살펴보고 싶었으므로 여기에 그의 열전을 지은 것이다. 그의 저서에 대해서는 세상에 많이 이야기가 되었으므로 여기서 다시 논하지 않고 잘 알려지지 않은 이야기만을 말했다.

관중은 세상에서 흔히 말하는 어진 신하였지만 공자는 그를 소인이라고 했다. 주나라 왕실이 쇠미해진 것을 보고 현명한 임금인 환공을 도와 어진 왕자王者가 되도록 힘쓰지 않고 패자霸者의 이름에만 그치게 한 것 때문이 아니겠는가. '좋은 점을 더욱 길러 주고 나쁜 점을 바로잡아 주면 윗사람과 아랫사람이 서로 친근해진다'라는 말이 있는데, 바로 관중의 경우일 것이다.

안자는 제나라 장공이 반역한 신하에게 죽임을 당했을 때에 그 시체 앞에 엎드려 통곡했다. 그러나 그 예를 마친 다음에는 반역한 신하를 치지도 않고 그대로 가 버렸다. 그렇다면 안자야말로 의를 보고도 행하지 않은 비겁자였던 것일까? 그러나 그가 임금에게 충성을 다해 간할 적에 조금도 임금에게 겁먹지 않았던 것을 본다면 그야말로 '나아가서는 충성을 다할 것을 생각하고 물러나서는 허물을 고칠 것을 생각한다'라는 마음가짐의 소유자가 아니었을지. 만약 안자가 오늘날 살아 있다면 나는 그의 마부가 되는 것을 부끄러워하지 않을 만큼 그를 흠모한다."

우정의 대명사인 관포지교는 관중과 포숙아의 우정을 말한다. 포숙아는 관중을 알아보고 오랫동안 그의 허물을 눈감아 주었다. 제나라 양공이 피살된 후 소백과 규는 서로 왕이 되기 위해 다투었다. 관중은 규를 섬겼고, 포숙은 소백을 섬겼다. 결국 소백이 왕이 되었으니, 그가 바로 환공이다. 그러나 환공은 옛 원수인 관중을 재상으로 받아들였다. 물론 포숙이 천거하긴 했으나 이는 환공이 사람 보는 눈이 있었기 때문이다. 덕분에 환공은 제나라의 패자가 될 수 있었다.

안자는 겸손의 미덕을 행한 인물이다. 덕분에 제나라의 세 임금을 연달아 섬기며 나라를 중흥시킬 수 있었다. 실력을 갖추는 것 못지않게 중요한 것이 바로 사람 보는 눈과 겸손한 마음이다.

七.
손자
·
오기
열전

제나라 사람인 손무孫武는 병법에 뛰어났다. 그는 오나라 왕 합려闔廬에게 부름을 받았다. 합려가 손무에게 물었다.

"그대가 지은 열세 편의 병서는 내가 모두 읽어 보았소. 군대를 한번 지휘해 보일 수 있겠소?"

"좋습니다."

"여자들로도 해 볼 수 있겠소?"

"괜찮습니다."

손무가 대답하자 합려는 궁녀 180명을 불러들였다. 손무는 그들을 두 편으로 나누고 오나라 왕이 사랑하는 궁녀 두 사람을 각 편의 대장으로 삼았다. 그리고 모든 궁녀들에게 창을 쥐게 하고 이렇게 물었다.

"여러분은 자기의 가슴과 왼쪽, 오른쪽의 손과 등을 알고 있는가?"

"알고 있습니다."

그러자 손무가 다시 말했다.

"'앞으로!' 하고 호령하면 가슴 쪽을 보고, '좌로!' 하면 왼손 쪽을 보라. '우로!' 하면 오른손 쪽을 보라. '뒤로!' 하면 등 뒤쪽을 보도록 하라."

"알겠습니다."

손무는 이렇게 설명한 뒤 군법으로 사람을 죽일 때 쓰는 도끼를 세워 둔 채, 몇 번이나 되풀이해서 군령을 내렸다. 그러나 궁녀들은 크게 웃기만 했다.

"군령이 분명치 못하고 호령에 익숙해지도록 거듭하지 않은 것은 장수의 죄이다."

손무는 이렇게 말하고 다시 군령을 설명한 후 북을 치면서 호령했다. 그러나 궁녀들은 여전히 웃기만 했다. 그러자 손무가 말했다.

"군령이 분명치 못하고 호령에 익숙해지도록 거듭하지 않은 것은 장수의 죄이지만, 이미 군령이 분명히 전달되었는데도 병졸들이 병법대로 움직이지 않는 것은 대장의 죄이다."

그러고는 두 편의 대장의 목을 베려 했다. 누대 위에서 앉아서 이 장면을 지켜본 오나라 왕은 자신이 사랑하는 궁녀들의 목을 베려는 것을 보고 급히 사람을 보내 명을 내렸다.

"과인은 이미 장군이 용병에 뛰어나다는 것을 알았소. 과인은 이 두 궁녀가 없으면 밥을 먹어도 맛을 알 수가 없으니 부디 그들의 목숨만은 살려 주시오."

그러나 손무는 이렇게 거절했다.

"신은 이미 왕명을 받아 장수가 되었습니다. 장수가 군대에 있을 때는 왕의 명이라도 받들지 않는 경우가 있습니다."

그러고는 두 대장의 목을 벤 후 궁녀들에게 돌려 가며 보게 했다. 그리고 그들 다음으로 왕의 총애를 받는 궁녀를 뽑아 대장으로 삼고 다시 북을 치면서 호령했다. 그러자 궁녀들은 좌로, 우로, 다시 앞으로, 뒤로 앉았다가 일어서는 것까지 자로 잰 듯 정확하게 호령에 잘 따랐으며 아무런 불평도 하지 않았다. 손무는 사람을 보내 오나라 왕에게 전했다.

"군대는 이미 잘 갖추어졌습니다. 왕께서는 내려오시어 시험해 보십시오. 왕께서 쓰고자 한다면 그들은 물불 가리지 않고 달려들 것입니다."

그러나 오나라 왕은 이렇게 말했다.

"장군은 훈련을 마치고 그만 숙소로 돌아가시오. 과인은 내려가 보고 싶지 않소."

그러자 손무가 말했다.

"왕께서는 한갓 병법에 쓰여 있는 말만 좋아할 뿐이지, 병법을 사용하지는 못하십니다."

그러자 오나라 왕은 손무의 뛰어난 용병술을 인정하고 그를 장군으로 삼았다. 그 뒤 오나라가 서쪽의 강대국인 초나라를 무찔러 수도 영郢을 차지하고 북쪽으로 제나라와 진晉나라를 위협해 제후들 사이에서 이름을 떨친 데에는 손무의 힘이 컸다.

손무가 세상을 떠난 지 100여 년쯤 뒤에 손빈孫臏이 세상에 나타났다. 손빈은 제나라의 아읍阿邑과 견읍鄄邑 사이에서 태어났는데 손무의 후손이었다. 손빈은 일찍이 방연龐涓과 함께 병법을 배웠다.

방연은 위魏나라에서 벼슬을 해 혜왕惠王의 장군이 되었다. 방연은 손빈의 실력이 자신보다 낫다고 생각하고 몰래 사람을 보내 손빈을 불러왔다. 손빈이 찾아오자 방연은 그가 자기보다 현명한 것을 두렵게 생각하고는 미워했다. 그래서 그에게 죄를 뒤집어씌워 그 벌로 두 다리를 자르고 이마에 먹 글씨를 새겨 넣었다. 그렇게 하면 손빈이 세상에 나오지 못하고 평생 숨어 살 것이라고 생각한 것이다.

그 뒤 제나라 사신이 위나라를 방문했다. 손빈은 몰래 사신을 만나 설득했다. 제나라 사신은 그를 대단한 사람이라 생각하고 자기 수레에 몰래 태워 함께 제나라로 왔다. 제나라 장군 전기田忌는 손빈의 재능을 알아보고 빈객으로 대우해 주었다.

전기는 제나라의 여러 공자들과 마차를 몰아 승부를 짓는 돈내기를 좋아했다. 어느 날 손빈이 살펴보니 그 말들의 달리는 속도에는 별 차이가 없었는데 상, 중, 하 세 등급으로 나뉘어 있는 것을 보았다. 손빈은 전기에게 이렇게 말했다.

"장군께서는 내기를 좋아하시니 제가 장군을 이기도록 해 드리겠습니다."

전기가 손빈의 말을 믿고 왕과 여러 공자들에게 1천 금을 건 내기 마차 경주를 제안했다. 경기가 시작될 무렵 손빈이 말했다.

"장군의 하급 말과 상대방의 상급 말을 겨루게 하고, 장군의 상급 말과 상대방의 중급 말을 겨루게 하며, 장군의 중급 말과 상대방의 하급 말을 겨루게 하십시오."

세 번의 시합이 끝나자 전기는 첫 번째는 지고, 두 번째와 세 번째를 이겨 1천 금을 얻었다. 손빈이 범상치 않음을 알아본 전기는 제나라 위왕에게 그를 추천했다. 위왕은 그에게 병법을 묻고는 군사軍師로 삼았다.

그 뒤 위나라가 조趙나라를 공격했다. 조나라는 다급하여 제나라에 도움을 요청했다. 제나라 위왕이 손빈을 장군으로 삼으려 하자 손빈은 사양했다.

"형벌을 받은 사람은 장군이 될 수 없습니다."

그래서 전기를 장수로 삼고 손빈을 군사로 삼아 휘장을 친 수레 안에서 작전을 펴도록 했다. 전기가 군대를 몰고 성급하게 조나라로 가려 하자 손빈이 말렸다.

"어지럽게 엉킨 실타래를 풀려면 주먹을 휘둘러서는 안 됩니다. 급소를 치고 빈틈을 찔러 상대방의 형세를 불리하게 만들면 저절로 싸움은 풀리게 됩니다. 위나라와 조나라는 정신없이 싸우고 있습니다. 그래서 날쌘 군사는 반드시 나라 밖으로 싸우러 나가고 위나라 안에는 늙고 병든 자들만 남아 있을 것입니다. 장군께서는 군대를 이끌고 빨리 위나라 수도인 대량으로 달려가시는 것이 좋습니다. 대량을 점령하고 빈틈을 찌르십시오. 그러면 그들은 틀림없이 조나라에 대한 공격을 멈추고 자기 나라를 구하러 들어올 것입니다. 이렇게 되면 우리는 한 번 움직여 조나라의 포위망을 풀어 주고 위나라를 황폐하게 할 수 있습니다."

전기는 손빈의 말을 따랐다. 위나라는 과연 조나라의 수도에서 물러났다. 제나라 군대는 계릉桂陵에서 위나라 군대를 대파했다.

그로부터 13년 뒤, 위나라와 조나라가 한韓나라로 쳐들어 갔다. 한나라는 급한 사정을 제나라에 알렸다. 제나라에서는 전기를 장수로 삼아 곧장 대량으로 달려가게 했다. 위나라 장수 방연은 그 소식을 듣자마자 한나라를 버려 두고 자기 나라로 돌아왔다. 그러나 이미 위나라 국경을 넘어선 제나라 군대는 계속 서쪽으로 진격해 갔다. 손빈은 전기에게 말했다.

"저 삼진三晉의 군사들은 본래 사납고 용맹스러워 제나라를 깔보고 있으며 제나라 군사를 겁쟁이라고 부릅니다. 전쟁을 잘하는 사람은 주어진 형세를 이용해 자기에게 유리하도록 이끌어야 합니다. 병법에 '승리를 좇아 100리나 달려가는 군대는 그 상장군을 죽게 만들고, 승리를 좇아 50리를 달려가는 군대는 반만이 도착한다'라고 했습니다. 제나라 군대가 위나라 땅에 들어선 첫날은 10만 개의 아궁이를 만드십시오. 이튿날은 5만 개의 아궁이를 만드십시오. 또 그 다음 날은 3만 개의 아궁이를 만드십시오."

방연은 제나라 군대를 뒤쫓은 지 사흘째가 되자 기뻐하며 이렇게 말했다.

"나는 처음부터 제나라 군대가 겁쟁이인 줄 알고 있었지만 우리 땅에 들어온 지 사흘 만에 도망간 병사가 벌써 절반도 넘는구나."

그래서 방연은 보병은 떼 놓고 정예병만 이끌고 행군 속도를 배나 빠르게 하여 제나라 군대를 뒤쫓았다. 손빈이 그들의 행군 속도를 헤아려 보니 저녁이면 마릉馬陵에 도착할 듯했다. 마릉은 길이 좁은 데다 양쪽은 험난하고 막힌 곳이 많아 복병을 숨겨 두기에 안성맞춤이었다. 손빈은 큰 나무의 껍질을 벗겨 내고 만든 흰 부분에 이렇게 써 놓았다.

"방연은 이 나무 아래에서 죽는다."

그러고는 제나라 군사 가운데 활을 잘 쏘는 장수를 뽑아 1만 개의 쇠뇌를 준비해 길 양쪽에 숨어 있게 한 다음 이렇게 말했다.

"밤에 불빛이 보이거든 일제히 쇠뇌를 쏴라!"

밤이 될 무렵 손빈이 예측한 대로 방연이 도착했다. 그는 흰 부분에 씌어 있는 글씨를 발견하고는 불을 밝혀 비추어 보았다. 방연이 미처 그 글을 다 읽기도 전에 제나라 군사들은 한꺼번에 쇠뇌를 쏘아 댔다. 위나라 군사들은 우왕좌왕

하며 뿔뿔이 흩어졌다. 방연은 자신의 지혜가 모자라 싸움에 진 것을 알고 스스로 자결하며 탄식했다.

"끝내 어린애 같은 놈의 이름을 떨치게 만들었구나."

제나라 군사들은 승리의 기세를 몰아 위나라 군사를 전멸시키고 위나라 태자 신申을 사로잡아 돌아왔다. 손빈은 이 승리로 이름을 천하에 알렸고 그의 병법도 세상에 전해지게 되었다.

오기吳起는 위衛나라 사람인데 병사를 다루는 기술이 뛰어났다. 일찍이 증자曾子에게 학문을 배우고 노魯나라 임금을 섬겼다. 제나라 군대가 노나라를 공격하자 노나라에서는 오기를 장수로 삼으려 했으나 오기의 아내가 제나라 여자였기 때문에 미심쩍어 했다. 오기는 이 기회를 잡아 이름을 날리고 싶었으므로 끝내 아내를 죽여 자신이 제나라 편이 아니라는 것을 밝혔다. 노나라에서는 결국 그를 장수로 삼았고 그는 군사를 거느리고 제나라를 공격해 크게 이겼다. 그러나 노나라 사람 가운데는 오기를 헐뜯는 사람도 있었다.

"오기는 시기심이 많고 잔인하다. 그가 젊었을 때 그의 집에는 수천금이 있었다. 그러나 그가 벼슬을 구하러 돌아다니다가 가산만 탕진하고 빈손으로 돌아오자 마을 사람들이 그를 비웃었다. 그는 자기를 비웃은 사람 30여 명을 죄다 죽이고 동쪽을 향해 위나라 성문을 나서면서 어머니에게 하직 인사를 했다. 그때 그는 자신의 팔을 물어뜯으면서 '제가 경卿이나 재상이 되기 전에는 위나라로 돌아오지 않겠습니다'라고 맹세했다. 그러고 나서 증자를 섬겼는데 어머니가 죽었다는 소식을 들어도 끝내 돌아가지 않았다. 증자가 그 행동을 박정하게 여기고 제자로 삼는 것을 거절했다. 그래서 그는 노나라로 온 것이고 병법을 배워 노나라 임금을 섬기게 된 것이다. 노나라 왕이 자기를 의심하자 자기의 아내까지 죽여 장군 벼슬을 얻었다. 원래 노나라는 작은 나라인데 전쟁에 이겼다고 이름이 났으니 제후들의 공격 표적이 될 것이다. 게다가 노나라와 위나라는 형제의 나라인데 우리나라가 오기를 등용했으니 이는 곧 위나라를 저버리는 것이다."

이런 소문을 들은 노나라 왕은 오기를 탐탁지 않게 여겨 내쳤다. 오기는 위나라 문후文侯가 현명하다는 소문을 듣고 그를 섬기려 했다. 문후가 이극李克에게 물었다.

"오기는 어떤 사람이오?"

"그는 재물을 탐내고 여색을 좋아합니다. 그러나 용병술에 있어서만큼은 사마 양저도 따라갈 수 없을 정도입니다."

문후는 그를 장군으로 삼았다. 오기는 진秦나라를 쳐서 성 다섯 개를 함락시켰다.

오기는 장군이 되고 나서도 가장 낮은 병졸과 마찬가지로 입고 먹었다. 누울 때도 자리를 깔지 않았고, 다닐 때에도 수레를 타지 않았다. 자기가 먹을 양식까지 직접 싸들고 다니며 병졸들과 괴로움을 함께했다. 병졸 가운데 등창이 난 사람이 생기자 오기는 직접 그 고름을 입으로 빨아냈다. 그 병졸의 어머니가 그 소식을 듣고 통곡했다. 어떤 사람이 그 까닭을 물었다.

"당신 아들이 병졸인데도 장군께서 친히 입으로 그 고름을 빨아 주었소. 그런데 어째서 그토록 슬피 우는 것이오?"

그러자 병졸의 어머니가 대답했다.

"그런 게 아닙니다. 지난해에 오 장군이 그 애 아비의 고름을 빨아 준 적이 있는데 그 아비가 싸움터에 나가 돌아서지 않고 싸우다 결국 죽었습니다. 오 장군이 이번에는 아들 놈의 고름까지 빨아 주었으니 저는 아들이 언제 어디서 죽을지 알 수가 없게 되었습니다. 그래서 우는 거랍니다."

문후는 오기가 병사를 다루는 일에 뛰어나고 청렴할 뿐만 아니라 공정하여 병사들의 마음을 얻고 있는 것을 알았으므로 그를 서하西河 태수로 삼아 진秦나라와 한韓나라의 군사를 막게 했다.

문후가 세상을 뜬 후 오기는 그 아들 무후武侯를 섬겼다. 무후가 서하에 배를 띄우고 내려가다가 중류에서 오기를 돌아보며 말했다.

"아름답구려. 산하의 험난함이여. 이 험난한 산하야말로 위나라를 지켜 주는 보배구려."

그러자 오기가 말했다.

"나라의 보배는 임금의 덕에 있지, 험난한 산하에 있는 것이 아닙니다. 옛날 삼묘씨三苗氏는 동정호를 왼쪽에 끼고 팽려의 험난한 땅을 오른쪽에 끼고 있었지만 덕과 의를 닦지 않았기 때문에 우임금이 그들을 멸망시켰습니다. 하나라 걸왕桀王이 살던 곳은 황하와 제수濟水를 왼쪽에 끼고, 태산泰山과 화산華山이 오른쪽에 있으며, 이궐산이 그 남쪽에 있고, 양장羊腸이 그 북쪽에 있었지만 어진 정치를 베풀지 않아 은나라의 탕湯임금에게 내쫓겼습니다. 또 은나라 주왕紂王은 맹문산이 왼쪽에 있고 태행산이 오른쪽에 있으며 상산이 북쪽에 있고 황하가 남쪽으로 지났지만 덕망 있는 정치를 하지 않아 무왕武王이 그를 죽였습니다. 이런 옛일을 보면 나라의 보배는 임금의 덕에 있는 것이지 험난한 산하에 있는 것이 아닙니다. 만약 임금께서 덕을 닦지 않는다면 이 배 안에 있는 사람들도 모두 적으로 변하게 될 것입니다."

무후가 말했다.

"옳은 말이오."

오기가 서하의 태수가 되자 명성이 훨씬 높아졌다. 그러나 위나라에서 새로 재상의 자리를 만들었는데 전문田文을 재상으로 삼았다. 오기가 못마땅히 여겨 전문에게 물었다.

"그대와 공로를 비교하고 싶은데 어떻소?"

"좋소."

그러자 오기가 물었다.

"삼군의 장수가 되어 사졸들로 하여금 나라를 위해 기꺼이 죽게 하며 또 적국이 감히 우리 위나라를 넘볼 수 없게 하는 점에 있어서 그대와 나 가운데 누가 더 낫겠소?"

"내가 그대만 못하오."

"백관을 다스리고 만민을 친애하게 하며 나라의 창고를 충실하게 하는 점에 있어서는 그대와 나 가운데 누가 더 낫겠소?"

"내가 그대만 못하오."

"서하를 지켜 진나라 군사가 감히 동쪽으로 향해 오지 못하게 하고 한나라와 조나라를 복종하게 하는 점에 있어서는 그대와 나 가운데 누가 더 낫겠소?"

"내가 그대만 못하오."

"이 세 가지 점에 있어서 그대는 모두 나만 못하오. 그런데도 나보다 벼슬이 높아졌으니 어찌 된 일이오?"

그러자 전문이 대답했다.

"임금이 아직 어려서 온 나라가 불안해하고 대신들이 따르지 않으며 백성들도 믿지 않고 있소. 이런 때에 재상 자리를 그대에게 맡기겠소? 아니면 내게 맡기겠소?"

오기가 잠자코 생각하다가 한참 뒤에 대답했다.

"그대에게 맡기겠지요."

"이게 바로 내가 그대보다 윗자리에 앉게 된 까닭이라오."

그제야 오기는 자기가 전문보다 못하다는 것을 깨닫게 되었다.

전문이 세상을 뜨자 공숙公叔이 재상이 되었다. 공숙은 위나라 공주에게 장가까지 들었기 때문에 오기는 그를 불편해

했다. 어느 날 공숙의 하인이 말했다.

"오기를 간단히 내쫓을 수 있습니다."

"어떻게 하면 되겠느냐?"

"오기는 지조가 있고 청렴하며 명예를 소중히 여깁니다. 먼저 상공께서 무후와 만나 '오기는 현명한 사람입니다. 그런데 우리나라는 작은 데다 강한 진나라와 국경을 맞대고 있습니다. 신은 오기가 위나라에 마음을 붙이지 않을까 봐 걱정됩니다'라고 말하십시오. 그러면 임금께서는 어찌하면 좋겠냐고 물을 것입니다. 그러면 상공께서는 '시험 삼아 공주를 그에게 시집보낸다고 해 보십시오. 그가 우리나라에 머물 생각이 있으면 반드시 공주를 받아들일 것이고 그렇지 않다면 사양할 테지요. 이것으로 그의 마음을 점쳐 보십시오'라고 말하면 됩니다. 그러고 나서 상공께서는 오기를 초대해 함께 댁으로 돌아오신 후에 공주에게 성내며 상공을 모욕하라 하십시오. 그런 무례한 모습을 오기가 본다면 그는 반드시 임금의 부마 되기를 사양할 것입니다."

하인의 말처럼, 오기는 공주가 위나라 재상을 천대하는 모습을 보고 위나라 무후에게 부마 되기를 사양했다. 그러자 무후도 그를 믿지 않게 되었다. 오기는 화를 입을까 두려

위 결국 위나라를 떠나 초나라로 갔다.

초나라 도왕悼王은 오기가 현명하다는 말을 자주 들어 왔으므로 그가 도착하자마자 초나라의 재상으로 삼았다. 오기는 법령을 정비하고 불필요한 관직을 정리했으며 왕실과 촌수가 먼 왕족들의 녹봉을 없애고 그 재원으로 군사를 길렀다. 그는 강병책을 내세움으로써 합종合從과 연횡을 주장하는 유세객들을 물리쳤다. 그리하여 남쪽으로는 백월百越을 평정하고 북쪽으로는 진陣나라와 채蔡나라를 합병했다. 삼진三晉을 물리치고 서쪽으로 진秦나라를 쳤다. 제후들은 초나라가 강해지는 것을 두려워했다.

예전에 초나라 왕족이었던 자들은 모두 오기를 해치려고 기회를 엿보고 있었다. 그러다 도왕이 죽자 왕족과 대신들은 난을 일으켜 오기를 공격했다. 궁지에 몰린 오기는 도왕의 시체가 있는 곳으로 달아나 그 위에 엎드렸다. 뒤쫓던 무리들이 화살을 쏘아 오기를 죽이자 도왕의 시신에도 화살이 꽂혔다. 도왕을 장사 지낸 다음 태자가 즉위하자 영윤令尹에게 명해 오기를 활로 쏘고 도왕의 시체에까지 화살을 쏜 자들을 모두 목 베어 죽이도록 했다. 오기를 쏜 일에 연루되어 멸족의 화를 당한 집안은 70여 집안이나 되었다.

태사공은 말한다.

"세상에서 병법을 논하는 사람이라면 모두 《손자》 열세 편과 오기의 《병법》에 대해 거론한다. 이 두 권의 책은 많이 알려져 있으므로 서술하지 않고 그들이 활동한 행동을 기록했다. 옛말에 '실천을 잘하는 사람이 꼭 말을 잘하는 것은 아니며, 말을 잘하는 사람이 반드시 실천을 잘하는 것은 아니다'라고 했다. 손빈이 방연을 해치운 계략은 실로 절묘했지만 그에 앞서 다리가 잘리는 형벌을 당하는 재앙을 막지는 못했다. 오기도 무후에게는 험난한 지형보다는 임금이 덕을 닦는 것이 낫다고 말했지만 초나라에서는 인정사정없이 개혁하다가 목숨을 잃었으니 슬픈 일이구나."

무력만으로는 좋은 장수가 될 수 없다. 장수의 다섯 가지 덕목으로 지혜, 믿음, 사랑, 용기, 엄명을 이야기하는데 지혜는 훌륭한 전략, 믿음은 신상필벌, 사랑은 사병에 대한 관심과 애정, 용기는 용맹함 그리고 엄명은 군기를 가리킨다.

오기는 부하의 종기를 직접 입으로 빨아낼 정도로 병졸들을 아꼈고, 손무는 그 자리에서 임금이 사랑한 궁녀의 목을 벰으로써 군기를 잡았고, 손빈은 훌륭한 전략으로 전쟁을 승리로 이끌어 좋은 장수의 반열에 올랐다. 이런 덕목을 갖추지 못했다면 비록 병법을 익혔다고는 하더라도 최고의 용병술을 가졌다 할 수는 없을 것이다.

八.
장의 열전

장의張儀는 위魏나라 사람이다. 일찍이 소진과 함께 귀곡선생을 스승으로 섬기면서 합종과 연횡술을 배웠는데, 소진은 스스로 장의를 따르지 못한다고 생각했다.

장의는 귀곡선생에게 다 배우고 나서, 제후들을 찾아다니며 유세했다. 한번은 초나라 재상과 함께 술을 마셨는데, 얼마 뒤에 초나라 재상이 구슬을 잃어버렸다. 재상의 집에 있던 사람들이 장의를 의심하면서 이렇게 말했다.

"장의가 가난하고 행실이 좋지 않으니, 반드시 그 사람이 재상의 구슬을 훔쳤을 것입니다."

그러고는 함께 장의를 잡아다가 수백 대의 매를 때렸다. 그래도 장의가 훔치지 않았다고 하자 풀어 주었다. 장의의 아내가 말했다.

"가엾구려. 당신께서 글을 읽어 유세하지 않았더라면, 어찌 이러한 모욕을 당했겠소?"

장의가 말했다.

"내 혀가 아직도 남아 있는지 보아 주시오."

그 아내가 웃으며 말했다.

"혀는 그대로 있소."

"그러면 됐소."

이 무렵 소진은 이미 조왕趙王을 설득하여 합종할 것을 약속받았다. 그러나 진나라가 제후들을 치게 되면 제후들이 합종의 맹약을 깨뜨리고 배반하지나 않을까 두려웠다. 아무리 생각해 봐도 진나라에 보낼 만한 사람이 없었다. 그래서 장의에게 사람을 보내 은근히 권유했다.

"당신은 처음에 소진과 사이가 좋았습니다. 지금 소진은 이미 중요한 자리에 올랐습니다. 당신은 어째서 그를 만나보고 당신의 소원을 이루어 달라고 부탁하지 않으십니까?"

장의가 그 말을 듣고 조나라로 가서 명함을 올리고, 소진에게 만나 보기를 청했다. 소진은 문하의 사람들에게 일러서, 그를 들어오지도 못하게 하고 나갈 수도 없게 했다. 그렇게 한 지 며칠 뒤에야 그를 만났다. 소진은 장의를 마루 아래에 앉히고 하인이나 첩에게 주는 음식을 주었다. 그러고는 죄목을 하나씩 들어가면서 그를 꾸짖었다.

"그대 같은 재주를 가지고도 어찌 이렇게 부끄러운 처지까지 되었는가. 내 어찌 그대의 재주를 왕에게 말해 부귀하게 만들 수 없으랴마는, 그대는 거두어 쓸 만한 인간이 못

되네."

　그러고는 장의의 부탁을 거절하고 돌려보냈다. 장의는 처음 올 때에는 소진을 옛 친구라고 생각했는데, 도리어 모욕을 당하자 화가 치밀어 올랐다. 장의는 제후들 가운데 섬길 만한 사람은 없지만, 진나라라면 조나라를 괴롭힐 수 있을 것이라 생각하고 진나라로 들어갔다.

　소진은 장의가 돌아간 뒤 사인舍人에게 말했다.

　"장의는 천하에 현명한 선비이다. 나도 그를 따라갈 수가 없다. 내가 다행히도 먼저 등용되었을 뿐이다. 이제 진나라의 권력을 잡을 수 있는 사람은 오직 장의뿐이다. 그러나 가난하여 진나라까지 갈 수가 없었다. 나는 그가 작은 이익을 탐내다가 큰 뜻을 이루지 못할까 염려했기 때문에, 그를 불러다 모욕함으로써 그의 뜻을 북돋운 것이다. 그러니 너는 날 위해 몰래 그를 도와주어라."

　그러고는 조왕에게 말하여 돈과 수레를 내주고, 그 사람을 시켜 장의를 몰래 따라가게 했다. 그는 장의와 한 집에서 자며 차츰 가까워졌고, 수레와 말을 제공했다. 장의가 쓰려고 하는 것이라면 무엇이든지 대주면서도, 소진이 시킨 것이라고는 말하지 않았다. 장의가 드디어 진나라 혜왕惠王을 만나게 되었다. 혜왕은 그를 객경客卿으로 삼고, 제후를 정벌할 계획에 대해 모의했다.

소진의 사인이 장의에게 하직하고 돌아가려 하자, 이때 장의가 말했다.

"그대 덕분에 내가 높은 벼슬에 올랐다. 이제 그대의 은덕을 갚으려고 하는데, 어째서 돌아가려고 하는가?"

사인이 말했다.

"제가 당신을 알아준 것이 아니라, 당신을 알아준 사람은 바로 소군蘇君입니다. 소군께서는 진나라가 조나라를 쳐서 합종의 맹약이 깨어지지나 않을까 걱정했습니다. 그래서 당신이 아니면 진나라의 정권을 잡을 사람이 없다고 생각하셨기에, 일부러 당신을 노엽게 만들고는, 신으로 하여금 당신의 진나라 여행길을 몰래 도와드리도록 시켰습니다. 이 모든 것이 소군의 계책입니다. 지금 당신께서 등용되셨으니 저는 이제 소군께로 돌아가 아뢸 수 있도록 해 주십시오."

장의가 말했다.

"아아! 내가 배운 유세술에 있던 것인데 깨닫지 못했구나. 내가 소군을 따라가지 못하는 게 분명해졌다. 이렇게 하여 내가 등용되었으니, 어찌 조나라를 치려고 계획하겠는가? 내 대신 소군에게 가서 말하라. '소군이 있는데 장의가 감히 무엇을 말하며, 소군이 있는데 장의가 무엇을 할 수 있겠느냐'라고."

그 뒤 장의는 진나라 재상이 되어 격문檄文을 지어 초나라 재상에게 보냈다.

"내가 처음 당신과 함께 술을 마셨을 때, 나는 당신의 구슬을 훔치지 않았소. 그런데도 당신은 나를 때렸소. 당신은 당신의 나라를 잘 지키시오. 내가 장차 당신 나라의 성을 훔칠 것이오."

그 무렵 저苴나라와 촉蜀나라가 서로 공격했는데, 각기 진나라를 찾아와서 위급한 사정을 호소했다. 진나라 혜왕이 군대를 동원하여 촉나라를 치려고 했지만, 길이 험하고도 좁아서 가기 어려울 듯했다. 그런데 한나라가 또한 진나라에 쳐들어왔다. 진나라 혜왕은 먼저 한나라를 치고 나중에 촉나라를 칠까 생각했지만, 불리해질까 봐 두려웠다. 그래서 촉나라를 먼저 칠까 생각도 해 봤지만, 진나라가 피폐해졌을 때에 한나라가 습격해 올 것이 또 두려웠다. 그래서 이러지도 못하고 저러지도 못하게 되었다. 진나라 장수 사마조司馬錯와 장의가 혜왕의 앞에서 논쟁했다. 사마조는 촉나라를 치자고 했으나 장의가 이렇게 말렸다.

"한나라를 치는 것보다 못합니다."

혜왕이 말했다.

"그 이유를 들어 봅시다."

장의가 설명했다.

"우리는 먼저 위나라와도 가까이 지내고 초나라와도 잘 지냅니다. 그러고는 군대를 삼천三川으로 내려보내 십곡什谷 어귀를 막고, 둔류屯留의 길목을 지킵니다. 위나라는 남양南陽의 길을 끊고, 초나라는 남정南鄭에 임하게 합니다. 그리고 진나라가 신성新城과 의양宜陽을 공격하여 이주二周의 교외에 들이닥쳐서 주왕周王의 죄를 꾸짖고 초나라와 위나라의 땅을 침략하면, 주나라도 스스로 구원받지 못할 것을 알고 구정보기(九鼎寶器. 우임금 때에 천하 구주의 금을 거둬들여 만든 솥으로 천자의 상징이다. 하·은·주 3대에 걸쳐 내려오면서 천자의 보물로 전해졌다.)를 반드시 내어놓을 것입니다. 그 구정九鼎에 의거하여 도적(圖籍, 나라의 지도와 호적, 기타 중요한 장부)을 점검하고, 천자天子를 끼고서 천하 제후들에게 명령을 내리면, 천하에서 왕의 말을 듣지 않을 사람이 없습니다. 이것은 왕업王業입니다. 지금 촉나라는 서쪽 외진 곳에 있는 나라이니 오랑캐와 같은 무리입니다. 군대를 지치게 하고 백성을 힘들게 하더라도 그것으로 이름을 이루기에는 부족합니다. 그 땅을 얻더라도 이익이 되기에는 부족합니다. 신이 들으니, '이름을 다투는 자는 조정에서 다투고, 이익을 다투는 자는 시장 바닥에서 다툰다'라고 합니다. 지금 삼천과 주나라 왕실은 천하의 시장 바닥이고 조정입니다. 그런데 왕께서 여기에서 다투지 않고 오랑캐 땅에서 다투신다면, 왕업과는 거리가 먼 일입니다."

사마조가 말했다.

"그렇지 않습니다. 신이 들으니, '나라를 부유하게 하려는 자는 그 땅을 넓히기에 힘쓰고, 군대를 강하게 하려는 자는 그 백성을 부유하게 하기에 힘쓰며, 왕이 되려는 자는 그 덕을 넓히기에 힘쓴다'라고 합니다. 이 세 가지 자격이 갖추어지면, 왕업은 자연히 이루어지는 것입니다. 지금 왕께서는 땅이 작고 백성은 가난합니다. 그래서 신은 쉬운 일부터 시작하기를 원합니다. 촉나라는 서쪽의 구석진 나라로 오랑캐의 우두머리이며 걸桀이나 주紂처럼 난폭합니다. 만약 우리 진나라가 촉나라를 공격한다면 마치 이리나 승냥이가 양 떼를 쫓는 것처럼 쉽게 이길 것입니다. 그 땅을 얻으면 진나라 땅을 넓히기에 넉넉하고, 그 재물을 가지면 백성을 부유하게 만들기에 넉넉하며, 무기를 수선하기에도 넉넉할 것입니다. 많은 사람들을 다치게 하지 않고도 저들은 항복할 것입니다. 나라 하나쯤 빼앗더라도 천하 사람들이 포악하다고 생각하지 않을 것이며, 그 서쪽 오랑캐의 이익을 다 차지하더라도 천하 제후들이 탐욕스럽다고 비난하지 않을 것입니다. 이렇게 되면 우리나라가 명예와 실리를 한꺼번에 거둘 수 있습니다. 게다가 난폭한 행동을 금지시켰다는 명분까지도 얻게 됩니다. 지금 우리가 한나라를 치고 천자를 위협하면 악명惡名을 남기게 되며, 반드시 이익을 얻게 된다는 보장도 없습니다. 도리어 불의不義의 짓을 했다는 이름이나 얻게 됩니다. 천하가 하려고 하지 않는 짓을 저지르는 것은 위험합니다. 신이 그 까닭을 말씀드리겠습니다.

주나라는 천하의 종실宗室입니다. 한나라는 제나라의 동맹국입니다. 주나라가 스스로 구정九鼎을 잃을 것을 알고 한나라가 삼천三川을 빼앗길 줄 안다면, 장차 그 두 나라가 힘을 합하고 꾀를 모아서, 제나라와 조나라를 통해서 초나라와 위나라에 구원을 청할 것입니다. 만약 주나라가 구정을 초나라에 주고 땅을 위나라에 주더라도, 왕께서 그것을 막을 수는 없습니다. 그래서 신은 위태롭다고 말씀드리는 것입니다. 촉나라를 치는 것만큼 완전한 것은 없습니다."

혜왕이 말했다.

"좋소. 과인은 그대의 말에 따르겠소."

드디어 군사를 일으켜 촉나라를 쳐서 10월에 정복했다. 나라를 평정한 뒤에 촉나라 왕을 낮추어 후侯로 칭호를 고치고, 진장陳莊을 촉나라 재상으로 삼았다. 촉나라가 진나라에 예속되자, 진나라는 더욱 강하고 부유해졌으며 제후들을 업신여겼다.

진나라 혜왕 10년에 공자 화華와 장의를 시켜 위나라 포양蒲陽을 에워싸고 항복을 받았다. 장의는 진왕에게 말하여 그 땅을 다시 위나라에 주게 하고, 진나라의 공자 요繇를 위나라에 인질로 보냈다. 장의가 그 일을 가지고 위나라 왕을 설득했다.

"진왕이 위나라를 매우 두텁게 대우하는데, 위나라에서 사례하지 않을 수 없습니다."

그래서 위나라가 상군上郡과 소량少梁을 진나라에 바쳐 혜왕에게 사례했다. 혜왕이 드디어 장의를 재상으로 삼고, 소량의 이름을 고쳐서 하양夏陽이라고 했다. 장의는 진나라 재상이 된 지 4년 만에 혜문급으로 칭하고 있던 혜왕을 왕으로 세웠다. 그리고 1년 뒤에 진나라 장수가 되어 섬陝을 빼앗고 상군에 요새를 쌓았다.

그로부터 2년 뒤에는 사신이 되어 제나라와 초나라의 재상들과 함께 설상齧桑에서 만났다. 다시 동쪽으로 돌아와서 재상 벼슬을 내어놓고 위나라의 재상이 되었는데, 진나라를 위해서 일했다. 먼저 위나라로 하여금 진나라를 섬기게 하여, 제후들도 그러한 관계를 본받게 하려고 했다. 그러나 위나라 왕은 장의의 의견을 받아들이려 하지 않았다. 이에 진왕이 성내며 위나라를 쳐서 곡옥曲沃과 평주平周를 빼앗았다. 그리고 나선 다시 몰래 장의에게 극친히 대했다. 장의는 면목이 없어서 진나라에 돌아가 아뢸 수가 없었다. 위나라에 머문 지 4년 만에 위나라 양왕襄王이 죽고, 애왕哀王이 즉위했다. 장의가 다시 애왕을 설득했지만, 애왕도 듣지 않았다. 그러자 장의가 몰래 진나라를 시켜서 위나라를 치게 했다. 위나라는 진나라와 싸워서 패했다.

그 이듬해에는 또 제나라 군대가 쳐들어와 관진觀津에서 위나라 군대를 깨뜨렸다. 진나라가 다시 위나라를 치려고, 먼저 한나라 신차申差의 군대를 깨뜨렸다. 머리를 벤 것이 8

만이나 되자, 제후들이 두려워 떨었다. 그때 장의가 다시 위나라 왕을 설득했다.

"위나라 땅은 사방 천 리가 못 되며, 병졸도 30만을 넘지 못합니다. 땅은 사방이 평탄하여 제후들의 나라와 사방으로 길이 통하고, 높은 산이나 큰 강이 가로막지도 않았습니다. 정鄭에서 대량에 이르기까지 200여 리밖에 안 되어, 수레를 달리고 사람이 뛰면 힘들이지 않고도 올 수 있습니다. 위나라는 남쪽으로 초나라와 국경을 맞대고, 서쪽으로는 한나라와 국경을 맞대고 있습니다. 북쪽으로는 조나라와 국경을 맞대고 동쪽으로는 제나라와 국경을 맞대고 있습니다. 병졸들이 사방을 지키고 변방의 관문을 지키려면 10만을 넘어야만 합니다. 위나라 땅의 형세는 본래부터 싸움터가 되기에 알맞습니다. 위나라가 남쪽으로 초나라와 한편이 되고 제나라와 함께하지 않으면, 제나라가 그 동쪽을 공격할 것입니다. 그렇다고 동쪽으로 제나라와 한편이 되어 조나라와 함께하지 않으면, 조나라가 그 북쪽을 공격할 것입니다. 한나라와 뜻을 같이하지 않으면 한나라가 그 서쪽을 공격할 것이고, 초나라와 가까이하지 않으면 초나라가 그 남쪽을 공격할 것입니다. 이게 바로 사분오열四分五裂의 꼴입니다. 게다가 합종하려는 제후들은 장차 사직社稷을 편안히 하고 임금을 높이며, 군대를 강하게 하여 이름을 드러내려고 합니다. 이제 합종하려는 제후들이 천하를 하나로 단결하여 형제같이 되기를 약속하고, 원수洹水 위에서 백마를 죽여 피를 마시며 맹약하고 서로 굳게 지키자고 했습니다. 그러나 부모를 같이한 친형제 사이에도 오히려 돈과 재물을 다투는 일이 있는데 간사하고 거짓되며 늘 남이나 속이는 소진의 꾀를 믿으려고 하니, 합종책이 성공하지 못하리란 것은 분명합니다.

만일 왕께서 진나라를 섬기시지 않는다면, 진나라가 군대를 출동시켜 하외河外를 치고 권卷, 연衍, 산조酸棗 같은 곳에 웅거하면서, 위衛나라를 협박하여 양진陽晉을 취할 것입니다. 그렇다고 해서 조나라가 남쪽으로 내려와서 위나라를 돕지는 않을 것입니다. 조나라가 남쪽으로 내려오지 않는다면, 위나라도 북쪽으로 올라올 수 없습니다. 위나라가 북쪽으로 올라오지 않으면, 합종의 길은 끊어집니다. 합종의 길이 끊어진다면, 왕의 나라가 위태로워지지 않기를 바라더라도 어쩔 수가 없습니다. 진나라는 한나라를 꺾고 위나라를 칠 것입니다. 한나라가 진나라에게 겁먹고 진나라와 한나라가 한편이 된다면, 위나라가 망하리란 것은 뻔한 일입니다. 이게 바로 신이 왕을 위해 근심하는 것입니다.

왕을 위한 계책 가운데 진나라를 섬기는 것보다 나은 방법은 없습니다. 진나라를 섬기게 되면 초나라와 한나라가 감히 움직이질 못합니다. 초나라와 한나라의 근심이 없다면, 대왕께서는 베개를 높이 하고 누워만 있더라도 나라에 근심이 없을 것입니다.

진나라가 약화시키려고 하는 나라는 초나라밖에 없습니다. 그런데 초나라를 약하게 만들 수 있는 나라는 우리 위나라밖에 없습니다. 초나라가 비록 부유하고 강대하다고 이름났지만, 실은 텅 비어 있습니다. 그 병졸이 비록 많다고 하지만 경솔하게 달아나 패배하기가 쉽고, 굳게 지켜 싸우지는 못합니다. 위나라 군대를 모두 동원하여 남쪽으로 가서 초나라를 친다면, 승리할 것이 틀림없습니다. 초나라 땅이 베어져서 우리 위나라에 보태지고 초나라가 이지러져서 진나라 마음에 맞게 되면, 화를 다른 나라에 옮겨 주고 우리 위나라는 편안해질 것입니다. 이게 바로 최선의 방법입니다. 왕께서 신의 말을 듣지 않으신다면, 진나라는 군대를 내보내 동쪽으로 우리 위나라를 칠 것입니다. 그때 가서는 비록 진나라를 섬기고 싶어도 그럴 수가 없습니다.

또 합종을 내세우는 자들은 큰소리만 칠 뿐 믿을 수가 없습니다. 한 제후만 설득하면 제후에 봉해지므로, 천하의 유세객들은 밤낮으로 팔을 걷어붙이고 눈을 부릅뜨며, 이를 갈며 합종의 이로움을 말하여 임금을 설득합니다. 임금이 그 말솜씨를 현명하게 여겨 그 설득에 걸려들게 되니, 어찌 현혹되지 않았다고 할 수 있겠습니까?

신이 들은 말로는, '가벼운 깃털도 많이 실으면 배를 가라앉히며, 가벼운 사람도 많이 태우면 수레의 축을 부러뜨리고, 여러 사람의 입은 쇠도 녹이며, 헐뜯음이 쌓이면 뼈도 녹인다'라고 합니다. 그러니 대왕께서는 이러한 계책을 깊이 살펴서 결정하시기 바랍니다. 신은 잠시 휴가를 얻어 위나라를 떠나 있고자 합니다."

위나라 애왕이 이 말을 듣고 드디어 합종의 약속을 배반하고, 장의를 통하여 진나라에 강화를 청했다. 장의는 돌아가서 다시 진나라의 재상이 되었다. 3년 뒤에 위나라가 다시 진나라를 배반하고 합종의 약속에 따랐다. 이에 진나라는 위나라를 쳐서 곡옥을 빼앗았다. 그 이듬해에 위나라는 다시 진나라를 섬겼다.

진나라가 제나라를 치려고 하자, 제나라와 초나라가 합종했다. 그래서 장의가 초나라로 가서 재상이 되었다. 초나라 회왕懷王은 장의가 온다는 말을 듣고서 훌륭한 숙소를 비워 놓고 몸소 안내하며 물었다.

"이곳은 외지고도 누추한 나라입니다. 선생께서는 무엇을 가르쳐 주려고 오셨습니까?"

장의가 초나라 왕을 설득했다.

"왕께서 참으로 신의 말을 옳게 들으시어 관문을 닫아걸고 제나라와의 합종 약속을 끊으신다면, 신은 상商과 오於 일대의 땅 600리를 초나라에 바치고, 진나라의 여자로 왕의 시첩을 삼게 할 것이며, 진나라와 초나라가 서로 며느리를 맞아오고 딸을 시집보내 길이 형제의 나라가 되게 하겠습니다. 이것이 북쪽으로는 제나라를 약하게 만들고 서쪽으로는 진나라를 유익하게 하는 계책이니, 이보다 더 나은 방법은 없습니다."

초나라 왕이 매우 기뻐하며, 그렇게 하자고 허락했다. 여러 신하들이 모두 축하했지만, 진진陳軫만은 이것을 불행한 일이라고 슬퍼했다. 초나라 왕이 성내며 말했다.

"과인이 군대를 동원하지 않고도 600리 땅을 얻게 되어

모든 신하들이 축하하는데, 그대만이 홀로 슬퍼하니 어찌
된 일인가?"

진진이 대답했다.

"그렇지 않습니다. 신이 보기로는 상과 오 일대의 땅은 얻
을 수 없고, 제나라와 진나라가 힘을 합할 것입니다. 제나
라와 진나라가 힘을 합하게 되면, 반드시 환난이 올 것입니
다."

초나라 왕이 물었다.

"무슨 근거로 그런 말을 하는가?"

진진이 대답했다.

"저 진나라가 초나라를 중하게 여기는 까닭은 제나라와
친하게 지내기 때문입니다. 이제 제나라 사이의 관문을 닫
아걸고 합종의 약속을 끊으신다면, 초나라는 고립됩니다.
진나라가 어찌 고립된 나라와 친교하기를 탐내어 600리나
되는 상과 오의 땅을 주겠습니까? 장의가 진나라에 이르면
반드시 왕을 배반할 것입니다. 이러한 결정이 북쪽으로는
제나라와의 친교를 끊게 되고, 서쪽으로는 진나라에 대한
근심만 만들게 됩니다. 그렇게 되면 제나라와 진나라의 군
대가 반드시 함께 쳐들어올 것입니다. 왕을 위해서 가장 좋

은 계책은 제나라와 몰래 합종하면서도 겉으로는 친교를 끊는 척하고, 사람을 시켜 장의를 따라가게 하는 것입니다. 정말 우리에게 상과 오의 땅을 준다면, 그런 뒤에 제나라와 친교를 끊어도 늦지 않습니다. 만약 우리에게 땅을 주지 않으면, 제나라와 몰래 합종하여 계책을 세우십시오."

초나라 왕이 말했다.

"진자陳子는 입을 다물고, 다시는 말하지 마시오. 과인이 땅을 얻는 것이나 두고 보시오."

그러고는 초나라 재상의 인印을 장의에게 주고, 많은 선물까지 주었다. 아울러 제나라 사이의 관문까지 닫아걸고 합종의 약속까지도 끊었으며, 한 장군을 시켜서 장의를 따라가게 했다.

장의가 진나라에 도착하자, 거짓으로 수레 끈을 놓친 척하고 수레에서 떨어져 석 달이나 조정에 나아가지 않았다. 초나라 왕이 그 소식을 듣고 말했다.

"장의는 과인이 제나라와 완전히 교류를 끊지 않았다고 생각하는 모양이다."

초나라 왕은 날랜 군사를 송나라에 보내 송나라의 통행증을 빌려 가지고, 북쪽으로 가서 제나라 왕을 꾸짖게 했다.

제왕은 매우 노하여 몸을 굽히어 진나라에 굴복했다. 진나라와 제나라의 친교가 이루어지자, 장의가 조정에 나아가 초나라 사자에게 말했다.

"신에게 봉읍封邑 6리가 있으니, 그것을 왕의 측근에게 바치고 싶습니다."

초나라 사자가 말했다.

"신이 우리 왕께 명령을 받기로는 상과 오의 땅 600리라고 했지, 6리라고 듣지는 않았습니다."

그 사자가 초나라 왕에게 돌아와 그대로 아뢰자, 초나라 왕이 크게 노하여 군대를 출동시켜 진나라를 치려고 했다. 진진이 말했다.

"이제는 신이 입을 열어 말해도 되겠습니까? 진나라를 치는 것이 땅을 베어 진나라에게 주는 것보다 못합니다. 진나라에게 땅을 주고 군대를 합하여 제나라를 친다면, 우리가 땅을 진나라에게 내주고 제나라로부터 보상을 받는 셈이니, 왕의 나라가 그대로 존속할 수 있습니다."

초나라 왕이 듣지 않고 마침내 군대를 출동시켜 장군 굴개屈匄로 하여금 진나라를 치게 했다. 진나라가 제나라와 함께 초나라를 공격하여 목을 벤 것이 8만이나 되고, 굴개를 죽였으며, 단양丹陽과 한중漢中의 땅을 빼앗았다. 초나라가 다시 더 많은 군대를 출동시켜 진나라를 습격했다. 남전藍田에 이르러 크게 싸웠지만, 초나라가 크게 패했다. 그래서 초나라는 두 성을 진나라에게 떼어 주고 강화를 맺었다. 진나라가 초나라 검중黔中의 땅을 얻으려고, 무관武關 밖의 땅과 바꾸자고 강요했다. 초나라 왕이 말했다.

"땅을 바꾸기를 원하지는 않습니다. 장의만 보내 주시면, 검중의 땅을 바치겠습니다."

진나라 왕은 장의를 보내고 싶었지만, 차마 입 밖에 꺼낼 수 없었다. 장의가 자진하여 가기를 청하자 혜왕이 말했다.

"초나라 왕은 그대가 상과 오의 땅을 주겠다고 했던 약속을 저버린 사실에 대해 매우 화가 나 있소. 아마도 분풀이나 하자는 생각일 게요."

장의가 말했다.

"진나라는 강하고 초나라는 약합니다. 신은 근상靳尙과 사이가 좋습니다. 근상은 초나라 왕의 부인 정수鄭袖의 사랑을 받고 있는데, 초나라 왕은 정수의 말이라면 다 들어줍니다. 게다가 신이 대왕의 부절符節을 받들고 초나라에 사신으로 가는 것이니, 초나라가 어찌 저를 죽이겠습니까? 혹시 신의 목이 베이더라도 진나라가 검중의 땅을 얻게 된다면, 그것은 신이 몹시 바라는 바입니다."

장의가 드디어 초나라에 사신으로 갔다. 초나라 회왕은 장의가 오자마자 감옥에 가두고 죽이려 했다. 근상이 정수에게 말했다.

"부인께서는 왕의 총애가 식어 천대 받게 되리란 사실을 알고 계십니까?"

"무슨 말이오?"

근상이 대답했다.

"진나라 왕이 장의를 매우 사랑하니, 옥에서 내보내려고 할 것입니다. 그래서 장차 상용上庸의 땅 여섯 고을을 초나라에 뇌물로 주고 미인을 초나라 왕께 바치며, 노래 잘 부르는 궁녀들로 하여금 그 미인의 시녀를 삼으려 하고 있습니다. 초나라 왕은 땅을 귀중히 여기며 진나라를 존중하고 있으니, 진나라 미녀는 반드시 귀해질 것이고 부인께서는 버림받을 것입니다. 그러니 초나라 왕께 말씀드려 장의를 놓아주는 것이 더 낫겠습니다."

그날부터 정수가 밤낮으로 회왕에게 말했다.

"남의 신하가 된 사람들은 각기 자기 임금을 위해 힘쓰니다. 지금 우리 초나라의 땅이 아직 진나라에 들어가지 않았는데 진나라에서 장의를 보내온 것은 왕을 지극히 존중하기 때문입니다. 왕께서 그러한 예를 받아들이지 않고 장의를 죽인다면, 진나라는 반드시 크게 성내어 초나라를 칠 것입니다. 첩은 자식들을 데리고 함께 강남江南으로 옮겨 가서, 진나라에게 짓밟히지 않으려고 합니다."

회왕이 뒤늦게 뉘우치면서 장의를 놓아주고, 예전처럼 후하게 예우했다. 장의가 옥에서 풀려 나와 아직 떠나기 전, 소진이 죽었다는 소문이 들려왔다. 그래서 초나라 왕을 설득했다.

"진나라 땅은 천하의 절반이며, 군대는 사방 나라들과 맞설 수 있습니다. 험준한 산들로 둘러싸였으며 황하가 띠처럼 둘려 있어서, 사방이 막혀 견고합니다. 용맹한 군사가 100여만이고 전차가 1천 승이나 되며 기마가 만 필이며, 군량미가 산더미처럼 쌓였습니다. 법령이 분명해서, 병졸들은 어려운 일도 편안히 여기고 죽음도 기뻐합니다. 임금은 현명하고도 엄격하며, 장군은 지혜롭고도 용맹스럽습니다. 비록 기갑병을 출동시키지 않더라도 험준한 상산常山을 석권하여 반드시 천하의 척추를 꺾고야 말 것입니다. 천하 제후

가운데 나중에 복종하는 자들이 먼저 망할 것입니다. 또 합종하는 자들은 양떼를 몰아서 사나운 범을 공격하는 것과 다를 게 없습니다. 범과 양이 맞설 수 없다는 것은 뻔한 사실입니다. 지금 왕께서는 사나운 범 편이 되지 않으시고 양떼의 편이 되셨습니다. 신의 생각으로는 대왕의 계책이 잘못된 것 같습니다.

대체로 천하 강국은 진나라가 아니면 초나라이고, 초나라가 아니면 진나라입니다. 그런데 이 두 나라가 서로 다툰다면, 그 형세가 둘 다 남아날 수는 없습니다. 왕께서 진나라 편이 되지 않으신다면, 진나라는 기갑병을 출동시켜 의양宜陽을 점거할 것입니다. 그렇게 되면 한나라 위의 땅과는 길이 통하지 않게 됩니다. 진나라 군대가 하동河東으로 내려와서 성고成皐를 빼앗게 되면, 한나라는 반드시 진나라의 신하가 될 것입니다. 그렇게 되면 위나라는 바람 부는 대로 따라 움직일 것입니다. 진나라가 초나라의 서쪽을 치고 한나라와 위나라가 초나라의 북쪽을 치면, 초나라의 사직이 어찌 위태로워지지 않겠습니까?

합종을 내세우는 자들이 여러 약한 제후들을 모아 지극히 강한 진나라를 치기로 했습니다. 그런데 적의 힘을 헤아리지 않고 가볍게 전쟁을 일으키고 나라는 가난한데 자주 군대를 출동시킨다면, 결국은 위태롭게 되고 망하게 됩니다. 신은 '군대가 상대방보다 못하면 싸움을 걸지 말고, 군량미가 상대방보다 못하면 싸움을 오래 끌지 말라'라고 들었습니다. 합종을 주장하는 저들은 헛된 말을 교묘하게 꾸미며 임금의 절조節操가 높다고 치켜세우며 이로운 점만 말하고 해로운 점은 말하지 않습니다. 그러다가 끝내는 진나라의 공격을 받더라도 어쩔 수가 없게 됩니다. 그러니 왕께서는 깊이 헤아려 보십시오.

진나라는 서쪽으로 파巴와 촉蜀이 있으니, 큰 배에 곡식을 싣고 문산汶山에서 출발하여 강물을 타고 내려오면 초나라에 이르기까지 3천여 리입니다. 배들을 두 척씩 나란히 이어 한 배에 병졸 50명과 석 달 치 식량을 싣고 강물을 따라 떠내려 온다면, 하루에 300리는 달릴 것입니다. 비록 먼 길이라고 하지만, 소나 말의 힘을 빌리지 않고도 열흘이 못 되어 간관扞關에 닿을 것입니다. 간관이 깜짝 놀라게 되면 국경 동쪽의 성들은 꼼짝 못하고 모두 성안에서 지키기만 할 것입니다. 그렇게 되면 검중과 무군巫郡은 벌써 왕의 소유가 아닙니다. 진나라가 기갑병을 출동시켜 무관으로 나와서 남쪽을 향해 친다면, 북쪽의 땅은 연락이 끊어질 것입니다. 진나라 군대가 초나라를 치면 위태로운 상황은 석 달 안으로 끝날 텐데, 초나라가 제후들의 도움을 기다리려면 반년은 지나야 할 것입니다. 그러니 그 세력이 필요한 때에 미치지 못합니다. 약한 나라의 도움을 기다리면서 강한 진나라의 침략을 잊으려 하신다니, 신은 왕을 위해 이 사실을 걱정하는 바입니다.

왕께서는 일찍이 오나라와 싸운 적이 있는데, 다섯 번 싸워서 세 번 이겼습니다. 그러느라 병졸들은 다 없어졌으며, 외진 곳에 새로 쌓은 성들을 지키고자 살아남은 백성들마저 괴로웠습니다. 신이 들으니, '공이 커지면 위태롭기 쉽고, 백성이 피폐해지면 윗사람을 원망한다'라고 합니다. 위태로워지기 쉬운 공功을 지키기 위해 강한 진나라의 비위를 거스르는 것은 신의 생각으로는 왕께 위험한 일입니다.

진나라가 함곡관函谷關 밖으로 군대를 내보내 제나라나 조나라를 치지 않은 지가 15년이나 됩니다. 왜냐하면 천하의 인심에 영합하려는 속내가 있기 때문입니다. 초나라가 예전에 진나라와 어려운 문제에 얽혀 한중漢中에서 싸운 적이 있습니다. 초나라가 결국 졌는데 열후列候나 작위爵位를 가진

자들이 일흔 명이나 죽었으며, 끝내 한중을 빼앗겼습니다. 초나라 왕이 크게 성내어 군대를 동원하여 진나라를 습격했습니다. 남전에서 싸웠으니, 이야말로 용과 범이 서로 싸우는 전쟁이었습니다. 결국 진나라와 초나라는 서로 피폐해지고, 한나라와 위나라가 온전하게 그 후방을 제어하게 되었습니다. 이보다 더 위태로운 계책은 없습니다. 왕께서는 이 점도 깊이 헤아려 보십시오.

진나라가 군대를 내려보내 위衛나라 양진陽晉을 공격하면, 반드시 천하 제후들의 가슴을 막아 버리게 될 것입니다. 대왕께서 군대를 총동원하여 송나라를 치신다면, 두어 달도 채 못 되어서 송나라를 빼앗을 수 있습니다. 그런 뒤에 송나라를 이끌고 동쪽을 지향한다면, 사수泗水 유역 열두 제후의 땅은 모두 왕의 소유가 될 것입니다.

천하의 제후들이 서로 믿고 합종의 약속을 해서 서로 견고하게 하자고 주장한 자는 소진입니다. 소진은 무안군武安君에 봉해지고, 연나라 재상이 되었습니다. 그러고는 연나라 왕과 몰래 짜고 제나라를 쳐서 깨뜨린 뒤에 그 땅을 나누어 가지려고 했습니다. 그래서 연나라에서 죄를 지은 것처럼 꾸미고서, 달아나 제나라에 들어갔습니다. 제왕이 그를 받아들여 재상으로 삼았지만, 2년 만에 그 음모가 드러났습니다. 제왕이 매우 성내어 길바닥에서 소진의 몸을 수레에 매어 찢어 죽였습니다. 한낱 거짓말쟁이에 지나지 않는 소진이 천하를 경영하여 제후들을 하나로 단결시키려고 했으니, 그의 꾀가 이루어질 수 없었던 것은 너무나도 분명합니다.

지금 진나라와 초나라는 국경을 맞대고 있습니다. 지리적으로 보더라도 가깝게 지내야 할 나라입니다. 왕께서 참으로 신이 아뢰는 말을 들으신다면, 신은 진나라 태자로 하여금 초나라에 들어와 인질이 되도록 하겠습니다. 또한 초나라 태자도 진나라로 들어가 인질이 되게 하십시오. 진나라 여인으로 왕의 시첩이 되게 할 것이며, 만호萬戶의 도읍을 바쳐서 대왕의 탕목읍湯沐邑으로 삼게 하겠습니다. 그러면 진나라와 초나라는 형제의 나라가 되어 죽을 때까지 서로 쳐들어가는 일이 없도록 하겠습니다. 신이 생각하기에 이보다 더 나은 계책은 없습니다."

이 말을 듣고 초나라 왕은 장의를 이미 얻은 데다 검중의 땅을 내주기도 아까웠으므로, 장의의 의견을 받아들이려고 했다. 그러자 굴원屈原이 말했다.

"전에 왕께서 장의에게 속았습니다. 장의가 왔기에 신은 왕께서 그를 삶아 죽일 것이라고 생각했습니다. 지금 비록 차마 죽이지는 못한다 하더라도, 그의 간사한 말을 또 듣는 것은 옳지 않습니다."

회왕이 말했다.

"장의를 용서하고 검중을 보전했으니 큰 이득이다. 한번 약속한 뒤에 배반하는 것은 옳지 않다."

회왕은 끝내 장의를 용서하고, 진나라와 화친했다.

장의는 초나라를 떠나, 그 길로 한나라로 가서 한나라 왕을 설득했다.

"한나라는 땅이 험난해서 백성들이 산에 살고 있습니다. 생산되는 곡식이라야 콩 아니면 보리이고, 백성들이 먹는 것은 콩밥과 콩잎으로 끓인 국입니다. 한 해만 흉년이 들어도 백성들은 지게미나 쌀겨마저 실컷 먹지 못합니다. 땅은 900리에 불과하고, 2년을 견딜 만한 식량이 없습니다. 왕의 군대를 헤아려 보니 모두 해야 30만을 넘지 못합니다. 그나마 막일하는 병사와 물건을 지어 나르는 잡부도 그 가운데 포함되었으며, 변방의 역참과 관문의 요새를 지키는 자들을 제외한다면 병력은 20만에 불과합니다.

진나라는 무장 군사가 100여 만이며, 병거(兵車. 전쟁할 때 쓰는 수레)가 1천 승에다 기마가 1만 필입니다. 용사들 가운데 투구도 쓰지 않은 맨머리로 턱을 붙들고 창을 잡은 채 용감하게 적진으로 뛰어드는 자들은 이루 다 셀 수가 없습니다. 진나라의 말은 좋고 군사도 많습니다. 앞발로 더듬고 뒷발로 차면 한 번 뛰어 세 길을 넘는 말만도 이루 다 셀 수가 없습니다. 산동山東 군사들은 갑옷을 입고 투구를 써야만 싸움에 나서지만, 진나라 사람들은 갑옷을 버리고 맨발에다 어깨를 드러낸 채로 적진 속에 뛰어들어, 왼손으로는 남의 머리를 잡아끌고 오른손으로는 산 채로 잡은 포로를 겨드랑이에 꼭 낍니다. 진나라 군사와 산동의 군사를 비교한다면 마치 용사 맹분孟賁과 겁쟁이의 대결 같습니다. 무거운 힘으로 치더라도 마치 오획烏獲이 어린아이와 싸우는 꼴입니다. 맹분이나 오획 같은 용사를 싸우게 하여 굴복하지 않는 약소국을 치는 것은 마치 천균千鈞의 무게를 새알 위에 떨어뜨리는 것과 다름이 없습니다. 요행으로 무사할 수는 없습니다.

여러 신하와 제후들은 땅이 작은 것은 생각하지 않고 합종책을 주장하는 유세객의 달콤한 말과 아름다운 말에 빠져 한패가 되어, 서로 말을 꾸며 대면서 '나의 계책을 들으면 강대해져서 천하의 패자覇者가 될 수 있다'라고 합니다. 나라의 오랜 이익을 돌아보지 않고 순간적인 감언이설을 듣게 되면, 임금을 그르치게 하는 것 가운데 이보다 더한 것이 없습니다.

왕께서 진나라를 섬기지 않으시면, 진나라는 군대를 출동시켜 의양을 점거하고 한나라의 위쪽 땅을 차단할 것입니다. 동쪽으로는 성고와 형양을 빼앗을 것입니다. 그렇게 되면 이미 홍대鴻臺의 궁전과 상림桑林의 궁궐은 왕의 소유가 아닙니다. 성고를 막고 위쪽 땅을 차단하면, 왕의 나라는 나누어지게 됩니다.

먼저 진나라를 섬기면 편안할 것이고, 진나라를 섬기지 않으면 위태로울 것입니다. 지금 왕께선 화禍를 만들어 놓고 복 받기를 바라니, 계책은 얕고 원망은 깊어질 것입니다. 진나라를 거역하고 초나라에 순종하면서도 멸망하지 않기를 바라시지만, 그렇게 될 수는 없습니다.

그러니 왕을 위한 계책으로는 진나라를 위하는 일보다 더 나은 것이 없습니다. 진나라가 하려고 하는 일 가운데 초나라를 약화시키는 것보다 더 중요한 일은 없습니다. 그런데 초나라를 약하게 만들 수 있는 나라로서는 한나라가 가장 낫습니다. 한나라가 초나라보다 강하기 때문이 아니라 지형이 그러하기 때문입니다. 이제 왕께서 서쪽을 향해 진나라를 섬기고 초나라를 친다면, 진왕은 반드시 기뻐할 것입니다. 초나라를 쳐서 그 땅을 얻고 화를 돌려서 진나라를 즐겁게 만든다면, 이보다 더 나은 계책은 없습니다."

한나라 왕은 장의의 계책을 따르기로 했다. 장의가 진나라로 돌아가 아뢰자, 혜왕이 장의를 다섯 고을에 봉하고 무신군武信君이라고 불렀다.

진나라 혜왕은 장의를 시켜 동쪽으로 제나라에 가서 민왕을 설득하게 했다. 장의가 민왕에게 말했다.

"천하의 강국 가운데 제나라보다 나은 나라는 없습니다. 대신과 왕족들은 편안하고 부유합니다. 그러나 대왕을 위해 계책을 세우는 자들은 모두 한때 얼버무리는 얘기만 하고 백세의 이익은 돌아보지 않습니다. 합종책을 내세우는 자가 대왕을 설득할 때에는 반드시 이렇게 말합니다. '제나라 서쪽에는 강한 조나라가 있고 남쪽에는 한나라와 위나라가 있습니다. 제나라는 바다를 등지고 있는 나라인 데다, 땅은 넓고 백성은 많으며 군대는 강하고도 용맹스럽습니다. 비록 100개의 진나라가 있더라도 장차 제나라를 어떻게 할 수 없을 것입니다.' 왕께선 그 말을 현명하게 생각하고, 그 실제 상황을 헤아리진 않으십니다. 합종을 주장하는 자들은 붕당을 만들어 서로 두둔하면서, 합종하는 것이 옳지 않다고 하는 사람이 없습니다. 신이 들으니, '예전에 제나라와 노나라가 세 번 싸워서 노나라가 세 번 다 이겼지만, 그것 때문에 노나라가 위태로워지고 멸망이 뒤따라왔다'라고 합니다. 비록 싸움에 승리했다는 이름은 얻었지만, 실제로는 나라가 망했습니다. 이것은 어째서입니까? 제나라는 크고, 노나라는 작기 때문입니다.

지금 진나라와 제나라의 관계는 제나라와 노나라의 관계 같습니다. 진나라와 조나라가 황하와 장수에서 싸운 적이 있었는데, 두 번 싸워서 조나라가 두 번 다 진나라를 이겼습니다. 파오番吾에서도 싸운 적이 있었는데, 두 번 싸워서 또 두 번 다 진나라에 이겼습니다. 그러나 이렇게 네 번 싸운 뒤 조나라는 수십만 군사를 잃었고, 수도 한단만이 겨우 남았습니다. 비록 전쟁에서 이겼다는 이름은 얻었지만, 나라는 이미 깨졌습니다. 이것은 어째서입니까? 진나라는 강하고 조나라는 약하기 때문입니다.

이제 진나라와 초나라는 서로 딸을 시집보내고 며느리를

맞아오는 형제의 나라가 되었습니다. 한나라는 의양을 진나라에 바치고, 위나라는 하외河外를 진나라에 바쳤으며, 조나라는 민지에 입조하여 하간河間의 땅을 떼어 바쳐 진나라를 섬깁니다. 왕께서 진나라를 섬기지 않는다면, 진나라는 한나라와 위나라의 군대를 몰아 제나라의 남쪽 땅을 칠 것입니다. 또 조나라도 군대를 총동원하여, 청하清河를 건너서 박관博關으로 쳐들어올 것입니다. 그렇게 되면 임치臨淄와 즉묵卽墨은 왕의 소유가 아닙니다. 나라가 하루라도 공격을 당하게 되면, 다시 진나라를 섬기고 싶어도 어쩔 수가 없습니다. 그러니 대왕께서는 이 점을 깊이 헤아려 보십시오."

제나라 왕이 말했다.

"제나라는 외지고 누추해서 동해 가에 숨어 지냈소. 그래서 이제껏 사직의 장구한 이득에 대한 말을 듣지 못했소."

그러고는 장의의 말을 따르겠다고 허락했다.

장의는 제나라를 떠나, 서쪽으로 가서 조나라 왕을 설득했다.

"저희 진나라 왕께서는 사신을 시켜서 어리석은 생각을 왕께 아뢰도록 했습니다. 왕께서는 천하의 제후들을 거두어 거느리고 진나라를 배척했습니다. 그래서 진나라 군대가 감히 함곡관을 나오지 못한 지가 15년이나 되었습니다. 대왕의 위엄이 산동에 떨치니 저희 진나라는 두려워하고 위축되어, 무기를 수선하고 군대를 단련했으며 병거와 기마를 갖추었습니다. 말 달리고 활쏘기를 익혔으며, 농사에 힘써 양식을 저축했습니다. 사방의 국경을 지키면서 근심과 두려움 속에 지낼 뿐, 감히 동요하지 못했습니다. 그 까닭은 왕께서 진나라의 허물을 깊이 꾸짖으시려는 뜻이 있었기 때문입니다.

이제 진나라는 왕의 힘으로 파와 촉을 얻었고 한중漢中을 통일했으며, 양주兩周를 포함하여 구정九鼎을 옮겨 오고 백마진白馬津을 지키게 되었습니다. 진나라가 비록 한쪽에 치우쳐 있는 먼 벽지의 나라이기는 하지만, 마음속으로 분히 여기며 노여움을 품어 온 지가 오래됩니다. 이제 진나라는 떨어진 갑옷과 지친 군대나마 가지고 있어서, 민지에 주둔하고 있습니다. 왕께서 원하신다면 황하를 건너고 장수를 넘어서, 파오를 점거하고 한단 아래에서 만나도록 하겠습니다. 갑자일에 한단성 아래에서 서로 만나 싸워 은나라 주왕紂王을 정벌한 것처럼 잘못된 일을 바로잡기를 바랍니다. 이렇듯 사신으로 하여금 먼저 왕께 아뢰는 바입니다.

왕께서 합종을 믿게 된 까닭은 소진을 믿었기 때문입니

다. 소진은 제후들을 현혹시켜서 올바른 것을 잘못되었다고 했으며, 잘못된 것은 올바르다고 했습니다. 제나라를 배반하려다가, 스스로 시장 바닥에서 수레에 몸이 찢겨 죽었습니다. 그러니 천하를 하나로 묶을 수 없는 게 또한 분명해졌습니다. 지금 초나라와 진나라는 형제의 나라가 되었습니다. 한나라와 위나라는 스스로 동쪽 울타리가 되는 신하라고 일컬으며, 제나라는 생선과 소금이 나는 땅을 바쳤습니다. 이것은 조나라의 오른쪽 팔을 끊어 버린 셈입니다. 오른쪽 팔을 끊긴 채로 남과 싸우며 자기 무리를 잃고 고립되어 지내면서, 위태롭지 않기를 바란들 어찌 가능하겠습니까?

지금 진나라가 세 장군을 내보낸다면, 그 한 군대는 오도吾道를 막고 제나라에 알려서 군대를 일으켜 청하淸河를 건너 수도 한단의 동쪽에 진군하게 할 것입니다. 또 한 군대는 성고에 진치고 한나라와 위나라의 군대를 몰아 하외河外로 진군하게 할 것입니다. 또 다른 한 군대는 민지에 진을 칠 것입니다. 이 네 나라가 하나로 뭉쳐서 조나라를 공격한다면, 조나라는 반드시 깨어질 것입니다. 그렇게 되면 반드시 그 땅을 네 나라가 나누어 가질 것입니다. 그러므로 우리의 뜻을 감추거나 정상을 숨기지 않고, 먼저 왕께 아룁니다. 신이 대왕을 위해 가만히 생각해 보니, 왕께서 진나라 왕과 민지에서 만나 서로 얼굴을 맞대고 직접 입으로 우호를 맺어, 군대를 어루만져 공격하지 말도록 청하는 것이 가장 좋겠습니다. 왕께서 계책을 정하시기 바랍니다."

조나라 왕이 말했다.

"선왕先王 때에 봉양군奉陽君이 정권을 잡고 권세를 휘둘러, 선왕을 속이고서 모든 일을 자기 멋대로 처리했소. 과인은 아직 어려서 스승에게서 가르침을 받고 있었을 뿐, 나라의 계책에는 참여하지 않고 있었소. 선왕께서 여러 신하들을 버리고 승하하셨을 때에 과인은 나이 어린 데다 제사를 받들게 된 날이 새로웠지만, 마음속으로 가만히 의심하면서 합종하여 진나라를 섬기지 않는 것은 우리나라의 장구한 이익이 아니라고 생각했소. 그러니 이젠 마음을 고치고 생각을 바꿔서 땅을 베어 바치며 예전의 잘못을 사과하고, 진나라를 섬기겠소. 곧 수레를 마련하여 진나라로 달려가려던 참인데 이렇게 사자의 밝은 가르침을 듣게 되었소."

조나라 왕이 장의의 의견을 받아들이자, 장의는 바로 조나라를 떠났다.

장의는 북쪽 연나라로 가서, 연나라 소왕昭王을 설득했다.

"왕께서 친교한 나라 가운데 조나라보다 더한 나라는 없습니다. 그러나 옛날 조양자趙襄子는 일찍이 자기 누이를 대왕代王의 아내로 삼고도, 대代나라를 집어삼킬 생각으로 대왕과 구주句注의 요새에서 만나자고 약속했습니다. 양자는 공인工人을 시켜서 쇠로 국자를 만들게 했는데, 그 자루를 길게 하여 그것으로 사람을 칠 수 있도록 했습니다. 왕과 함께 술을 마시게 되자 몰래 주방 사람에게 이르기를, '술이 한창 취하여 즐겁게 되거든 뜨거운 국을 올리다가, 쇠국자를 뒤집어 쳐라' 하고 말했습니다. 그리고 술자리가 한창 무르익어 즐겁게 되자 뜨거운 국을 올리고, 주방 사람이 앞에 나아가 국을 따르다가 그대로 쇠국자를 뒤집어 왕을 쳐서 죽였습니다. 왕의 뇌수가 땅바닥에 쏟아졌습니다. 그 누이가 그 소문을 듣고는 비녀를 날카롭게 갈아서 자기 목을 찔러 죽었습니다. 그래서 지금도 마계산摩笄山이란 이름이 있습니다. 대나라 왕이 죽은 이야기는 천하에 듣지 않은 사람이 없습니다.

조나라 왕이 심술궂고 친근함이 없는 것은 왕께서도 분명히 보셨습니다. 그런데도 조나라 왕을 가까이할 만한 사람이라고 생각하십니까? 조나라가 군대를 일으켜 연나라를 치면서, 두 번이나 연나라 도읍을 에워싸고 왕을 위협했습니다. 왕께서는 성 열 개를 떼어 주면서 사과까지 했습니다. 지금 조나라 왕은 이미 민지에 입조入朝하여 하간河間의 땅을 바치고 진나라를 섬기기로 했습니다. 이제 대왕께서 진나라를 섬기지 않으시면, 진나라가 운중雲中과 구원九原으로 군사를 보내 조나라 군대를 몰아 연나라를 공격할 것입니다. 그렇게 되면 역수易水와 장성長城은 왕의 소유가 아닙니다. 게다가 지금의 조나라는 진나라의 한 군郡이나 현縣 같아서, 함부로 군사를 일으켜 쳐들어올 수가 없습니다. 이제 왕께서 진나라를 섬기시면 진왕은 반드시 기뻐할 것이며, 조나라도 감히 함부로 움직이지 못할 것입니다. 이렇게 되면 서쪽으로는 강한 진나라의 원조가 있고, 남쪽으로는 제나라나 조나라의 근심이 없게 됩니다. 그러니 왕께선 이러한 점을 깊이 생각하십시오."

연나라 왕이 말했다.

"과인은 오랑캐로 외진 곳에 살다 보니, 다 큰 남자이면서도 마치 어린애와 같소. 또 바른 계책으로 받아들일 만한 충고도 없었소. 이제 상객上客께서 다행히 가르쳐 주셨으니, 서쪽을 향한 나라를 섬기기를 청하오. 그런 뜻에서 항산恒山

의 끄트머리에 있는 성 다섯 개를 바치겠소."

연나라 왕이 장의의 말을 받아들이자, 장의가 보고하기 위해 진나라로 돌아갔다. 그러나 미처 함양成陽에 도착하기 전에 진나라 혜왕이 죽고, 무왕武王이 임금이 되었다.

진나라 무왕은 태자였을 때부터 장의를 좋아하지 않았다. 그가 임금이 되자 여러 신하들이 장의를 헐뜯었다.

"장의는 신의가 없습니다. 왼쪽으로도 오른쪽으로도 나라를 팔아서, 자신이 받아들여지기만을 구하고 있습니다. 진나라가 다시 그를 등용한다면, 천하의 웃음거리가 될까 봐 걱정입니다."

제후들은 장의가 무왕과 틈이 벌어졌다는 소문을 듣고, 모두들 진나라와의 연횡連衡을 배반하고 다시 합종했다.

진나라 무왕 원년에 여러 신하들이 밤낮으로 장의를 헐뜯었는데, 제나라에서도 사신을 보내 장의의 신의 없는 행동을 책망했다. 장의는 죽을까 두려워 진나라 무왕에게 이렇게 말했다.

"저에게 비록 어리석지만 계책이 있습니다. 그것을 아뢰게 해 주십시오."

무왕이 말했다.

"어떤 계책이오?"

장의가 대답했다.

"진나라 사직을 위한 계책입니다. 동방에 커다란 변란이 일어난 뒤에라야 왕께서 그 변란을 계기로 많은 땅을 베어 받을 수 있습니다. 지금 들으니 제왕이 저를 매우 미워한다고 합니다. 장의가 가 있는 곳이라면, 제왕이 반드시 군사를 이끌고 와서 칠 것입니다. 그러기에 저는 이 불초한 몸으로 위나라에 가기를 원합니다. 그러면 제나라가 반드시 군사를 일으켜서 위나라를 칠 것입니다. 위나라와 제나라의 군사들은 성 아래에서 맞붙어 싸우느라고, 그곳을 떠나지 못할 것입니다. 왕께서는 그 틈을 타서 한나라를 쳐서 삼천에 들어가시고, 군대를 함곡관 밖으로 내보내시어 공격도 하지 않은 채로 주나라에 들이닥치면, 주나라는 반드시 제기祭器를 내어놓을 것입니다. 천자를 끼고 천하의 지도와 호적을 점검하는 것이 바로 왕업王業입니다."

진나라 왕이 그럴 듯하게 생각하고, 전차 서른 대를 갖추어 장의를 위나라로 들어가게 했다. 제나라는 과연 군대를 일으켜서 위나라를 공격했다. 위나라 애왕이 두려워하자, 장의가 말했다.

"왕께서는 염려하지 마십시오. 제가 제나라에게 싸움을 끝내도록 하겠습니다."

그러고는 자신의 사인인 풍희馮喜를 초나라로 보내 초나라 사신이라는 이름을 빌려, 제나라에 가서 제왕에게 말하게 했다.

"왕께서는 장의를 몹시 미워하십니다. 그러면서도 왕께서는 진나라보다 장의에게 더 의지하고 있습니다."

제나라 왕이 말했다.

"과인은 장의를 미워하므로 장의가 있는 곳이라면 어디라도 군사를 일으켜서 그를 치려고 하오. 그런데 무슨 까닭으로 내가 장의를 의탁한다고 말한 것인가?"

"그것이 바로 왕께서 장의에게 의탁하는 것입니다. 장의가 진나라를 떠났을 때에 진나라 왕과 이렇게 약속했다고 합니다. '왕을 위해 계책을 세워 드리겠습니다. 동방에 커다란 변란이 있은 뒤에라야 왕께서 많은 땅을 떼어 받을 수 있습니다. 지금 제왕이 저를 매우 미워하여, 제가 있는 곳이라면 반드시 군대를 일으켜서 칠 것입니다. 그러기에 저는 이 불초한 몸을 빌려 위나라로 가기를 원합니다. 그러면 제나라가 반드시 군대를 일으켜 위나라를 칠 것입니다. 제나라와 위나라의 군대는 성 아래에서 서로 맞붙어 싸우느라고, 그곳을 떠나지 못할 것입니다. 왕께서 그 틈을 타서 한나라를 쳐서 삼천으로 들어가시고, 군대를 함곡관 밖으로 내보내 공격하지 않은 채로 주나라로 들이닥치면, 주나라는 반드시 제기를 내어놓을 것입니다. 천자를 끼고 천하의 지도와 호적을 조사하여 제후들을 다스리는 것이 바로 왕업입니다.' 진나라 왕도 그럴 듯하다고 생각했으므로, 병거 서른 대를 갖추어 장의에게 주어서 위나라로 들여보냈던 것입니다.

지금 장의가 위나라로 들어가자, 왕께서 과연 그를 치려고 하십니다. 이번 싸움은 왕께서 안으로는 제나라를 피폐하게 만들고 밖으로는 동맹국을 쳐서, 이웃의 적국을 넓혀주는 데 가담하는 것입니다. 그렇게 함으로써 장의를 진나라 왕에게 신임받도록 만드는 계기가 됩니다. 그래서 신은 '왕께서 장의에게 의지하신다'라고 말했던 것입니다."

"그 말이 옳소."

그러고는 공격을 중지시켰다. 장의는 위나라 정승이 된 지 1년 만에 위나라에서 죽었다.

진진陣軫은 유세하는 선비이다. 장의와 함께 진나라 혜왕을 섬기어 중요한 인물이 되어 왕의 총애를 다투었다. 장의가 진왕에게 진진을 헐뜯어 말했다.

"진진이 많은 선물을 가지고 진나라와 초나라 사이에 자주 사신으로 다니는 까닭은 장차 국교國交에 도움이 있게 하기 위한 것입니다. 그런데 지금 초나라가 진나라와 더 가까워지지도 않으면서 진진에게만 잘 대해 주는 까닭은 진진이 자신을 위해서만 열심히 노력하고 왕을 위해서는 소홀했기 때문입니다. 진진이 이제 또 진나라를 떠나서 초나라로 가려고 합니다. 왕께서는 어찌 그 까닭을 묻지 않으십니까?"

왕이 진진에게 물었다.

"내 들으니 그대가 진나라를 떠나 초나라로 가려고 한다던데, 정말 그런가?"

진진이 대답했다.

"네. 그렇습니다."

"장의의 말이 과연 맞구나."

진진이 말했다.

"그것은 장의 혼자서 아는 것이 아니라, 길 가는 사람들도 다 알고 있습니다. 옛날 오자서伍子胥는 자기 임금에게 충성했기 때문에 온 천하 제후들이 그를 자기의 신하로 삼으려고 다투었으며, 증삼曾參이 자기 어버이에게 효도했기 때문에 온 천하의 어버이들이 그를 아들로 삼고 싶어 했습니다. 그러므로 종이나 첩을 팔 때에도 마을 밖을 미처 나가기도 전에 그 마을 안에서 당장 팔리는 자가 바로 좋은 종이며 좋은 첩입니다. 시집에서 쫓겨나고서도 같은 마을로 다시 시집가게 되는 여자는 좋은 부인입니다. 지금 제가 그 임금에게 충성스럽지 않았다면, 초나라에서 어찌 저더러 충성스럽다고 하겠습니까? 진나라에 충성하고도 이제 버림을 당하려고 하니, 제가 초나라로 가지 않으면 어디로 가겠습니까?"

왕이 그의 말을 옳다고 생각하고, 그를 잘 대해 주었다.

진진이 진나라에 머문 지 1년 만에 혜왕은 장의를 재상으로 삼았다. 그러자 진진은 초나라로 달아났다. 초나라에선 아직 그를 높이 쓰지 않았지만, 진진을 진나라에 사신으로 보냈다. 진진이 위나라를 지나다가 서수犀首를 만나려고 했지만, 서수가 만나 주지 않았다. 진진이 말했다.

"내가 공을 만날 일이 있어 찾아왔는데 공께서 저를 만나주시지 않으니, 이제 두 번 다시 나를 만날 수 없을 것이오."

서수가 진진을 만나자 진진이 이렇게 말했다.

"공께서는 어찌 술 마시기를 좋아하십니까?"

서수가 말했다.

"일이 없기 때문입니다."

"그렇다면 제가 공께서 일에 신물이 나도록 해 드려도 되겠습니까?"

"어떻게 말이오?"

"위나라 재상 전수田需가 제후들과 약속하여 합종하려고 하지만, 초나라 왕이 의심하여 아직 믿지 않습니다. 공께서 위나라 왕에게 아뢰기를, '신이 연나라와 조나라의 왕과 예부터 가까이 지냈는데 자주 사람을 보내 말하기를 위나라에서 일이 없으면서 왜 만나러 오지 않느냐고 합니다. 바라건대 가서 만나게 해 주십시오'라고 하시오. 왕이 허락하더라도 공께서는 많은 수레를 요구하지 말고 서른 대쯤 뜰에 늘어놓고 연나라와 조나라에 가는 것을 여기저기 떠벌리십시오."

그러자 위나라에 와 있던 연나라와 조나라의 유세객들이 이 말을 듣고 수레를 달려 그 왕에게 아뢰고, 사람을 시켜 서수를 맞이하게 했다. 초나라 왕이 이 소문을 듣고 매우 화를 내며 말했다.

"전수는 과인과 약속했다. 그런데도 서수가 연나라와 조나라에 가니, 이것은 과인을 속인 것이다."

초나라 왕이 화가 나 전수의 합종책을 듣지 않았다. 제나라에서는 서수가 북쪽으로 간다는 말을 듣고, 사람을 시켜 제나라의 일을 그에게 맡겼다. 서수가 드디어 그 일을 하게 되자 제나라와 연나라, 조나라 재상의 정사는 모두 서수에 의해서 결정되었다. 진진은 마침내 진나라에 도착했다.

그 무렵 한나라와 위나라가 서로 싸운 지 1년이 되었다. 진나라 혜왕이 이 싸움을 말리려고 좌우의 신하들에게 물었다. 어떤 신하는 그 싸움을 말리는 것이 좋다고 하고, 또 어떤 신하는 말리지 않는 것이 좋다고 했다. 혜왕도 어떻게 해야 좋을지 결정하지 못했다. 진진이 그때 마침 진나라에 도착했으므로 혜왕이 물었다.

"그대는 과인을 떠나서 초나라에 가 있는 동안에도 과인을 생각했소?"

진진이 대답했다.

"왕께서는 월나라 사람 장석莊舃에 대해 들어 본 적이 있으십니까?"

"듣지 못했소."

"월나라 사람 장석이 초나라에 벼슬하여 집규執珪가 되었다가, 얼마 뒤에 병이 들었습니다. 초나라 왕이 말하기를 '장석은 본래 월나라의 미천한 사람이다. 지금 초나라에 벼슬하여 집규가 되고 부귀하게 되었는데, 아직도 월나라를 생각하고 있을까?'라고 물었습니다. 그러자 곁에 모시고 있던 중사中謝가 대답하길 '대체로 사람들이 고국을 생각하는 것은 그가 병들었을 때입니다. 그가 월나라를 생각한다면 월나라 소리로 신음할 것이고, 월나라를 생각하지 않는다면 초나라 소리로 신음할 것입니다'라고 했습니다. 사람을 시켜 가서 듣게 했더니, 아직도 월나라 소리로 신음하고 있었습니다. 지금 신이 비록 버림받아 초나라로 쫓겨 갔지만, 어찌 진나라 말을 쓰지 않을 수 있겠습니까?"

혜왕이 말했다.

"좋소. 지금 한나라와 위나라가 서로 싸운 지 1년이 되어도 그치지 않소. 어떤 사람은 과인이 싸움을 말리는 것이 좋다고 하고, 또 어떤 사람은 말리지 않는 것이 좋다고 하오. 과인 혼자서는 결정할 수가 없으니, 그대는 그대의 임금인 초나라 왕을 위하여 계책을 세우는 것처럼 과인을 위해서 계책을 세워 주시오."

진진이 대답했다.

"예전에 변장자卞莊子가 범을 찔러 죽인 이야기를 왕께 말씀드렸던 사람이 있었는지요? 장자가 범을 찌르려고 하자 여관의 머슴아이가 말리며 말했습니다. '호랑이 두 마리가 서로 소를 잡아먹으려고 합니다. 먹어 봐서 맛이 좋으면 반드시 서로 다툴 것입니다. 다투다 보면 반드시 싸울 것이고 그렇게 되면 큰 호랑이는 다칠 테고 작은 호랑이는 죽을 것입니다. 다친 호랑이를 찌르면, 한꺼번에 호랑이 두 마리를 잡았다는 명성을 들을 것입니다.' 변장자도 그럴 듯하게 생각하고, 서서 기다렸습니다. 조금 있자 과연 호랑이 두 마리가 싸워서, 큰 놈은 다치고 작은 놈은 죽었습니다. 변장자가 다친 놈을 찌르자 한꺼번에 두 마리를 잡게 되었습니다.

지금 한나라와 위나라가 서로 공격하여 1년이 되었는데도 그치지 않고 있으니, 큰 나라는 반드시 다치고 작은 나라는 멸망할 것입니다. 만일 다친 나라를 쳐들어간다면, 한꺼번에 두 나라를 얻게 되는 것입니다. 이것은 변장자가 범을 찌른 것과 같은 이치입니다. 신의 임금인 초나라 왕과 혜왕께 올리는 계책에 무슨 차이가 있겠습니까?"

혜왕이 말했다.

"옳은 말이오."

그러고는 결국 그 싸움을 화해시키지 않았다. 큰 나라는 과연 다치고, 작은 나라는 멸망했다. 진나라가 군대를 일으켜 크게 이겼다. 이것이 진진의 계책이었다.

서수犀首는 위나라 음진陰晉 사람이다. 이름은 연衍이고 성은 공손씨公孫氏인데, 장의와는 사이가 좋지 않았다.

장의가 진나라를 위해 위나라에 가자, 위나라 왕이 장의를 재상으로 삼았다. 서수는 그것을 이롭지 않은 일이라고 생각했으므로, 사람을 시켜서 한나라 공숙公叔에게 이렇게 말하게 했다.

"장의가 이미 진나라와 위나라를 동맹 맺게 했습니다. 그가 말하길, '위나라는 한나라의 남양을 공격하고 진나라는 삼천을 칠 것이다'라고 했습니다. 위나라 왕이 장의를 소중히 여기는 까닭은 한나라의 땅을 얻으려 하기 때문입니다. 이제 한나라의 남양 땅이 이미 위나라에게 빼앗길 판입니다. 그대는 어찌 저 공손연에게 조금이라도 일을 맡겨 한나라에 공을 세울 수 있게 하지 않습니까? 그렇게 되면 진나라와 위나라의 친교를 끊게 할 수 있습니다. 그런 뒤에는 위나라도 진나라를 칠 생각으로 반드시 장의를 버리고, 한나라와 한편이 되어 공손연을 재상으로 삼을 것입니다."

공숙이 그 말을 이롭게 여겼다. 그래서 남양 땅을 서수에게 맡겨 그에게 공을 세우도록 했다. 서수가 과연 위나라 재상이 되자, 장의는 위나라를 떠났다.

의거義渠의 왕이 위나라에 들어와 입조했다. 서수는 장의가 다시 진나라 재상이 되었다는 소문을 듣고 불리할 것으로 여겼다. 그래서 서수는 의거 임금에게 이렇게 말했다.

"당신은 멀리 있어 다시 위나라에 들르기 어려우실 테니까, 진나라의 동향을 말씀드리겠습니다. 중원에서 제나라 위나라 같은 산동의 제후들이 함께 진나라를 치는 일이 없으면, 진나라는 반드시 임금의 나라를 불사르고 침략할 것입니다. 산동의 제후들이 함께 진나라를 치면, 진나라는 장차 민첩한 사신을 시켜 많은 선물을 가지고 가서 임금의 나라를 섬기게 될 것입니다."

그 뒤에 다섯 제후국이 진나라를 공격했다. 마침 진진이 진나라 왕에게 말했다.

"의거의 왕은 오랑캐 나라 가운데 어진 임금입니다. 그에게 뇌물을 주어서 그의 마음을 달래는 것이 좋겠습니다."

"좋소."

진나라 왕이 비단 1천 필과 부녀자 100명을 의거의 왕에게 예물로 보냈다. 의거의 왕이 여러 신하들을 모아 놓고 의논했다.

"이게 바로 공손연이 말하던 것인가?"

그러고는 군대를 일으켜서 진나라를 습격하여, 이백李伯 기슭에서 진나라 군대를 크게 깨뜨렸다.

장의가 죽은 뒤에, 서수가 진나라에 들어가 재상이 되었다. 그는 나중에 다섯 나라 재상의 인印을 차고, 동맹의 우두머리가 되었다.

태사공은 말한다.

"삼진三晉에는 임기응변의 유세객들이 많았다. 합종책이나 연횡책을 말해 진나라를 강하게 만든 자들은 대개 삼진의 사람들이다. 장의가 한 일은 소진보다도 임기응변이 더 심하다. 그러나 세상 사람들이 소진을 미워하는 까닭은 그가 먼저 죽자 장의가 그의 단점을 들춰내어, 자기의 주장을 강조하고 연횡의 길을 성공시켰기 때문이다. 요약해서 말한다면, 이 두 사람은 참으로 위험스러운 인물이었다."

합종파의 대표적 인물이 소진이라면 연횡파의 대표인
물은 장의다. 전국 시대 중기 진나라가 국력을 증강시
키자 이에 대항하기 위해 나머지 여섯 나라는 합종으로
맞섰고, 진나라의 장의는 각 나라와 개별적으로 동맹을
맺어 합종을 깨뜨리고 제나라와 초나라를 이간시켜 진
나라가 천하를 통일하는 데 결정적으로 이바지했다.

뛰어난 유세가였던 장의의 유일한 무기는 세 치 혀였
다. 그는 젊은 시절 초나라에서 곤욕을 치르면서도 자
신에게 세 치 혀가 붙어 있는 한 훗날 언제라도 복수의
기회는 있다고 여길 정도로 자신의 입담에 자신을 가
지고 있었다. 그러나 다시 생각해 볼 것은 그의 설득을
뒷받침해 준 것은 진나라의 힘이었다. 당시 진나라가
가진 힘이 아니었다면 과연 그의 세 치 혀가 먹혀들었
을까?

九.
저
리
자
·
감
무
열
전

저리자樗里子의 이름은 질疾이다. 진나라 혜왕의 배다른 동생으로 어머니는 한나라 사람이다. 저리자는 우스갯소리도 잘하고 지혜로워서, 진나라 사람들이 지혜주머니智囊라고 불렀다.

진나라 혜왕 8년에 저리자에게 우경右更 벼슬을 주고 장군으로 삼아 위나라 곡옥曲沃을 치게 했는데, 그는 그곳 백성들을 모두 쫓아내고 성을 빼앗아 진나라 영토로 만들었다.

진나라 혜왕 25년에 저리자를 다시 장군으로 삼아 조나라를 치게 했다. 그는 조나라 장군 장표莊豹를 사로잡고 인藺을 함락시켰다. 그 이듬해에는 위장魏章을 도와 초나라를 공격해, 장군 굴개를 쳐부수고 한중 지역의 땅을 빼앗았다. 진나라는 저리자를 봉하여, 엄군嚴君이라고 불렀다.

진나라 혜왕이 죽고 태자 무왕武王이 즉위하자, 장의와 위장을 쫓아내고 저리자와 감무甘茂를 좌승상과 우승상으로 삼았다. 진나라는 감무를 시켜 한나라를 치게 해 의양을 빼앗고 저리자를 시켜 전차 100대를 가지고 주나라로 들어가게 했다. 주나라에서는 군사를 내보내 그를 매우 정중하게 맞이했다. 초나라 왕이 그 소문을 듣고 화를 내면서 진나라를 지나치게 높이 받든다고 주나라를 책망했다. 이때 유등游腾이 주나라를 위해 초나라 왕을 설득했다.

"옛날 진나라 지백知伯이 구유仇猶를 칠 때 길이 험해 병사들이 걸어가기 힘들어하자 먼저 큰 종을 만들어 폭이 넓은 큰 수레에 실어 선물로 보냈습니다. 구유가 그 수레를 위해 길을 넓히자 지백은 군사를 이끌고 그 길을 이용해 진격했습니다. 결국 구유는 망했습니다. 왜 망했겠습니까? 그에 대한 대비를 못했기 때문입니다. 제나라 환공이 채나라를 칠 때에도 초나라를 친다는 핑계를 대고 실제로는 채나라를 습격했습니다. 지금 진나라는 호랑이나 이리 같은 나라인데, 저리자를 시켜서 전차 100대를 이끌고 주나라에 들어가도록 하니, 주나라에서는 이 일 때문에 구유나 채나라처럼 되는 것은 아닌가 걱정하고 있습니다. 그래서 긴 창을 잡은 군사를 앞세우고, 강력한 쇠뇌를 가진 병사를 뒤에 있게 하여 명목상으로는 저리자를 호위한다고 했지만, 실상은 그를 가둔 것입니다. 주나라라고 어찌 나라의 앞날을 근심하지 않겠습니까? 주나라가 망하게 되면 왕에게까지 걱정을 끼치게 될까 두려워한 것입니다."

초나라 왕이 이 말을 듣고 기뻐했다.

진나라 무왕이 죽고 소왕昭王이 즉위하자 저리자는 더욱 존경받는 인물이 되었다. 소왕 원년에 저리자가 장군이 되어 포浦를 치려고 하자 포의 태수가 두려워 호연胡衍에게 도움을 요청했고, 호연이 포를 위해 저리자에게 말했다.

"공이 포를 치는 것은 진나라를 위해서입니까? 아니면 위魏나라를 위해서입니까? 위나라를 위해서라면 좋습니다만, 진나라를 위해서라면 이롭지 않습니다. 위衛나라가 위衛나라로 존립하는 까닭은 포가 있기 때문입니다. 지금 포를 치면, 포는 화를 면하기 위해 위魏나라에 귀속할 것입니다. 그렇게 되면 위衛나라도 반드시 굽혀 위魏나라를 따르게 될 것입니다. 예전에 위魏나라가 서하西河 바깥의 땅을 잃고도 회복하지 못한 까닭은 군대가 약했기 때문입니다. 지금 위衛나라를 위魏나라에 합병시킨다면, 위나라는 반드시 강해질 것입니다. 위나라가 강해지는 날이면, 서하 바깥의 땅은 반드시 위태로워집니다. 게다가 진나라 왕이 장차 공이 한 일 때문에 진나라를 해롭게 하고 위나라를 이롭게 한 것을 안다면, 반드시 공에게 죄를 줄 것입니다."

저리자가 말했다.

"그러면 어떻게 해야 좋겠소?"

호연이 대답했다.

"공께선 포를 내버려 두고 치지 마십시오. 제가 공을 위해 포에 들어가 위衛나라 군주에게 공이 덕을 베풀었다고 말하겠습니다."

저리자가 말했다.

"좋소."

호연이 포에 들어가 그 태수에게 말했다.

"저리자는 포가 피폐한 것을 알고 있습니다. 그래서 '반드시 포를 함락시키겠다'라고 벼르고 있습니다. 제가 잘 말해서 포에 대한 공격을 그만두도록 하겠습니다."

포의 태수는 두려워하며 두 번 절하고 말했다.

"부디 그렇게 해 주시기 바랍니다."

그리고는 금 300근을 주면서 말했다.

"진나라 군대가 정말 물러간다면, 반드시 위衛나라 군주에게 말해, 당신이 높은 지위를 얻을 수 있도록 해 드리겠습니다."

그래서 호연은 포에서 금을 받았으며, 위衛나라에서는 귀한 신분이 되었다. 그러자 저리자도 드디어 포에 대한 포위를 풀고 돌아가면서, 대신 위魏나라 고을인 피지皮氏를 쳤다. 피지가 항복하지 않자, 그대로 돌아갔다.

소왕 7년에 저리자가 죽자 위수渭水 남쪽 장대章臺의 동쪽에 장사지냈다. 저리자는 이런 말을 한 적이 있다.

"내가 죽은 지 100년이 지나면 내 무덤 양쪽에 천자天子의 궁이 둘러질 것이다."

저리자 질疾의 집은 소왕의 사당 서쪽, 위수의 남쪽 음향陰鄕 저리樗里에 있었다. 그래서 세상 사람들이 그를 '저리자'라고 불렀던 것이다. 한漢나라가 일어났을 때에 장락궁長樂宮이 그의 집 동쪽에 세워지고 미앙궁未央宮이 그 서쪽에 세워졌으며, 무기고가 무덤 바로 앞에 세워졌다. 그래서 진나라 속담에 '힘은 임비任鄙, 지혜는 저리자'라는 말이 있다.

감무甘茂는 하채下蔡 사람이다. 그는 하채의 사거선생史擧先生에게 백가百家의 학설을 배우고 장의와 저리자를 통해 진나라 혜왕을 만났다. 혜왕은 그를 보고 기뻐하여 장군을 삼았고, 위장을 도와서 한중의 땅을 정벌하게 하였다. 혜왕이 죽고 무왕이 즉위하자, 장의와 위장이 진나라를 떠나 동쪽 위나라로 가 버렸다. 촉후蜀侯 휘輝와 그 재상 장壯이 배반하자, 진나라가 감무를 시켜 촉을 평정케 했다. 일을 마치고 돌아오자 감무를 좌승상으로 삼고, 저리자를 우승상으로 삼았다. 진나라 무왕 3년에 무왕이 감무에게 말했다.

"과인이 삼천(三川, 이수와 낙수와 황하)까지 길을 넓혀 휘장이 쳐진 수레를 타고 가서, 주나라 왕실을 엿보려고 하오. 그렇게만 된다면 과인은 죽어도 썩지 않을 것이오."

감무가 말했다.

"제가 위나라로 가서 한나라를 치도록 약속하겠습니다. 상수向壽에게 저를 돕도록 해 주십시오."

감무가 위나라에 이르러 상수에게 말했다.

"그대는 진나라로 돌아가서 왕께 이렇게 말하게. '위나라는 신의 제안을 듣겠지만, 왕께서는 한나라를 치지 마십시오'라고 말일세. 일이 이루어지면 모두 그대의 공으로 돌리겠네."

상수가 돌아가서 그대로 말하자 진왕이 감무를 식양息壤에서 영접하였다. 감무가 도착하자 진왕이 상수를 통해서 들었던 말의 까닭을 물었다. 감무가 대답했다.

"의양宜陽은 큰 고을이고, 상당上黨과 남양南陽에도 재물과 식량을 쌓아 놓은 지가 오래됩니다. 이름은 현縣이라고 하지만, 사실은 군郡입니다. 지금 왕께서 함곡函谷과 오곡五谷 등 몇 군데 험난한 곳을 뒤에 두고 천 리를 가서 공격하려 하니, 이는 참으로 어려운 일입니다. 옛날 효자로 유명한 증삼曾參이 비읍費邑에 있을 때, 노나라 사람 가운데 증삼과 이름이 같은 자가 사람을 죽였습니다. 어떤 사람이 증삼의 어머니에게 와서 '증삼이 사람을 죽였습니다'라고 말했지만, 그 어머니는 태연하게 계속 베를 짰습니다. 조금 뒤에 또 다른 사람이 와서 '증삼이 사람을 죽였습니다'라고 하자 그 어머니는 여전히 베를 짜면서 태연해했습니다. 조금 뒤에 또 다른 사람이 와서 '증삼이 사람을 죽였습니다'라고 말하자, 그 어머니가 베 짜던 북을 내던지고 베틀에서 내려와 담을 넘어 달아났다고 합니다. 증삼은 어진 아들이었기에 어머니는 그를 믿었지만, 세 사람이나 그를 의심하자 그 어머니도 두려워진 것입니다. 그런데 지금 신이 증삼처럼 어질지 못하고, 왕께서 신을 믿는 것도 증삼의 어머니가 증삼을 믿었던 것보다 못합니다. 게다가 신을 의심하는 자도 세 사람뿐이 아닙니다. 신은 왕께서도 북을 내던지실까 봐 두렵습니다.

지난날 장의가 서쪽으로 파와 촉 땅을 병합하고 북쪽으로 서하 밖의 땅을 개척하였으며, 남쪽으로 상용上庸을 얻었습니다. 그러나 천하 사람들은 장의의 공이 크다고 말하지 않고, 선왕을 어질다고 말했습니다. 위나라 문후文候가 악양樂羊을 장수로 삼아 중산中山을 공격하게 했는데, 3년 만에 함락시켰습니다. 악양이 돌아와 승전의 공을 논하게 되었는데, 문후가 악양을 비방하는 글 한 상자를 꺼내 보였습니다. 악양이 두 번 절하고 머리를 조아려 '이번 승리는 신의 공이 아니라, 주군의 힘입니다' 하고 말했습니다.

그런데 지금 신은 나그네로 와 있는 신하일 뿐이니 저리자와 공손석公孫奭 두 사람이 한나라 정벌의 일을 가지고 의논하면, 왕께선 반드시 그 말을 들으실 것입니다. 그렇게 되면 왕께선 위나라 왕을 속이게 되고, 신도 공중치公仲侈에게 원망만 듣게 될 것입니다."

무왕이 말했다.

"과인이 그들의 말을 듣지 않겠다고 그대에게 맹세하겠소."

무왕이 마침내 재상 감무를 시켜서 군대를 이끌고 의양을 치게 했다. 다섯 달이 지나도 함락시키지 못하자, 저리자와 공손석이 과연 다투기 시작했다. 무왕이 감무를 불러서 공격을 중지시키려고 하자 감무가 말했다.

"식양은 아직 저기 있습니다."

무왕이 말했다.

"맹약한 것이 있소."

그러고는 많은 군사를 동원해 감무로 하여금 공격하게 하였다. 적군 6만 명의 머리를 베고, 마침내 의양을 함락시켰다. 한나라 양왕襄王은 공중치를 사자로 보내 용서를 구하고, 진나라와 화친을 맺었다.

진나라 무왕이 마침내 주나라에 도착했으나 주나라에서 죽자 그 동생이 왕위에 올라 소왕昭王이 되었다. 소왕의 어머니 선태후宣太后는 초나라 사람이다. 초나라 회황이 예전에 진나라가 단양에서 초나라를 쳐서 물리쳤을 때 한나라가 구원해 주지 않은 것을 원망하여, 한나라 땅 옹지雍氏를 에워쌌다. 한나라는 공중치를 진나라로 보내, 위급한 사정을 호소하였다. 그러나 진나라는 소왕이 새로 즉위한 데다 태후가 초나라 사람이라, 구원해 주려 하지 않았다. 공중치가 감무에게 부탁하자, 감무가 한나라를 위해 소왕에게 말했다.

"공중치는 지금 진나라의 도움을 얻을 수 있다고 생각하기 때문에 감히 초나라에 대항하는 것입니다. 지금 옹지가 포위되었는데도 진나라 군대가 효殽로 내려가지 않으면, 공중치는 앞으로 머리를 추켜세우고 진나라에 조회하러 들어오지 않을 것입니다. 그뿐 아니라 한나라 공자 공숙公叔도 나라를 들어 남쪽으로 초나라와 합할 것입니다. 초나라와 한나라가 하나로 되면 위나라도 감히 그들의 말을 듣지 않을 수 없습니다. 그러면 진나라를 공격할 형세가 이루어집니다. 앉아서 남이 쳐들어오는 것을 기다리는 편과 이쪽에서 남을 쳐들어가는 편 가운데 어느 편이 더 유리하겠습니까?"

진왕(소왕)이 말했다.

"알겠소."

소왕이 즉시 군대를 효로 내려 보내 한나라를 돕자 초나라 군대는 물러갔다.

진나라는 상수를 시켜 의양을 평정하고, 저리자와 감무를 시켜 위나라의 피지皮氏를 치게 하였다. 상수는 선태후의 외척인 데다가 소왕과는 어릴 때부터 함께 자랐으므로 임용되었다. 상수가 초나라에 가자, 초나라에서는 진나라가 상수를 귀중히 여긴다는 소문을 듣고 상수를 극진히 대접하였다. 상수가 진나라를 위해 의양을 지키면서 장차 한나라를 치려고 하자, 한나라 공중치 소대蘇代를 시켜서 상수를 달래게 했다.

"짐승도 급하게 되면 수레를 뒤엎는다고 합니다. 공은 한나라를 깨뜨리고 공중치를 욕보이려 하시는데, 공중치는 지금 나라를 들어 다시 진나라를 섬기려 하고 있습니다. 그는 자기가 반드시 봉읍封邑될 것이라고 생각하고 있기 때문입니다. 그런데 지금 공은 초나라에다 진나라 해구解口의 땅을 주고, 역시 진나라 땅인 두양杜陽에다 초나라의 소영윤小令尹을 봉했습니다. 진나라와 초나라가 힘을 합해 다시 한나라를 치면, 한나라는 반드시 망할 것입니다. 한나라가 망하게 된다면, 공중치는 결국 자기를 개인적으로 따르는 무리들을 이끌고 진나라를 막으려고 할 것입니다. 공께서는 이 점을 깊이 생각하십시오."

상수가 말했다.

"내가 진나라와 초나라의 힘을 합하려는 까닭은 한나라를 치려고 하기 때문이 아닙니다. 그대는 나를 위해 공중치를 만나서, '진나라와 한나라의 국교가 맺어질 것이다'라고 말해 주십시오."

소대가 대답했다.

"공에게 드릴 말씀이 있습니다. 사람들이 말하기를 '자기가 귀중하게 여겨지는 까닭을 소중히 여기는 자는 그 귀중함을 영원히 잃지 않는다'라고 합니다. 왕께서 공을 공손석 만큼 아끼지 않고, 공의 지혜와 능력이 감무만 못하다고 평가하고 있습니다. 그런데 지금 그 두 사람이 다 진나라의 정사를 친히 다스리지 못하고, 공께서만 혼자 왕과 함께 나랏일을 결정하는 까닭이 무엇이겠습니까? 그 두 사람은 왕의 신임을 잃었기 때문입니다. 공손석은 한나라와 내통하고 감무는 위나라와 관계하기 때문에 왕이 신임하지 않는 것입니다. 지금 진나라와 초나라가 서로 강대해지길 다투고 있는데, 공께서 초나라와 관계하신다면, 공손석이나 감무와 같은 길을 걷는 셈입니다. 공께서 무엇을 가지고 그들과는 다르다고 하겠습니까? 남들은 다들 '초나라는 곧잘 약속을 지키지 않는다' 하고 탓하는데, 공께서만 반드시 그렇지 않다고 부인했습니다. 이것은 공께서 스스로 책임져야 되는 것입니다. 공께서 왕과 함께 의논하여 초나라의 변절을 대비하고, 한나라와 친선하여 초나라에 대비하는 것이 낫습니다. 이렇게만 한다면 근심이 없을 것입니다. 한나라가 전에는 나라를 들어 공손석에게 따랐고, 나중에는 나라를 감무에게 맡겼습니다. 그 두 사람이 공과는 사이가 좋지 않으니, 한나라는 공의 원수입니다. 그러나 지금 공께서 '한나라와 친하게 지내 초나라에 대비하자' 하고 말하면, 이것은 외부에서 사람을 추천할 때 자기 원수라도 꺼리지 않은 셈이 됩니다."

상수가 말했다.

"그렇소. 나도 진나라가 한나라와 연합하기를 바라오."

소대가 대답했다.

"감무는 공중치에게 진나라가 빼앗은 무수武遂를 돌려주겠다고 허락했으며, 의양에서 포로로 잡은 한나라 백성들도 돌려주겠다고 했습니다. 그런데 공께선 그저 말로만 한나라의 마음을 수습하려고 하시니, 참 어렵습니다."

"그러면 어떻게 해야 좋겠소? 무수를 내놓을 수는 없소."

소대가 대답했다.

"공께선 어째서 진나라의 위력을 가지고 한나라를 위해서 영천潁川의 땅을 돌려 달라고 초나라에다 요구하지 않으십니까? 이곳은 한나라가 의지하다가 초나라에게 빼앗긴 땅입니다. 공께서 그 땅을 초나라에 요구하여 얻는다면, 진나라의 명령이 초나라에 행해지고, 그 땅으로써 한나라에게 은덕을 끼치게 된 것입니다. 공께서 요구하여 얻지 못하게 된다면, 한나라와 초나라의 원한이 풀리지 않아서 서로 다투어 진나라로 달려올 것입니다. 진나라와 초나라가 서로 강대해지길 다투면서 공께서 천천히 초나라를 꾸짖어 한나라의 마음을 수습한다면, 이 편이 진나라에 유리합니다."

"어떻게 하면 좋겠소?"

"이렇게 하는 것이 좋겠습니다. 감무는 위나라의 마음을 수습해서 제나라를 취하려 하고, 공손석은 한나라의 마음을 수습해서 제나라를 취하려 하고 있습니다. 이제 공께서 의양을 취하여 공을 세운 데다 초나라와 한나라를 수습하여 안정시키며 제나라와 위나라의 죄를 징계한다면, 공손석과 감무는 할 일이 없게 될 것입니다."

감무가 마침내 진나라 소왕에게 말해, 무수의 땅을 다시 한나라에 돌려주었다. 상수와 공손석이 다투어 반대했지만, 그 의견은 받아들여지지 않았다. 상수와 공손석이 이 일 때문에 원망하며 감무를 헐뜯었다. 감무가 두려워서 위나라 포판浦阪을 공격하는 일을 멈추고 진나라에서 도망쳤다. 저리자는 위나라와 화친을 맺고 군대를 거두었다.

감무는 진나라에서 도망쳐 제나라로 달아났는데 우연히 소대를 만났다. 소대는 제나라를 위해서 진나라에 사신으로 가던 참이었다. 감무가 말했다.

"저는 진나라에 죄를 짓고 두려워 도망 나왔는데, 몸을 맡길 곳이 없습니다. 제가 든건대 가난한 여인과 부유한 여인이 함께 길쌈을 했는데 가난한 여인이 말하길, '나는 촛불을 살 돈이 없지만 당신의 촛불에 다행히도 남는 빛이 있으니, 당신은 내게 그 남는 빛을 나누어 주세요. 그러면 그대의 밝음을 손상시키지 않고도 나까지 편익을 얻을 수 있습니다'라고 하였답니다. 지금 저는 곤궁에 빠졌는데, 당신은 이제 진나라에 사신으로 가서 중요한 분들과 만나게 되었습니다. 저의 아내와 자식들이 그곳에 있으니, 당신께선 남는 빛으로 그들을 구해 주십시오."

소대는 허락하고 진나라에 사신으로 갔다. 그리고 진나라 왕을 설득했다.

"감무는 비상한 인물입니다. 그는 진나라에 있는 동안 여러 임금에 걸쳐 높이 쓰였습니다. 효의 요새로부터 귀곡鬼谷에 이르기까지, 그 지형이 험난한 곳과 평탄한 곳을 다 알고 있습니다. 그가 만약에 제나라로 하여금 한나라와 위나라와 맹약하게 하고 도리어 진나라를 치게 꾸민다면, 진나라에 이롭지 않을 것입니다."

진나라 왕이 말했다.

"그러면 어떻게 해야 좋겠소?"

소대가 말했다.

"왕께서 예물을 많이 보내고 녹봉을 많이 주어 그를 맞아 들이는 것이 가장 좋습니다. 그가 오면 귀곡에 머물게 하고, 죽을 때까지 나오지 못하게 하십시오."

"좋소."

진왕이 즉시 그에게 상경上卿의 벼슬을 주고 재상의 인印을 보내 그를 제나라로부터 맞아들이려고 했지만, 감무는 가지 않았다. 소대가 제나라 민왕에게 말했다.

"저 감무는 어진 사람입니다. 지금 진나라가 그에게 상경의 벼슬을 주고 재상의 인을 보내 그를 맞아가려고 하는데도, 감무는 왕께서 내려 주신 은덕을 감사하면서 왕의 신하가 되는 것을 기뻐하고 있습니다. 그래서 진나라의 재상 벼슬도 사양하고 돌아가지 않았습니다. 이제 왕께선 무엇으로 그를 예우하시렵니까?"

"좋소."

제왕이 즉시 그에게 상경 벼슬을 주고, 제나라에 머무르게 하였다. 그러자 진나라에서도 감무의 집안을 회복시켜 주면서, 제나라와 서로 감무를 데려가려고 다투었다.

제나라가 감무를 초나라에 사신으로 보냈는데, 초나라 회왕懷王이 마침 진나라와 새로 혼인 관계를 맺어 친하게 지냈다. 진나라에서는 감무가 초나라에 있다는 말을 듣고, 사람을 시켜 초나라 왕에게 말했다.

"감무를 진나라로 보내 주십시오."

초나라 왕이 범연范蜎에게 물었다.

"과인이 진나라에 재상을 추천하고 싶은데 누가 좋겠소?"

"신은 그런 인물을 알 만한 식견이 없습니다."

"과인은 감무를 재상으로 추천하려는데, 괜찮겠소?"

"안 됩니다. 감무의 스승인 사거史擧는 하채下蔡의 문지기였습니다. 크게는 임금을 섬기지 않았고, 작게는 제 집안을 보살피지 않았습니다. 구차하고 빈천하였으나 모나지 않은 것으로 세상에 그 이름이 알려졌습니다. 그런데 감무는 그런 인물을 묵묵히 따르고 스승으로 섬겼습니다. 그러므로 현명한 혜왕이나 명찰한 무왕, 말 잘하는 장의까지도 감무는 잘 섬겼으며, 열 가지 벼슬을 얻어 지내고도 죄를 입지 않았습니다. 감무는 참으로 현명한 사람입니다. 그렇지만 진나라에 재상으로 추천해서는 안 됩니다. 진나라에 어진 재상이 있으면 초나라에 이롭지 않습니다. 왕께서 예전에 소활召滑을 월나라에 재상으로 추천했다가, 속으로는 월나라가 초나라에 합병되기를 바라면서도 겉으로는 정의를 내세워 두 나라 사이에 싸움을 일으키는 바람에 월나라가 어지러워졌습니다. 그러므로 초나라가 남쪽으로 여문厲門을 막고, 월나라 땅 강동江東을 초나라의 군으로 만들었습니다. 왕의 공이 이처럼 성공한 까닭을 살펴보면, 월나라는 어지러웠지만 초나라는 잘 다스려졌기 때문입니다. 그런데 왕께서 이런 계책을 월나라에 쓰는 것은 알고 있었지만, 진나라에 쓸 것은 잊고 계십니다. 신은 왕께서 크게 잘못하고 계신다고 생각합니다. 그러니 왕께서 만약 진나라에 재상을 추천하려고 하시면, 상수만 한 사람이 없습니다. 상수는 진나라 왕과 친근합니다. 어려서는 옷을 함께 입었으며, 자라서는 수레를 함께 타고 다니며 나랏일을 처리했습니다. 왕께선 반드시 상수를 진나라의 재상이 되게 하십시오. 그렇게만 되면 초나라에게 이롭습니다."

이리하여 초나라 왕은 진나라에 사신을 보내 상수를 진나라 재상으로 삼아 달라고 청하였다. 진나라가 드디어 상수를 재상으로 삼자, 감무는 끝내 진나라에 들어가지 못하고 위나라에서 죽었다.

　감라甘羅는 감무의 손자이다. 감무가 죽은 뒤에, 감라는 열두 살 나이로 진나라 재상 문신후文信侯 여불위呂不韋를 섬겼다.

　진나라 시황제始皇帝가 강성군剛成君 채택蔡澤을 연나라에 사자로 보내자, 3년 뒤에 연나라 왕 희喜가 태자 단丹을 진나라에 들여보내 볼모로 삼았다. 진나라에서는 장당張唐을 보내 연나라 재상이 되게 하고, 연나라와 함께 조나라를 쳐서 하간河間의 땅을 넓히려고 하였다. 장당이 문신후에게 말했다.

　"저는 일찍이 진나라 소왕을 위해 조나라를 친 적이 있는데, 조나라가 신을 원망하여 말하길 '장당을 잡아오는 사람에게는 100리의 땅을 주겠다'라고 했습니다. 이제 연나라로 가려면 반드시 조나라를 거쳐야 하므로, 신은 갈 수가 없습니다."

　문신후는 불쾌했지만, 억지로 보낼 수가 없었다. 그러자 감라가 말했다.

　"군후君候께서는 어찌 그다지도 불쾌해하십니까?"

문신후가 말했다.

"내가 강성군 채택을 시켜서 연나라를 섬기게 한 지 3년이 되어, 연나라 태자 단이 이미 진나라에 볼모로 들어왔다. 내 몸소 장경張卿에게 청하여 연나라에 재상으로 보내려 하는데도 그가 가려고 하지 않는다."

감라가 말했다.

"제가 그를 가게 하겠습니다."

문신후가 꾸짖어 말했다.

"저리 가거라. 내 몸소 청해도 가려고 하지 않는데, 네가 어떻게 그를 보낸단 말이냐?"

"저 항탁項橐은 일곱 살에 공자의 스승이 되었습니다. 지금 저의 나이는 열두 살이나 되었습니다. 군후께선 갑자기 꾸짖으실 것이 아니라 시험 삼아 저를 써 보십시오."

그러고는 감라가 장경을 보고 말했다.

"경의 공을 무안군武安君에게 견준다면, 누가 더 큽니까?"

장경이 말했다.

"무안군은 남쪽으로 가서 강한 초나라를 꺾었으며, 북쪽으로는 연나라와 조나라를 위압하였고, 싸우면 이겼고 치면 빼앗았소. 성을 깨뜨리고 고을을 무너뜨린 숫자를 알 수 없소. 내 공적은 그와 비교도 안 되오."

감라가 말했다.

"응후(應候, 범저)가 진나라에서 높이 쓰이는 것과 문신후가 정권을 잡은 것은 어느 쪽이 더 큽니까?"

"응후의 쓰임이 문신후를 따를 수는 없소."

감라가 물었다.

"당신은 분명히 응후의 쓰임이 문신후가 정권을 마음대로 휘두르는 것보다 못하다는 것을 아십니까?"

"알고 있소."

"응후가 조나라를 치려고 하였을 때에 무안군이 이를 어렵게 여겼기 때문에, 함양에서 7리 되는 곳으로 쫓겨나 두우杜郵에서 죽임을 당했습니다. 지금 문신후가 몸소 당신에게 연나라 재상이 되라고 청했는데도 당신이 가려고 하지 않으니, 저는 당신이 죽을 곳을 알지 못하겠습니다."

장당이 말했다.

"젊은이 말대로 가겠소."

그러고는 길 떠날 채비를 했다.

떠나기까지 며칠이 남았을 때 감라가 문신후에게 말했다.

"신에게 수레 다섯 대만 빌려 주십시오. 장당을 위해 먼저 조나라로 가서 알리겠습니다."

문신후가 곧 왕궁으로 들어가서 시황제에게 말했다.

"옛날 재상 감무의 손자 감라가 아직 나이 어리지만, 이름 난 집안의 자손이라고 제후들 사이에 알려져 있습니다. 이 번에 장당이 병을 핑계대고 연나라 재상으로 가지 않으려는 것을 감라가 설득하여 가게 했습니다. 이제 먼저 가서 조나 라에 알리겠다고 하니, 그를 보내 주십시오."

시황제는 감라를 불러 보고, 조나라에 사신으로 보냈다. 감라가 조나라 왕을 설득했다.

"왕께선 연나라 태자 단이 진나라에 들어가 볼모가 되었 다는 소문을 들으셨습니까?"

"들었소."

"장당이 연나라 재상으로 간다는 소문도 들으셨습니까?"

"들었소."

"연나라 태자 단이 진나라에 인질로 들어간 것은 연나라 가 진나라를 속이지 않겠다는 뜻입니다. 장당이 연나라 재 상으로 가는 것은 진나라도 연나라를 속이지 않겠다는 뜻입 니다. 연나라와 진나라가 서로 속이지 않게 되면 조나라를 칠 테니 위험해집니다. 연나라와 진나라가 서로 속이지 않는 것은 별다른 이유가 없습니다. 조나라를 쳐서 하간의 땅을 넓히려고 하기 때문입니다. 왕께서 미리 신에게 다섯 성을 떼어 주시어 하간의 땅을 넓히게 하는 것이 더 좋습니다. 그렇게 하신다면 연나라 태자 단을 돌려보내고, 강한 조나라와 함께 약한 연나라를 치게 하겠습니다."

조왕이 즉시 다섯 성을 스스로 진나라에 떼어 주어, 하간의 땅을 넓히도록 했다. 진나라에서는 연나라 태자를 돌려보냈다. 조나라는 연나라를 쳐서 상곡上谷의 성 서른 개를 빼앗고, 그 가운데 열 개의 성은 진나라가 가지게 했다.

감라가 진나라로 돌아와 보고하자, 진왕이 감라를 상경으로 삼고, 처음 감무에게 주었던 밭과 집을 다시 그에게 내려 주었다.

태사공은 말한다.

"저리자는 진나라 왕과 골육지간이니, 중용되는 것도 본래 일리가 있다. 진나라 사람들이 그의 지혜를 칭찬하므로, 그의 사적을 채록하였다. 감무는 하채의 미천한 집안 출신으로 제후들 사이에 이름을 드러내고, 강한 제나라와 초나라에 중용되었다. 감라는 나이가 어렸지만 기이한 계책을 내어 그 이름이 후세에 칭찬받았다. 비록 행실이 두터운 군자는 아니지만, 역시 전국 시대의 책사策士이다. 진나라가 강성해졌을 때, 천하는 권모와 사술詐術로 치달으려 했던 것이다."

저리자는 지혜주머니라 불리며 진시황이 여섯 나라를 통일하기까지 큰 공을 세운 인물이다. 그는 혜왕, 무왕, 소왕 등 3대에 걸쳐 군주를 보좌하면서 이인자로 군림했다. 저리자는 뛰어난 지혜로 다른 여섯 나라 사이에 싸움을 붙여, 진나라가 가만히 앉아 있으면서도 이익을 챙기도록 했다. 감무는 미천한 출신이나 저리자와 좌승상과 우승상을 역임할 정도의 자리에까지 오른 인물이다.

저리자와 감무 두 사람은 의리로 가득 찬 인물이라기보다는 오히려 적당한 사리사욕을 가지고 자신의 누울 자리는 반드시 챙겼으며 자신의 부가가치를 높이기 위해 끊임없이 권모술수를 발휘한 사람들이다. 어찌 보면 현실적이기까지 한 이들은 도덕군자라고 할 수는 없으나 뛰어난 책략가들이었음에는 분명하다.

十.
염파
·
인상여
열전

염파廉頗는 조나라의 훌륭한 장수이다. 조나라 혜문왕惠文王 16년에 조나라 장수가 되어 제나라를 쳤는데, 양진陽晉을 빼앗았으므로 이 공로로 상경上卿이 되었다. 그의 용기는 제후들에게 널리 알려졌다. 인상여藺相如도 조나라 사람으로 환관의 우두머리인 무현繆賢의 사인舍人이었다.

조나라는 혜문왕 때 초나라의 화씨벽(和氏璧, 초나라 사람 변화가 옥복을 발견해 여왕에게 바쳤으나 돌이라 하여 왼쪽 발을 베이고, 무왕에게 바쳤으나 또 돌이라 하여 오른쪽 발도 베였다. 문왕이 즉위하자 변화는 초산 아래에서 사흘 낮밤을 통곡했는데, 문왕이 소문을 듣고 그 옥복을 다듬게 하니 마침내 천하의 보옥이 되었다. 이 보옥이 화씨벽이다.)을 손에 넣게 되었다. 진나라 소왕이 이 소문을 듣고 사신을 시켜 조나라 왕에게 편지를 보내, 성 열다섯 개와 화씨벽을 바꾸자고 청했다. 조나라 왕이 대장군 염파 및 여러 대신들과 이 문제를 상의했다. 그러나 화씨벽을 진나라에 주고 싶어도 진나라의 성을 얻지도 못한 채 속임만 당할까 두려웠고, 내주지 않자니 진나라 군대가 쳐들어올까 걱정되었다. 또 진나라에 가서 이 문제에 대한 답변을 할 만한 인물을 구했지만,

마땅한 사람이 없었다. 그러자 환관의 우두머리인 무현이 말했다.

"신의 사인 인상여를 사신으로 보낼 만합니다."

왕이 물었다.

"어떻게 그것을 알 수 있는가?"

"신이 일찍이 죄를 짓고 몰래 연나라로 도망가려 한 적이 있었습니다. 그러자 신의 사인인 인상여가 신을 말리면서, '당신께선 어떻게 연나라 왕을 알게 되었습니까?' 하고 물었습니다. 그래서 내가 '일찍이 왕을 따라 연나라 왕과 국경 근처에서 만난 적이 있는데, 그때 연나라 왕이 내 손을 가만히 잡으며 친구가 되고 싶다고 했소'라고 말하며 이 일로 연나라 왕을 알게 되었다고 말했습니다. 그랬더니 인상여가 '신에게 조나라는 강하고 연나라는 약합니다. 당신이 조나라 왕의 총애를 받고 있으므로, 연나라 왕이 군과 친구가 되자고 한 것입니다. 지금 당신께서 조나라에서 도망쳐 연나라로 달아나면 연나라는 조나라를 두려워하여, 감히 당신을 머무르게 두지 못하고 당신을 사로잡아 조나라로 돌려보낼 것입니다. 그러니 차라리 웃통을 벗고 처형대에 엎드려 벌을 받겠다고 청하는 것이 가장 좋습니다. 그렇게 하면 용서를 받을지도 모릅니다' 하고 말했습니다. 신이 상여의 말에 따랐더니, 왕께서도 다행히 신을 용서하셨습니다. 그래서 신은 '인상여가 용감하면서도 꾀가 있구나' 하고 속으로 생각해 왔습니다. 그래서 사신으로 보낼 만하다고 말씀드린 것입니다."

그래서 왕은 인상여를 불러 만나 보고 이렇게 물었다.

"진나라 왕이 성 열다섯 개와 과인의 화씨벽을 바꾸자고 청했는데, 화씨벽을 보내는 게 좋겠소, 보내지 않는 게 좋겠소?"

인상여가 대답했다.

"진나라는 강하고 조나라는 약하니, 받아들이지 않을 수가 없습니다."

"그러다가 우리 화씨벽만 받고 우리에게 성을 내주지 않으면 어떻게 하겠는가?"

인상여가 말했다.

"진나라에서 성과 바꾸자는 조건으로 화씨벽을 구하려고 하는데 조나라에서 허락하지 않는다면, 잘못은 조나라에 있습니다. 그러나 조나라에서 화씨벽을 주었는데도 진나라가 성을 내주지 않는다면, 잘못은 진나라에 있습니다. 이 두 가지 계책을 비교해 본다면, 차라리 저쪽 요구를 허락하여 잘 못을 진나라에게 덮어씌우는 편이 낫습니다."

왕이 물었다.

"누구를 사신으로 보내는 게 좋겠소?"

"왕께서 적당한 인물이 없으시다면, 제가 화씨벽을 받들 고 사신으로 가겠습니다. 성이 조나라에 들어오면 화씨벽을 진나라에 주겠지만, 진나라의 성이 들어오지 않으면 화씨벽 을 온전히 지니고 조나라로 돌아오겠습니다."

조나라 왕이 이 말을 듣고 드디어 상여를 사신으로 삼아 화씨벽을 받들고 서쪽의 진나라로 들어가게 했다.

진나라 왕은 장대章臺에 앉아 상여를 만났다. 상여가 화씨 벽을 받들어 진나라 왕에게 바쳤다. 진나라 왕이 크게 기뻐 하며, 차례차례 돌려가며 보여 주었고 곁에 있던 신하들이 모두 만세를 외쳤다. 상여는 진나라 왕이 조나라에 성을 내 줄 생각이 없음을 알아채고, 앞으로 나서서 말했다.

"화씨벽에 흠이 있습니다. 왕께 그것을 가르쳐 드리겠습 니다."

진나라 왕이 화씨벽을 내주자, 상여가 화씨벽을 가지고 물러서서 기둥에 기댄 채로 머리카락이 치솟아 관을 찌를 정도로 크게 화를 내며 이렇게 말했다.

"대왕께서는 화씨벽을 얻을 욕심으로 사신을 시켜 조나라 왕에게 편지를 보냈습니다. 조나라 왕이 여러 신하들을 모두 불러 논의했는데, 신하들은 한결같이 이렇게 말했습니다. '진나라는 탐욕스러워 그 강대함을 믿고 빈말로 화씨벽을 구하는 것이니, 그 대가로 성을 준다고 하지만 아마도 얻지 못할 것입니다.' 그래서 진나라에는 화씨벽을 주지 않기로 의견을 모았습니다. 그러나 신은 '일반 백성들의 사귐에서도 서로 속이지 않는데, 하물며 큰 나라 사이에서 그럴 수 있겠는가! 게다가 한 개의 화씨벽 때문에 강한 진나라의 환심을 거슬러선 안 된다'고 생각했습니다. 그래서 조나라 왕은 닷새 동안이나 목욕재계한 뒤 신을 사신으로 삼아 화씨벽을 받들고 진나라 조정에 편지를 보내게 했습니다. 왜 그랬겠습니까? 대국의 위엄을 존중하고 존경하는 마음을 다하려고 했기 때문입니다.

그런데 지금 신이 도착하고 보니, 대왕은 신을 별궁에서 만나고 대왕의 신하같이 여기며, 예절이 너무나 거만스럽습니다. 화씨벽을 얻자마자 비빈들에게 전해 주며, 신을 희롱했습니다. 신은 대왕이 그 대가로 조나라에 성을 줄 생각이 없다고 보았기 때문에, 화씨벽을 다시 가져온 것입니다. 대왕이 만약 신에게 협박하신다면, 신의 머리는 당장 이 화씨벽과 함께 기둥에 부딪쳐 깨어질 것입니다."

상여가 그 화씨벽을 가진 채로 기둥을 노려보며, 그 기둥에 자기 머리를 부딪치려고 했다. 진나라 왕은 그 화씨벽이 깨어질까 두려워, 자신의 잘못을 사과했다. 그러고는 관리를 불러 지도를 펼치게 하고 손가락으로 가리키면서, 여기서부터 저쪽까지 성 열다섯 개를 조나라에 주겠다고 진심으로 청했다. 상여는 진나라 왕이 다만 속임수로 조나라에 성을 준다고 할 뿐이지 실제로는 얻을 수 없음을 알았다. 그래서 진나라 왕에게 말했다.

"화씨벽은 천하가 모두 인정하는 보물입니다. 조나라 왕께서는 진나라가 두려워서 바치지 않을 수가 없었습니다. 조나라 왕은 화씨벽을 보낼 때 닷새 동안이나 재계했습니다. 이제 대왕은 닷새 동안 재계하고, 대궐 뜰에서 구빈九賓의 예를 베풀어야만 합니다. 그러면 제가 바로 화씨벽을 바치겠습니다."

진나라 왕은 도저히 화씨벽을 억지로 빼앗을 수 없다고 생각했다. 그래서 닷새 동안 재계할 것을 허락하고, 상여를 광성전廣成傳이라는 영빈관에서 머물게 했다. 상여는 진나라 왕이 비록 재계하고는 있지만, 끝내는 약속을 저버리고 성을 주지 않을 것이라고 판단했다. 그래서 자기를 따라온 사람에게 허름한 옷을 입혀 화씨벽을 품속에 숨겨 지름길로 달아나게 해 결국은 조나라로 돌려보냈다.

진나라 왕이 닷새 동안 재계한 뒤에, 궁정에서 구빈의 예를 베풀고 조나라 사자 인상여를 불러내 만났다. 상여는 진나라 왕에게 말했다.

"진나라에 목공穆公 이래로 20여 명의 군주가 있었지만, 지금까지 약속을 굳게 지킨 군주는 없었습니다. 신은 왕께 속임을 당하고 조나라를 저버리게 될까 두려웠습니다. 그래서 사람을 시켜 화씨벽을 가지고 몰래 조나라로 돌아가게 했습니다. 그런데 진나라는 강하고 조나라는 약합니다. 대왕이 한 사람의 사자를 조나라에 보내자, 조나라는 당장 화씨벽을 바치게 했습니다. 지금 강한 진나라가 먼저 성 열다섯 개를 조나라에게 떼어 준다면, 조나라가 어찌 감히 화씨벽을 가진 채로 대왕께 죄를 짓겠습니까? 신은 대왕을 속인 죄로 마땅히 죽게 될 것을 알고 있습니다. 신을 부디 가마솥에 삶아 죽여 주십시오. 다만 이 일은 여러 신하들과 충분히 의논해 주시길 바랄 뿐입니다."

진나라 왕과 여러 신하들은 서로 바라보면서 쓴웃음을 지었다. 곁에 있던 신하들 중에는 상여를 끌어내리려고 하는 자도 있었다. 그러나 진나라 왕이 말했다.

"지금 상여를 죽이면, 끝내 화씨벽을 얻을 수 없다. 게다가 진나라와 조나라 사이의 우호 관계만 끊어질 것이다. 그보다는 상여를 후하게 대우하여 조나라로 돌려보내는 편이 낫다. 조나라 왕이 어찌 화씨벽 하나 때문에 진나라를 우롱하겠는가?"

그래서 마침내 상여를 빈객으로 대우해 대궐로 맞아들이고 예를 마친 후 돌려보냈다. 상여가 돌아오자 조나라 왕은 현명한 대부가 사신으로 갔기 때문에 제후에게 욕을 당하지 않았다고 여겨 상여를 상대부로 삼았다. 진나라가 조나라에게 성을 내주지 않았으므로, 조나라도 진나라에게 끝내 화씨벽을 주지 않았다.

그 뒤에 진나라가 조나라를 쳐서 석성石城을 빼앗았다. 그 이듬해에 다시 조나라를 쳐서 2만여 명을 죽였다. 진나라 왕이 조나라 왕에게 사신을 보내 '왕과 우호 관계를 맺기 위해 서하西河의 남쪽 민지에서 만나고 싶다'고 알렸다. 조나라 왕은 진나라를 두려워하여 가지 않으려고 했다. 그러자 염파와 인상여가 상의한 후 이렇게 말했다.

"왕께서 가지 않으면, 조나라는 나약하고 비겁하다는 소리를 듣게 될 것입니다."

조나라 왕은 결국 상여와 함께 가기로 했다. 염파가 국경까지 따라 나와 왕을 전송하며 이렇게 말했다.

"왕께서 다녀올 길을 헤아려 보니, 회담의 예를 마치고 돌아올 때까지 30일 이상 걸리지 않습니다. 만약 30일이 지나도 돌아오지 못하시면, 태자를 왕으로 세워 진나라가 조나라를 차지하려는 야망을 끊도록 해 주십시오."

조나라 왕은 이 말을 받아들이고 드디어 진나라 왕과 민지에서 만났다. 진나라 왕은 술이 얼근히 취하자 이렇게 말했다.

"과인이 듣기로는 조나라 왕께서 음악을 좋아한다고 하던데, 거문고 연주를 부탁드려도 되겠습니까?"

조나라 왕이 거문고를 탔다. 진나라 어사가 앞으로 나와서 이렇게 적었다.

"어느 해 어느 달 어느 날에 진나라 왕이 조나라 왕과 만나 술을 마시고, 조나라 왕에게 거문고를 연주하게 했다."

그러자 인상여가 앞으로 나와서 말했다.

"조나라 왕께서는 진나라 왕께서 진나라 음악을 잘하신다고 하던데, 분부(盆缶, 옹기로 만든 악기)를 진나라 왕께 올려 서로 즐길 수 있도록 해 주십시오."

진나라 왕이 화를 내며 허락하지 않자 상여가 앞으로 나아가 분부를 바치고는, 무릎을 꿇어 진나라 왕에게 간청했다. 그러나 진나라 왕은 분부를 치려고 하지 않았다. 그러자 상여가 이렇게 말했다.

"왕과 신의 사이는 다섯 걸음밖에 안 됩니다. 신은 제 목을 찌른 피를 뿌려서라도 왕께 요청할 것입니다."

이 말을 듣고 진나라 왕의 주변에 있던 신하들이 상여를 베려고 하자, 상여가 눈을 부릅뜨고 꾸짖었다. 그러자 모두들 뒤로 물러섰다. 진나라 왕은 하는 수 없이 억지로 분부를 한 번 두드렸다. 상여가 돌아보고 조나라 어사를 불러 이렇게 적도록 했다.

"어느 해 어느 달 어느 날에 진나라 왕이 조나라 왕을 위해 분부를 두드렸다."

진나라의 여러 신하들이 말했다.

"조나라의 성 열다섯 개를 진나라에 바쳐, 진나라 왕의 장수를 축복해 주시기 바랍니다."

인상여가 또 말했다.

"진나라의 수도 함양을 조나라에 바쳐서, 조나라 왕의 장수를 축복해 주십시오."

결국 진나라 왕은 술자리가 끝날 때까지 조나라를 한 번도 이길 수가 없었다. 조나라 역시 많은 군사를 갖추고 진나라 군사에 대비하고 있었으므로 진나라가 함부로 움직일 수가 없었다.

회견을 마치고 돌아온 조나라 왕은 상여의 공이 크다고 치하하고 상경으로 삼았다. 상여의 지위가 염파보다도 위에 있게 되자, 염파가 말했다.

"나는 조나라 장군이 되어 성을 공격하고 들판에서 싸워 큰 공을 세웠다. 그런데 인상여는 겨우 혀끝이나 놀렸는데도 나보다 위에 올랐다. 게다가 상여는 본래 비천한 출신이다. 나는 부끄러워서 그의 밑에 있는 것을 도저히 참을 수없다."

그러고는 이렇게 다짐했다.

"내가 상여를 만나면 반드시 욕보이고 말겠다."

상여가 이 말을 듣고는 그와 만나지 않으려 했다. 상여는 조정에 나가야 할 때마다 언제나 병을 핑계 대고 나가지 않았다. 염파와 서열을 다투려고 하지 않은 것이다. 얼마 뒤에 상여가 외출했다가 염파를 먼발치로 보았는데, 상여는 수레를 끌어 숨어 버리기도 했다. 그러자 사인들이 모두 이렇게 간했다.

"신들이 친척을 떠나와 당신을 섬기는 까닭은 오직 당신의 높은 뜻을 사모하기 때문입니다. 지금 당신께선 염파와 같은 서열에 있습니다. 그런데도 염파가 욕하면 당신은 두려워서 숨어 버립니다. 너무나 무서워하십니다. 하찮은 사람이라도 부끄러워할 만한 일인데, 하물며 장군이나 재상이 이럴 수가 있습니까? 못난 저희가 이만 물러가게 해 주십시오."

그러자 인상여가 말리면서 물었다.

"그대들은 염 장군과 진나라 왕 중 누가 더 무서운가?"

사인들이 대답했다.

"염 장군이 진나라 왕보다 못합니다."

"진나라 왕의 위세에도 불구하고, 나는 그를 궁정에서 꾸짖고 그의 신하들을 부끄럽게 만들었다. 내가 비록 어리석기로, 염 장군 정도를 두려워하겠는가? 내가 곰곰이 생각해 보건대 강한 진나라가 조나라를 감히 공격하지 못하는 까닭은 오직 우리 두 사람이 있기 때문이다. 이제 호랑이 두 마리가 맞붙어 싸우면, 끝내는 둘 다 살지 못한다. 내가 염파를 피하는 까닭은 나라의 위급을 먼저 생각하고 사사로운 원수를 뒤로 미루기 때문이다."

염파는 이 말을 듣고 웃옷을 벗고 가시 채찍을 짊어지고, 빈객으로서 인상여의 문 앞에 이르러 사죄했다.

"비천한 저는 장군께서 이렇게까지 너그러우신 줄 알지 못했습니다."

이리하여 두 사람은 서로 화해하고, 죽음을 같이하기로 약속한 벗이 되었다.

이해에 염파가 동쪽으로 제나라를 쳐서 부대 하나를 깨뜨렸다. 2년이 지난 뒤 염파가 다시 제나라 기幾읍을 공격하여 손에 넣었다. 그로부터 3년 뒤에 염파가 위나라의 방릉防陵과 안양安陽을 공격하여 함락시켰다. 4년 뒤에는 인상여가 장군이 되어 제나라를 공격해, 평읍平邑까지 진격하고 돌아왔다. 그 이듬해에 조사趙奢가 진나라 군대를 알여閼與 부근에서 깨뜨렸다.

조사는 조나라 전담의 조세 징수를 맡은 관리였다. 그가 조세를 거두어들이는데 평원군 집안에서 조세를 내지 않으려 하자, 조사는 이를 법으로 다스려 평원군의 집에서 일 보는 사람 아홉을 죽였다. 평원군이 노하여 조사를 죽이려 하자, 조사가 달래며 말했다.

"당신은 조나라의 귀공자입니다. 지금 당신의 집을 묵인하여 나라에 바치는 의무를 다하지 않는 것을 내버려 둔다면, 나라의 법이 손상될 것입니다. 나라의 법이 손상되면 나라가 약해지고, 나라가 약해지면 제후들이 침략할 것입니다. 제후들이 침략하면 조나라는 없어지게 됩니다. 그렇게 되면 군께서는 어떻게 이 많은 재물을 간직하시겠습니까? 당신 같은 고귀한 신분으로 법에 따라 나라에 의무를 다하면, 위아래가 공평하게 됩니다. 위아래가 공평해지면 나라가 강해지고, 나라가 강해지면 조나라가 튼튼해집니다. 당신께선 국왕의 친척이니, 어찌 천하 제후들이 가볍게 보겠습니까?"

평원군은 그를 현명한 사람이라고 생각하여 조나라 왕에게 천거했다. 왕이 그를 등용하여 나라의 세금을 관리하게 했다. 나라의 세금이 매우 공평해지자, 백성은 부유해지고 나라의 창고도 가득 차게 되었다.

진나라가 한나라를 치기 위해 연여에 주둔했다. 왕이 염파를 불러 물었다.

"연여를 구할 수 있겠는가?"

"길이 멀고 험난한 데다 좁은 곳이어서 구하기가 어렵습니다."

왕이 다시 악승을 불러서 물었지만, 악승도 염파의 말 그대로 대답했다.

왕이 다시 조사를 불러서 묻자, 조사가 이렇게 대답했다.

"길이 멀고 험난한 데다 좁기까지 해서, 거기에서 싸운다는 것은 두 마리의 쥐가 구멍 가운데서 싸우는 것과 같습니다. 그러므로 결국 용감한 장군이 이길 것입니다."

그러자 왕이 조사를 장군으로 삼아 연여를 구하도록 했다.

조나라 군대가 한단을 떠나 30리쯤 왔을 때에 조사가 군에 이렇게 명령했다.

"군사軍事에 관해 간하는 자가 있으면 사형에 처한다."

진나라 군대가 무안武安의 서쪽까지 쳐들어와서 북을 치고 함성을 지르며 훈련하는데 그 소리가 어찌나 큰지, 무안의 기와들이 모두 진동했다. 조나라의 척후병 한 사람이 빨리 무안을 구원하자고 하자, 조사가 당장 그의 목을 베었다.

그리고 보루의 벽을 단단히 하고, 28일 동안이나 머물러 움직이지 않았다. 뿐만 아니라 보루를 더욱 늘려 쌓았다. 진나라 첩자가 들어왔지만, 조사는 좋은 음식을 먹여서 돌려보냈다. 첩자가 돌아가서 진나라 장군에게 실정을 아뢰자, 진나라 장군이 매우 기뻐하며 말했다.

"수도에서 겨우 30리만 진군한 채로 군사가 움직이지 않고 그저 보루만 늘려 쌓고 있다니, 연여는 이제 조나라 땅이 아니다."

조사는 진나라 간첩을 돌려보낸 뒤에 곧 병사들의 갑옷을 벗게 하고 가벼운 차림으로 진나라 군대를 향해 달리게 했다. 이틀 낮 하루 밤 동안 달린 뒤에, 활 잘 쏘는 자들에게 명해 연여에서 50리 떨어진 곳에 진을 치게 했다. 조나라 군대는 드디어 보루를 완성했다. 진나라 군대가 그 소식을 듣고 모두들 갑옷을 입고 쳐들어왔다. 허력許歷이 군사에 관해 간하겠다고 청하자, 조사가 말했다.

"그를 들여보내라."

허력이 말했다.

"진나라 군대는 우리 군대가 여기까지 온 것을 생각도 못하고 있으니, 그 쳐들어오는 기세가 대단할 것입니다. 장군께선 반드시 군사를 두텁게 집결시켜, 적을 기다리십시오. 그렇게 하지 않으면 반드시 패할 것입니다."

조사가 말했다.

"그대의 의견대로 하겠다."

"신을 처형해 주십시오."

그러자 조사가 말했다.

"나중에 한단에서 명령을 기다려라."

그러자 허력이 다시 간할 것이 있다며 청했다.

"먼저 북산의 정상을 차지하는 자가 이깁니다. 뒤늦게 오는 자는 질 것입니다."

조사는 그의 간언을 받아들이고 즉시 1만 군사를 출발시켜 그곳으로 달리게 했다. 진나라 군대가 뒤늦게 이르러 산 위로 올라가려고 다투었지만 올라갈 수가 없었다. 조사가 군대를 출동시켜 그들을 쳐서, 진나라 군대를 크게 격파했다. 진나라 군대는 흩어져 달아났다. 조나라 군대는 그제야 연여의 포위를 풀고 돌아왔다.

조나라 혜문왕은 조사를 마복군馬服君에 봉하고, 허력을 국위(國尉, 장군 다음의 관리)로 삼았다. 이렇게 하여 조사는 염파, 인상여와 지위가 같아졌다.

4년 뒤에 조나라 혜문왕이 죽고, 그 아들 효성왕孝成王이 즉위했다. 혜문왕이 죽은 지 7년 뒤에는 진나라가 조나라 군대와 장평長平에서 대치했다. 이때 조사는 이미 죽었고, 인상여는 병이 위독했다. 조나라에서는 염파를 장군으로 삼아 진나라를 치게 했다. 진나라가 여러 차례 조나라 군대를 격파하자, 조나라 군대는 성벽을 견고히 지키면서 싸우지 않았다. 진나라 군대가 자주 싸움을 걸었지만, 염파는 맞싸우려 들지 않았다. 이때 조나라 왕은 진나라 첩자가 퍼뜨린 말을 믿게 되었는데 그 말은 이러했다.

"진나라가 두려워하는 것은 오직 마복군 조사의 아들 조괄趙括이 장군이 되는 것뿐이다."

조나라 왕이 이 말을 듣고 조괄을 장군으로 삼아 염파를 대신하게 하려고 했다. 그러자 인상여가 말했다.

"왕께서 이름만 듣고 조괄을 쓰려는 것은 마치 거문고 기둥의 줄을 아교로 붙여 고정시키고 거문고를 뜯는 것과 같습니다. 조괄은 겨우 자기 아버지가 남긴 병법의 이론이나 읽을 수 있을 뿐이지, 상황에 따라 처신할 줄은 모르는 자입니다."

그러나 조나라 왕은 그의 말을 듣지 않고, 끝내 조괄을 장군으로 삼았다.

조괄은 젊었을 때부터 병법을 배워 병사兵事에 대해 말한다면 천하에서 자기를 당해 낼 자가 없다고 생각했다. 일찍이 그의 아버지 조사와 함께 병사를 논한 적이 있었는데, 조사도 당해 내지 못했다. 그러나 아들 보고 잘한다고 말하지는 않았다. 조괄의 어머니가 조사에게 그 까닭을 묻자, 조사가 이렇게 말했다.

"전쟁이란 죽음이 달린 곳이다. 그런데 괄은 너무 쉽게 말한다. 조나라가 괄을 장군으로 삼지 않았으면 좋겠다. 만약 괄을 장군으로 삼는다면, 조나라 군대는 파멸당할 것이다."

조괄이 떠나려고 하자 그의 어머니가 글을 올려 왕에게 이렇게 말했다.

"제 아들을 장군으로 삼아서는 안 됩니다."

왕이 물었다.

"무슨 까닭에서인가?"

"제가 처음 그의 아비를 섬길 때에 그의 아비도 장군이었습니다. 몸소 음식을 받들어 식사를 올리는 자가 수십 명이나 되었으며, 벗으로 사귀는 자는 수백 명이나 되었습니다. 왕이나 종실에서 상으로 내려 준 물품들은 모두 군대의 벼슬아치나 사대부들에게 주었습니다. 출전할 명령을 받으면 그날부터 집안일을 돌보지 않았습니다. 그런데 지금 제 아들은 하루아침에 장군이 되어, 동쪽을 바라보고 앉아 부하들의 인사를 받게 되었지만 누구 한 사람 우러러보는 자가 없습니다. 왕께서 내려 주신 황금과 비단은 가지고 와서 자기 집에 간직하고, 날마다 이익이 될 만한 논밭이나 집을 봐두었다가 살 수 있는 것들은 사들입니다. 왕께선 제 아들을 그 아비와 견주어 어떻게 생각하십니까? 아비와 자식이지만, 마음씨가 같지 않습니다. 왕께선 제 자식을 보내지 마십시오."

왕이 말했다.

"어머니는 더 이상 말하지 마시오. 나는 이미 결정했소."

그러자 괄의 어머니가 말했다.

"왕께서 끝내 제 자식을 보내시려면, 만약 제 자식이 책임을 감당치 못하더라도 저까지 그 죄에 연루시켜 벌을 받지는 않게 해 주십시오."

왕은 그렇게 하기로 했다.

조괄이 염파를 대신해서 장군이 되자, 군령을 모두 바꾸고 군리를 갈았다. 진나라 장군 백기가 이 소문을 듣고서 기병奇兵을 보내 거짓으로 패해 달아나는 척하고, 조나라 군량미 수송로를 끊고 조나라 군대를 차단시켜 둘로 만들었다. 병졸들의 마음은 조괄에게서 떠나갔다. 40여 일이 지나자 조나라 군대는 굶주렸다. 조괄은 정예병을 출동시키고 자신도 싸움터에 나섰지만 진나라 군대가 조괄을 쏘아 죽였다. 조괄의 군대가 패하고 수십만 군대가 결국 진나라에 항복했다. 진나라는 이들을 모두 땅에 묻어 죽였다. 조나라가 이 싸움을 전후해서 잃은 군사는 45만 명이나 되었다.

그 이듬해에 진나라 군대가 드디어 한단을 포위했다. 한단은 1년이 지나도록 포위를 벗어날 수 없었다. 조나라는 초나라와 위나라 제후들이 구해 주어, 겨우 한단의 포위를 풀 수 있었다. 조나라 왕은 조괄의 어머니가 앞서 했던 말 때문에 그 어머니까지 죽이지는 않았다.

한단의 포위가 풀린 지 5년 뒤에, 연나라에서는 '조나라 장정들은 장평 싸움에서 다 없어져 버리고, 그 고아들은 아직 장정이 되지 못했다'는 재상 율복栗腹의 건의를 받아들여, 군대를 일으켜 조나라를 쳤다. 조나라에서는 염파를 장군으로 삼아 출격케 하여 연나라 군대를 호鄗에서 크게 깨뜨렸다. 율복을 죽이고 연나라까지 포위했다. 연나라가 다섯 성을 떼어 주며 강화하기를 청하자, 그제야 허락했다. 조나라에서는 염파를 위문尉文 땅에 봉해 신평군信平君으로 삼고 임시 상국相國으로 임명했다.

이보다 앞서 염파가 장평에서 파면되고 돌아와 권세를 잃었을 무렵에 오래된 빈객들은 모두 떠나갔다. 그러다가 다시 등용되어 장군이 되자, 빈객들이 다시 모여들었다. 이에 염파가 말했다.

"식객들은 물러가라!"

그러자 한 빈객이 말했다.

"아, 당신은 어찌 그리도 뒤늦게야 이치를 깨달으십니까? 천하 사람들은 시장으로 가는 길목에 모여듭니다. 당신께서 권세를 얻으면 우리는 군을 따르고, 당신께서 권세를 잃으면 떠나갈 뿐입니다. 이것은 당연한 이치인데 무슨 원망을 하십니까?"

그로부터 6년 뒤에 조나라에서 염파를 시켜 위나라 번양繁陽을 공격해 함락시켰다.

조나라 효성왕이 죽고 그 아들 도양왕悼襄王이 즉위하자, 염파 대신 악승樂乘을 장군으로 삼았다. 염파가 노하여 악

승을 치자, 악승은 달아났고 염파는 위나라 대량으로 달아
났다. 그 이듬해에 조나라에서 이목李牧을 장군으로 삼아
연나라를 공격하여 무수武遂와 방성方城을 함락시켰다. 염파
는 대량에 오랫동안 머물렀지만 위나라에선 그를 믿을 수
가 없었다. 그러는 동안 조나라는 여러 차례 진나라 군대에
게 위협을 당하자, 조나라 왕은 염파를 다시 등용하려 했
다. 염파 역시 조나라에 다시 등용되기를 바랐다. 조나라
왕은 사자를 보내 염파를 아직도 장군으로 쓸 만한지 아닌
지를 살피게 했다. 이때 염파의 원수인 곽개郭開가 사자에
게 많은 금을 주어서 염파를 모함하게 했다. 조나라 사자가
염파를 만나자, 염파는 한 번 식사에 밥 한 말과 고기 열 근
을 먹고 갑옷을 입고 말에 올라타 아직도 쓸 만함을 보여
주었다. 그러나 조나라 사자는 돌아와서 왕에게 이렇게 아
뢰었다.

"염 장군은 비록 늙었지만, 아직도 식사는 잘합니다. 그러
나 신과 함께 앉아 있는 동안 세 번이나 변소에 갔습니다."

조나라 왕은 염파가 쇠약해졌다고 생각했다. 그래서 끝내
부르지 않았다. 초나라에서는 염파가 위나라에 있다는 소문
을 듣고, 몰래 사람을 보내 그를 맞이했다. 염파는 한 차례

초나라 장군이 되었지만 공을 세우지는 못했다. 그는 이렇게 말했다.

"나는 조나라 군사로서 싸우고 싶다."

염파는 결국 수춘壽春에서 죽었다.

이목李牧은 조나라 북쪽 변경 지방의 훌륭한 장군이다. 대군代郡과 안문군雁門郡에 머물면서 흉노에 대비하고 있었다. 이목은 형편에 따라 임의로 관리를 두어 시중의 조세를 거둬, 막부로 가져다가 사졸들의 비용으로 썼다. 날마다 소를 몇 마리씩 잡아 병사들에게 먹이고, 활쏘기와 말타기를 익히도록 했다. 적의 침입을 알리는 봉화를 신중히 준비해 두고 많은 첩자를 보냈으며, 병사들을 정성껏 대우했다. 그리고 이렇게 명령했다.

"흉노들이 침입하여 약탈하면 급히 가축과 살림을 거둬 성안으로 들어오라. 감히 흉노를 사로잡는 자가 있으면 참형에 처한다."

그래서 흉노가 침입할 때마다 봉화 올리는 것을 삼가고, 급히 가축과 살림을 거둬 성안으로 들어왔고, 싸우지 않았다. 이렇게 몇 년을 지냈더니, 상처를 입거나 잃은 것은 없었다. 그러나 흉노들은 이목을 겁쟁이라고 여겼으며, 조나라 변방의 병사들까지도 우리 장군은 비겁하다고 생각했다. 조나라 왕이 이목을 꾸짖었지만, 이목의 방침은 여전했다. 조나라 왕이 노하여 이목을 불러들이고, 다른 사람을 대신 장군으로 삼았다. 이때부터 한 해가 넘도록 흉노가 쳐들어 올 적마다 조나라 군대가 나가 싸웠다. 나가 싸울 때마다 불리하여 잃은 것이 많았다. 변방의 백성들은 농사와 목축을 할 수가 없었다. 그래서 다시 이목을 보내 달라고 청했다. 이목은 문을 닫고 들어앉아서 병을 핑계로 벼슬을 굳이 사양했다. 조나라 왕이 그를 다시 강제로 조나라 군대의 장군으로 임명하자 이목이 말했다.

"왕께서 굳이 신을 쓰신다면 신은 예전처럼 하겠습니다. 그래도 좋으시다면 감히 명령을 받들겠습니다."

그러자 왕이 그렇게 하도록 허락했다.

이목이 다시 부임했지만, 군령은 예전처럼 내렸다. 흉노는 몇 해 동안 얻은 것이 없었고 끝내 그를 비겁하다고 생각했다. 변경의 병사들은 날마다 많은 상을 받기만 하고 자기들을 써 주지 않자, 모두들 한 번 싸우기를 원했다. 그래서 전차 300대와 기마 1만3천 필을 골라 갖추었다. 그리고 싸움에 공을 세워 백금의 상을 받은 용사 5만 명과 사수 10만 명을 동원해 싸우는 기술을 훈련시켰다. 한편 많은 가축을 놓아먹이고 백성들을 들에 가득 차게 했다. 적은 수의 흉노가 쳐들어오자 거짓으로 패해 이기지 못하는 척하고, 수천 명을 뒤에 버려둔 채로 달아났다. 흉노의 추장 선우單于가 이 소식을 듣고, 대군을 이끌고 쳐들어왔다. 이목은 많은 기병으로 좌우의 날개를 펴서 이들을 크게 격파하여 흉노 10여만 명을 죽였다. 또 담람憺襤을 멸망시키고 동호東胡를 격파하고 임호林胡를 항복시키자, 선우는 달아났다. 그 뒤 10여 년 동안 흉노는 감히 조나라 변방의 성에 가까이 오지 못했다.

조나라 도양왕 원년에 염파는 이미 망명하여 위나라로 들어갔으므로, 조나라에서는 이목을 시켜 연나라를 공격해 무수와 방성을 함락시켰다. 2년 뒤에는 조나라 장군 방훤龐煖이 연나라 군대를 격파하고, 극신劇辛을 죽였다. 그로부터 7년 뒤에는 진나라가 조나라를 격파하여 무수성에서 장군 호첩扈輒을 죽이고, 조나라 병사의 머리를 10만이나 베었다. 그러자 조나라가 이목을 대장군으로 삼아 의안宜安에서 진나라 군대를 공격하여 크게 깨뜨리고, 진나라 장군 환의를 달아나게 했다. 조나라에서는 이목을 봉하여 무안군武安君으로 삼았다. 그로부터 3년 뒤에는 진나라가 파오番吾를 공격하자 이목이 진나라 군대를 격파하고 남쪽으로는 한나라와 위나라의 침입을 막았다.

조나라 왕 천遷 7년에 진나라가 왕전을 시켜 조나라를 공격했다. 조나라에서는 이목과 사마상을 시켜 이 공격을 막게 했다. 진나라는 조나라 왕이 남달리 아끼던 신하 곽개에게 많은 금을 주어, 이목과 사마상이 모반하려 한다고 이간질하게 했다. 그러자 조나라 왕이 이 말을 듣고 조총趙蔥과 제나라 장군 안추顏聚를 시켜, 이목을 대신하게 했지만 이목이 왕명을 따르지 않았다. 그러므로 조나라에서는 사람을 보내 이목을 몰래 체포해 베어 죽이고 사마상도 해임시켰다. 세 달이 지나 왕전이 갑자기 조나라를 습격하여 크게 격파하고, 조총을 죽였다. 조나라는 왕 천과 그의 장군 안추가 사로잡힘으로써 멸망하고 말았다.

태사공은 말한다.

"죽음을 각오하면 반드시 용기가 생긴다. 죽는 것 자체가 어려운 게 아니고, 죽음에 처하기가 어려운 법이다. 인상여가 화씨벽을 돌려받고 기둥을 노려보며 진나라 왕의 좌우 신하들을 꾸짖을 때엔 형세로 보아 죽을 수밖에 없었다. 선비 중에 어떤 이는 겁을 먹고 감히 용기를 내지 못한다. 그러나 상여가 용기를 내자 그 위세가 상대편 나라에까지 뻗쳤고, 돌아온 뒤에는 염파에게 양보하니 그의 이름이 태산보다도 무거워졌다. 그는 지혜롭고 용기 있게 처신했으니, 지혜와 용기 두 가지를 모두 갖춘 인물이라고 말할 만하다."

염파, 인상여, 조사 등은 조나라를 강성하게 만든 인물이었다. 특히 인상여는 강대한 진나라에 맞서 화씨벽을 완벽하게 지켜 냈고, 진나라 소왕과 조나라 왕이 만난 자리에서는 군왕의 위엄을 지켜 주었으며 라이벌 염파에게는 자신을 낮추는 아량을 보여 주었다. 죽음을 무릅쓰고 자신의 나라와 왕을 지켜 내는 과정은 진정한 충성이란 어떤 것인지 생각하게 한다. 또한 화씨벽은 《한비자》에 나오는 이야기인데, 옥을 감정하는 일을 하는 화씨라는 사람이 초산에서 귀한 옥을 발견해 왕에게 바치지만 왕은 그것을 몰라보고 거짓을 고했다며 그의 발목을 잘라 버린다. 두 발목이 잘린 그는 슬피 울면서 "발목이 잘려서 슬픈 것이 아니라, 곧은 선비에게 거짓말을 했다고 벌을 준 것이 슬프다."고 말한다.

이처럼 인재를 알아보는 것은 어려운 일이다. 더불어 어리석은 군주를 깨우치게 하기 위해 힘썼던 당시 선비들의 고통을 짐작케 한다.

【네 번째 장】

굴욕을 어떻게 견딜 것인가

사람은 한 사람인데, 부귀해지면 친척도
두려워하고, 빈천해지면 깔보는구나.
하물며 세상 사람들이야 말해 무엇 하랴.
내게 낙양성 가까운 곳에 밭 두 마지기만
있었더라면 내 어찌 여섯 나라 재상의
인수印綬를 찰 수 있었으랴?

- 소진 열전 중에서

史記
列傳

一.
오자서 열전

오자서倍子胥는 초나라 사람으로 이름은 운員이다. 아버지는 오사倍奢이고 형은 오상倍尙이다. 그의 조상 중에 오거倍擧라는 사람이 있었는데, 초나라 장왕莊王을 섬기며 바른말을 잘한 인물로 세상에 널리 알려졌다. 덕분에 후손들은 초나라의 이름 있는 가문이 되었다.

초나라 평왕平王에게 건建이라는 태자가 있었다. 평왕은 오사를 태자의 태부太傅로 삼고 비무기費無忌를 소부少傅로 삼았는데 비무기는 태자에게 마음을 다하지 않았다. 평왕이 비무기를 진秦나라로 보내 태자의 아내가 될 공주를 맞아 오게 했다. 비무기는 진나라 공주가 미인인 것을 보고 돌아와서 평왕에게 이렇게 아뢰었다.

"진나라 공주는 뛰어난 미인입니다. 왕께서 그 공주를 왕비로 맞으시고 태자에게는 다른 여자를 아내로 얻어 주십시오."

그러자 평왕은 진나라 공주를 아내로 삼고 그녀를 몹시 사랑해 아들 진珍까지 낳게 되었다. 그리고 태자에게는 다른 아내를 맞아주었다.

비무기는 진나라 공주의 일로 평왕의 총애를 받았으므로 태자의 곁을 떠나 평왕을 섬기게 되었다. 하지만 갑자기 평왕이 죽고 태자가 왕이 되면 자기를 죽일까 두려웠다. 그래서 태자 건을 헐뜯기 시작했다. 건의 어머니는 채蔡나라 공주였는데 평왕에게 사랑을 받지 못했다. 평왕은 건을 차츰 멀리하다가 국경 지역인 성보 태수로 임명해 변방을 지키게 했다.

그로부터 얼마 뒤 비무기는 또 밤낮으로 평왕에게 태자의 허물을 말했다.

"태자는 분명 진나라 공주의 일 때문에 원망을 가지고 있을 것입니다. 왕께선 아무쪼록 태자를 경계하십시오. 태자가 성보에서 군사를 거느리고 있으므로 언젠가는 제후들과 사귀어 도성으로 쳐들어와 반란을 일으키려고 할 것입니다."

그러자 평왕은 태자의 태부인 오사를 불러 사실을 물었다. 오사는 비무기가 평왕에게 태자를 헐뜯은 사실을 알고 있었다.

"왕께서는 어찌하여 참소로 남을 해치는 하찮은 신하 때문에 혈육의 정을 멀리하십니까?"

그러자 비무기가 말했다.

"지금 당장 그들을 막지 못해 반란이 일어나면 왕께서도 사로잡히실 것입니다."

이 말을 듣고 평왕은 크게 화를 내며 오사를 감옥에 가두었다. 그러고는 성보의 사마司馬인 분양奮揚에게 태자를 잡아 죽이도록 했다. 분양은 성보에 이르기 전에 미리 태자에게 사람을 보내 이를 알렸다.

"태자께서는 빨리 달아나십시오. 그렇지 않으면 잡혀서 죽게 될 것입니다."

태자는 송나라로 달아났다.

비무기는 평왕에게 말했다.

"오사에게는 아들 둘이 있는데 둘 다 현명하므로 지금 없애지 않으면 초나라의 근심거리가 될 것입니다. 그들의 아비를 인질로 삼고 불러들이는 게 좋겠습니다. 그렇지 않으면 초나라의 화근이 될 것입니다."

평왕이 오사에게 사람을 보내 이렇게 말했다.

"너의 두 아들을 불러들이면 네가 살겠지만, 그렇지 않으면 네가 죽게 될 것이다."

그러자 오사는 이렇게 대답했다.

"상尚은 사람됨이 어질어서 내가 부르면 틀림없이 올 것입니다. 운員은 고집이 세어 남의 말에 대들기를 잘하고 욕을 참고 견디는 성격이라 커다란 일을 이룰 것입니다. 그 애는 오기만 하면 아비와 함께 잡히게 될 것이라는 것을 이미 알고 있을 것이니 분명 오지 않을 것입니다."

평왕은 그 말을 듣지 않고 사람을 보내 두 아들을 불러들였다.

"너희가 오면 내가 아비를 살려 줄 것이고, 오지 않으면 당장 죽이겠다."

오상이 가려 하자 오운이 말렸다.

"초나라에서 우리 형제를 부르는 것은 우리 아버지를 살려 주기 위해서가 아닙니다. 우리가 달아나면 후환이 생길까 두려워서 아버지를 인질로 잡아 두고 우리 둘을 거짓으로 부른 것입니다. 우리가 가자마자 아버지와 자식이 모두 죽게 됩니다. 그것이 아버지의 죽음에 무슨 보탬이 되겠습니까. 그곳에 가면 원수를 갚을 길도 없게 됩니다. 차라리 다른 나라로 달아났다가 힘을 빌려 아버지의 부끄러움을 씻어 내는 것이 더 나을 것입니다. 함께 죽으면 아무 일도 할 수가 없습니다."

그러자 오상이 말했다.

"내가 간다고 아버지의 목숨을 건질 수 없다는 것은 나도 안다. 그러나 아버지가 우리를 불러 목숨을 구하려 하는데도 가지 않고, 그렇다고 훗날 원수도 갚을 수 없게 되면 결국은 세상의 웃음거리가 될 터이니 그것이 싫어 나는 가려 한다."

그러고는 이렇게 덧붙였다.

"너는 달아나라. 그래서 아버지의 원수를 갚아 다오. 나는 아버지가 계신 곳으로 가서 죽음을 맞이하겠다."

이렇게 해서 오상이 스스로 나가 붙잡히자 사자는 오운까지 잡으려고 했다. 그러나 오운이 활을 당겨 겨누자 사자는 달려들지 못했다. 오운은 태자 건이 송나라에 있다는 말을 듣고 거기로 가서 그를 따랐다. 오사는 작은아들이 달아났다는 말을 듣고 이렇게 말했다.

"초나라는 이제 전쟁 때문에 어려움을 겪을 것이다."

평왕은 오사와 오상을 모두 죽였다.

오자서가 송나라에 도착했을 때 송나라에는 '화씨華氏의 난'이 일어났다. 그래서 오자서는 태자와 함께 정鄭나라로 달아났다. 정나라 사람들은 그들을 잘 대해 주었다. 그러나 태자 건은 다시 진晉나라로 떠났다. 진나라 경공頃公이 말했다.

"태자는 정나라와 사이가 좋고 정나라에서도 태자를 신뢰하고 있소. 태자가 나를 위해 안에서 응해 주고 내가 밖에서 친다면 반드시 정나라를 멸망시킬 수 있을 것이오. 정나라를 없애면 태자를 그곳 왕으로 봉하겠소."

결국 태자는 정나라로 되돌아갔다. 그러나 이 계획을 행동으로 옮기기도 전에 공교롭게도 태자가 사사로운 일로 자신이 데리고 있던 시종을 죽이려고 한 일이 일어났다. 시종은 태자의 계획을 알고 있었으므로 그 계획을 정나라에 고자질했다. 정나라 정공定公은 재상 자산子産에게 명해 태자 건을 목 베어 죽이게 했다.

태자에게는 승勝이라는 아들이 있었다. 오자서는 겁이 나서 승과 함께 오吳나라로 달아났다. 국경인 소관昭關에 이르자 소관의 관리들이 그들을 잡으려 했다. 오자서는 결국 승과 헤어져 혼자 달아났다. 거의 잡힐 듯할 때 강이 나타났다. 마침 강 위에서 한 어부가 배를 타고 있었다. 그는 오자서가 위급한 상황인 것을 알고 강을 건너게 해 주었다. 오자서는 강을 건넌 뒤에 갖고 있던 칼을 풀어 어부에게 주며 말했다.

"이 칼은 백 금의 가치는 될 터인데 당신에게 드리겠소."

그러나 어부는 이렇게 말하며 사양했다.

"초나라의 법에 오자서를 잡는 사람에게는 좁쌀 5만 석과 집규執珪의 벼슬을 준다고 했소. 내게 욕심이 있었다면 어찌 이까짓 백 금의 칼이 문제가 되겠소?"

오자서는 오나라에 도착하기도 전에 병이 났다. 그래서 가던 길을 멈추고 밥을 얻어먹었다. 오나라에 도착하고 보니 왕 요僚가 막 정권을 잡고 있었고 공자 광光이 장군으로 있었다. 오자서는 공자 광을 통해 오나라 왕을 만나게 되었다.

초나라 국경의 종리鍾離라는 마을과 오나라 국경에 있는 비량지卑梁氏라는 마을은 모두 누에를 치며 살았다. 이 양쪽 마을의 여자들이 서로 뽕잎을 차지하려고 싸우다가 마을 간에 싸움이 일어났다. 초나라 평왕은 몹시 화를 냈고 마침내 두 나라 모두 군대를 일으켜 서로를 공격했다. 오나라에서는 공자 광에게 초나라를 치도록 했다. 공자 광이 초나라의 종리와 거소居巢를 함락시킨 후 돌아왔다. 이때 오자서가 오나라 왕 요에게 이렇게 권했다.

"초나라를 멸망시킬 수 있으니 공자 광을 다시 보내는 것이 좋겠습니다."

공자 광은 오나라 왕에게 말했다.

"오자서의 아버지와 형은 초나라에서 죽임을 당했습니다. 그가 왕께 초나라를 치라고 하는 까닭은 자기의 원수를 갚으려는 것뿐입니다. 초나라를 치더라도 아직은 멸망시킬 수 없습니다."

오자서는 공자 광이 오나라 왕을 죽이고 자신이 왕위에 오르려는 속셈을 알아차렸다. 그렇기에 아직은 나라 밖의 일을 이야기할 때가 아님을 알게 된 것이다. 그래서 오자서는 전제專諸를 공자 광에게 추천한 뒤에 자신은 물러나 태자 건의 아들 승과 함께 농사를 지었다.

그로부터 5년이 지난 뒤 초나라 평왕이 죽었다. 처음에 평왕이 태자 건에게서 빼앗은 진나라 공주가 아들 진을 낳았는데 평왕이 죽고 나자 진이 그 뒤를 이어 왕위에 올랐다. 그가 바로 소왕昭王이다. 오나라 왕 요는 초나라의 국상을 틈타 두 공자를 시켜 군대를 이끌고 초나라를 기습하게 했다. 그러나 초나라가 군대를 일으켜 오나라 군대의 뒤를 끊어 오나라 군대는 돌아갈 수도 없게 되었다. 텅 빈 오나라에서는 공자 광이 전제에게 오나라 왕 요를 암살하도록 하고 스스로 왕위에 올랐다. 그가 바로 오나라 왕 합려闔廬이다.

합려는 자신의 뜻대로 되자 곧바로 오자서를 불러 행인行
人에 임명하고 나랏일을 의논했다.

초나라에서 대신 극완郤宛과 백주리伯州犁를 목 베어 죽이
자 백주리의 손자인 백비伯嚭가 오나라로 망명해 왔다. 오나
라에서는 백비를 대부에 임명했다. 앞서 오나라 왕 요의 명
령에 따라 병사를 이끌고 초나라를 공격하러 갔던 두 공자
는 합려가 오나라 왕을 죽이고 왕이 되었다는 소식을 듣고
군대를 거느린 채로 초나라에 항복했다. 초나라에서는 그들
을 서舒 땅에 봉했다.

합려는 왕이 된 지 3년이 되던 해에 군사를 일으켜 오자
서, 백비와 함께 초나라를 쳤다. 그래서 서舒를 함락시키고
예전에 오나라를 배반한 두 장군을 사로잡았다. 합려는 초
나라의 수도 영까지 쳐들어가려고 했지만 장군 손무가 말
렸다.

"백성들이 고달프니 아직 적당한 시기가 아닙니다. 좀 더
기다리시지요."

그러자 합려는 군사를 물려 돌아왔다.

그로부터 4년 뒤 합려는 초나라를 공격해 육六과 첨潛이란
곳을 차지했다. 다음 해에는 월越나라를 쳐서 승리했다. 또

그다음 해에는 초나라 소왕이 공자 낭와囊瓦를 시켜서 군대를 거느리고 오나라를 쳐들어가게 했다. 오나라는 오자서에게 이를 맞아 싸우도록 해 초나라 군사를 예장豫章에서 크게 무찌르고 초나라의 거소居巢까지 빼앗았다.

9년 되는 해에 오나라 왕은 오자서와 손무에게 이렇게 물었다.

"앞서 그대들은 초나라의 수도 영을 칠 때가 아니라고 했는데, 지금은 어떻소?"

두 사람은 이렇게 대답했다.

"초나라 장군 낭와는 탐욕스러워서 속국인 당唐나라와 채蔡나라가 원한을 품고 있습니다. 왕께서 참으로 초나라를 크게 치려면 먼저 당나라와 채나라의 마음을 얻어야 할 것입니다."

합려는 그 말을 받아들여 군사를 동원해 당나라와 채나라와 함께 초나라로 쳐들어갔다. 오나라는 한수漢水를 사이에 두고 진을 쳤다. 오나라 왕의 아우 부개夫槪는 병사를 이끌고 따라가기를 원했지만 왕이 들어주지 않자 자기가 거느리고 있던 병사 5천 명을 이끌고 초나라 장군 자상子常을 공격했다. 자상은 싸움에 패해 정나라로 달아났다. 오나라는 승기를 잡고 다섯 번 싸워서 마침내 영에 이르렀다. 기묘일에는 초나라 소왕이 달아났고, 경진일에는 오나라 왕이 영에 들어갔다.

소왕은 운몽雲夢으로 들어갔는데, 이번에는 도둑이 습격해 오는 바람에 다시 운鄖으로 달아났다. 운공鄖公의 동생 회懷가 이렇게 말했다.

"평왕이 우리 아버지를 죽였으니 내가 그 아들을 죽이는 게 옳지 않겠습니까?"

운공은 동생이 소왕을 죽일까 봐 겁이 나서 소왕과 함께 수隨나라로 달아났다. 오나라 군대가 수나라를 에워싸고서 수나라 사람들에게 말했다.

"주周나라 자손 가운데 한천漢川에 있던 나라들은 초나라에게 모두 멸망당했다."

그러자 수나라 사람들이 초나라 소왕을 죽이려 하자 왕자 기綦가 소왕을 숨겨 둔 채 자신이 소왕을 대신해 죽으려고 했다. 수나라 사람들이 점을 쳐 보니 오나라에 소왕을 넘겨주는 것은 불길하다는 점괘가 나왔다. 그래서 오나라의 요청을 거절하고 소왕을 넘겨주지 않았다.

예전에 오자서는 초나라 대부 신포서申包胥와 친했다. 오자서가 달아나면서 신포서에게 이렇게 말했다.

"나는 반드시 초나라를 뒤집어엎고 말 것이오."

그러자 신포서가 대꾸했다.

"나는 반드시 초나라를 지켜 낼 것이오."

오나라 병사들이 영에 들어간 후 오자서는 소왕을 잡으려고 했지만 찾을 수가 없었다. 그래서 분풀이로 평왕의 무덤을 파헤쳐 시체를 꺼낸 후 300번이나 채찍질을 한 뒤에야 그만두었다. 산속으로 달아났던 신포서는 사람을 보내 오자서에게 이렇게 전했다.

"당신의 복수는 너무 지나치오. 나는 '사람이 많으면 한때 하늘도 이길 수 있지만 일단 하늘의 뜻이 정해지면 사람을 깨뜨릴 수도 있다'라는 말을 들었소. 당신은 원래 평왕의 신하로 그를 섬겼는데 지금 그 시신을 욕보였으니 이보다 더 천리에 어긋난 일이 어디 있겠소?"

그러자 오자서가 그 사람에게 말했다.

"신포서에게 가서 사과하고 '해는 지고 길은 멀어서 갈팡질팡 걸어가느라고 천도를 따질 겨를이 없었다'라고 전하도록 하게."

이 말을 듣고 신포서는 진秦나라로 달려가 초나라의 위급한 상황을 알리고 구원을 청했지만 진나라에서는 들어주지 않았다. 신포서는 진나라 대궐 앞뜰에서 이레 밤낮을 쉬지 않고 소리 내 울었다. 신포서를 가엾게 여긴 진나라 애공哀公이 이렇게 말했다.

"초나라는 비록 도리를 모르기는 하지만 이렇게 충성스러운 신하가 있으니 지켜 주어야 하지 않겠는가?"

그러고는 전차 500대를 보내 초나라를 도와 오나라를 공격해 6월에 직稷에서 오나라 병사를 무찔렀다.

그때 오왕 합려는 소왕을 찾느라고 오랫동안 초나라에 머물고 있었다. 합려의 동생 부개가 먼저 도망쳐 와 스스로 왕위에 올랐다. 이 소식을 들은 합려는 초나라를 내놓고 돌아와 동생을 공격했다. 부개는 싸움에 져서 초나라로 달아났다. 초나라 소왕은 오나라에 내란이 일어난 것을 알고 서둘러 영으로 돌아와 부개를 당계堂溪에 봉하고 당계씨堂溪氏라고 불렀다. 초나라는 다시 오나라와 싸워 이겼다. 오나라 왕은 자기 나라로 돌아갔다.

2년 뒤 합려는 태자 부차夫差에게 군사를 거느리고 초나라를 치게 해 파를 점령했다. 초나라는 오나라가 다시 쳐들어올까 겁나서 영을 버리고 수도를 약都으로 옮겼다. 이 무렵 오나라는 오자서와 손무의 계책에 의해 서쪽으로 강한 초나라를 깨뜨리고 북쪽으로는 제나라와 진나라를 위협했으며 남쪽으로는 월나라를 굴복시켰다.

그로부터 4년 뒤 공자孔子가 노魯나라의 재상이 되었다. 다시 5년 뒤에 오나라가 월나라를 공격했다. 월왕 구천句踐이 고소姑蘇에서 맞아 싸워 오나라를 무찌르고 합려의 손가락에 상처까지 입히자 오나라는 군대를 물렸다. 합려는 손가락에 난 상처가 덧나는 바람에 죽음에 이르게 되자 태자인 부차에게 이렇게 말했다.

"너는 구천이 네 아비를 죽인 일을 잊을 수 있겠느냐?"

부차가 대답했다.

"절대로 잊지 않을 것입니다."

그날 저녁 합려는 죽었다. 부차는 왕위에 올라 백비를 왕실 안팎의 일을 처리하는 태재太宰로 임명하여 군사들에게 싸우는 법과 활쏘기를 가르쳤다. 2년 뒤 그는 월나라를 쳐들어가서 부초산夫椒山에서 승리를 거두었다. 월나라 왕 구천은 패잔병 5천 명을 거느리고 회계산會稽山 꼭대기로 숨어들었다. 대부 문종文種을 시켜 오나라 태재 백비에게 많은 선물을 보내 화해를 청하고 월나라를 오나라에 바쳐 자신은 오나라 왕의 신하가 되고 자기 아내는 그의 첩이 되도록 하겠다고 했다. 오나라 왕이 이 요청을 받아들이려고 하자 오자서가 말렸다.

"월나라 왕은 아무리 힘들어도 잘 견디는 사람입니다. 지금 왕께서 없애 버리지 않으면 뒷날 반드시 후회할 것입니다."

그러나 오나라 왕은 오자서의 말을 듣지 않고 태재 백비의 계책에 따라 월나라와 친교를 맺었다.

그로부터 5년이 지난 후 제나라 경공景公이 죽었다. 오나라 왕은 제나라의 새 왕이 아직 어리다는 말을 듣고 제나라 대신들이 서로 권력 다툼을 하고 있는 틈을 타서 군사를 일으켜 제나라를 치려 했다. 그러자 오자서가 다시 말렸다.

"월나라 왕은 맛있는 음식도 먹지 않으며 죽은 사람을 문상하고 병든 사람을 문병한다고 합니다. 훗날 그들을 요긴하게 쓰려고 하기 때문입니다. 이 사람이 죽지 않는 한 반드시 오나라의 걱정거리가 될 것입니다. 지금 오나라에 월나라라는 존재가 있는 것은 마치 사람의 배 속에 고질병이 들어 있는 것과 같습니다. 그런데도 왕께서는 먼저 월나라를 치지 않고 제나라에 힘을 기울이고 있으니 어찌 잘못된 일이 아니겠습니까?"

그러나 오나라 왕은 오자서의 말을 듣지 않고 제나라를 쳐들어갔다. 제나라 군사를 애릉艾陵에서 크게 물리친 다음 추鄒나라와 노魯나라 왕들까지 물리치고 돌아왔다. 그 뒤로 오왕은 오자서를 더욱 멀리했다.

그로부터 4년 뒤 오나라 왕은 또 북쪽으로 제나라를 치려 했다. 이때 월나라 구천은 자공子貢의 꾀를 써서 군사를 이끌고 오나라를 도왔다. 게다가 귀중한 보물을 태재 백비에게 바쳤다. 태재 백비는 월나라의 뇌물을 여러 번 받아 왔으므로 월나라를 매우 좋아하고 믿었다. 그러면서 밤낮으로 오나라 왕에게 월나라를 칭찬했다. 오나라 왕도 백비의 말을 그대로 믿고 따랐다. 오자서가 다시 말렸다.

"월나라는 우리 배 속에 든 고질병입니다. 지금 월나라의 허튼 거짓말을 믿고 제나라를 탐내지만 제나라를 쳐부숴 봤자 그 땅은 자갈밭 같아서 아무런 쓸모가 없습니다. 《서경》 〈반경盤庚〉편의 고誥에 보면 '옳고 그른 것을 거스르고 공손하지 않은 사람에게는 가볍게는 코를 베고 무겁게는 목을 베어 이 땅에 악의 씨가 자라지 못하게 하라'는 말이 있습니다. 이것이 상商나라가 흥하게 된 까닭입니다. 바라건대 왕께서는 제나라를 내버려 두고 먼저 월나라부터 치십시오. 그렇게 하지 않으면 뒷날 뉘우쳐도 어쩔 수가 없을 것입니다."

그러나 오나라 왕은 이번에도 듣지 않았다. 그리고 오자서를 제나라 사신으로 보냈다. 오자서가 길을 떠나면서 아들에게 말했다.

"내가 여러 차례 왕에게 간언했으나 왕은 내 말을 듣지 않았다. 나는 머지않아 오나라가 망하는 것을 보겠지만 너까지 오나라와 함께 죽는 것은 덧없는 일이다."

그리하여 아들은 제나라 포숙鮑叔에게 맡기고 오나라로 돌아와 사신 갔던 일을 보고했다.

오나라의 태재 백비는 예전부터 오자서와 사이가 나빴기 때문에 오자서가 아들을 제나라에 맡기고 온 것에 대해 이렇게 헐뜯었다.

"오자서는 고집이 세고 사나우며 정이 없고 시기심이 강합니다. 그는 왕에게 원한을 품고 있어 큰 화근이 될까 걱정스럽습니다. 예전에 왕께서 제나라를 치려고 할 때 오자서는 반대했지만 결국 제나라를 쳐서 큰 공을 세우셨습니다. 오자서는 자기의 주장이 받아들여지지 않은 것을 부끄러워하여 오히려 왕을 원망했습니다. 지금 왕께서 다시 제나라를 치려 하는데 오자서는 고집스럽게 출병을 막으려고 합니다. 요행히 오나라가 패해서 자기의 주장이 옳았다는 것을 증명해 보일 수 있기만을 바랄 뿐입니다. 이제 왕께서 몸소 행군하시어 나라 안의 모든 병력을 모아 제나라를 치러 간다면 오자서는 자기의 꾀가 받아들여지지 않았기 때문에 병을 핑계 대고 따라가지 않을 것입니다. 왕께서는 이에 대해 준비를 해야 합니다. 만약 그렇게 되면 그가 화를 일으키는 것도 어려운 일이 아닙니다. 게다가 제가 사람을 시켜 몰래 알아보았더니 오자서가 제나라에 사신으로 갔을 때 자기 아들을 제나라 포씨에게 맡겼다고 합니다. 남의 신하가 된 몸으로 안에서 뜻을 이루지 못하자 밖으로 제후들에게 기대는 짓입니다. 자신이 선왕의 정책을 세우던 신하였는데 이제는 버림받았다고 여겨 언제나 앙심을 품고 원망하고 있습니다. 바라건대 왕께서는 빨리 대책을 세우십시오."

그러자 오나라 왕이 말했다.

"그대의 말이 아니더라도 나 역시 그를 의심하고 있소."

그러고는 사람을 보내 오자서에게 촉루검을 내리며 말했다.

"그대는 이 칼로 자결하라."

오자서는 하늘을 우러러 탄식했다.

"아. 슬프구나. 간신 백비가 나라를 어지럽히는데 왕은 도리어 충신인 나를 죽이는구나. 나는 그의 아버지를 제후들의 우두머리로 만들었고 태자 자리를 놓고 다툴 때 내가 목숨을 걸고 선왕에게 간해 그를 후계자로 정하게 했다. 내가 아니었다면 그는 태자가 될 수 없었을 것이다. 그가 왕이 되어 오나라를 내게 나누어 주려 했지만 나는 그것을 바라지 않았다. 그런데도 지금 그는 아첨하는 신하의 말만 듣고 나를 죽이려 하는구나."

그러고는 자신의 식객들에게 명했다.

"내 무덤 위에 반드시 가래나무를 심어서 왕의 관을 짤 때 목재로 쓰도록 하라. 내 눈알은 뽑아내어 동문東門 위에 걸어 놓아라. 월나라 군대가 쳐들어와서 오나라가 멸망하는 것을 똑똑히 볼 수 있도록 하라."

그러고는 스스로 목을 찔러 죽었다.

오나라 왕은 그 말을 전해 듣고는 크게 화를 내어 오자서의 시체를 끌어다가 말가죽으로 만든 자루에 넣어 강물에 던져 버렸다. 오나라 사람들이 그를 가엾게 여겨 강물 기슭에 사당을 세워 주고는 그 산 이름을 서산이라고 불렀다.

오나라 왕은 오자서를 죽인 후 드디어 제나라를 공격했다. 이때 제나라에서는 마침 포씨가 왕인 도공悼公을 죽이고 양생陽生을 왕으로 세우고 있었다. 오나라 왕은 역적을 무찌른다는 명분을 내세웠지만 이기지 못하고 돌아왔다. 그로부터 2년 뒤에 오나라 왕은 노나라와 위衛나라의 왕을 불러 탁고橐皐에서 맹약을 맺었다. 그 이듬해 북쪽에 있는 황지潢池에 여러 제후들을 불러 모으고 마치 자기가 주나라 왕실의 보호자인 것처럼 설쳤다.

그 틈을 타서 월나라 왕 구천이 오나라를 습격해 태자를 죽이고 오나라 군대를 쳐부수었다. 오나라 왕이 그 소식을 듣고 돌아와 사신을 보내 많은 선물을 보내고 화친을 맺었다. 그로부터 9년 뒤에 월나라 왕 구천이 드디어 오나라를 멸망시키고 부차를 죽였다. 그러고는 자기 왕에게 충성하지 못하고 다른 나라로부터 많은 뇌물을 받으며 내통한 태재 백비까지도 죽였다.

이보다 앞서 오자서와 함께 달아났던 초나라 태자 건의 아들 승은 오나라에 있었다. 오나라 왕 부차 때 초나라 혜왕惠王은 승을 초나라로 불러들이려고 했다. 그때 초나라 귀족 섭공葉公이 이렇게 말했다.

"승은 용맹스러운 것을 좋아하는데 죽음을 각오한 사람들을 은밀히 찾고 있는 걸 보니 아무래도 음모를 꾸미고 있는 듯합니다."

그러나 혜왕은 섭공의 말을 듣지 않고 승을 불러들여 초나라 국경 지역인 언鄢에 살게 하고 백공白公이라고 불렀다. 백공이 초나라로 돌아온 지 3년 되던 해에 오나라에서는 오자서를 죽였다.

백공 승은 초나라로 돌아온 후부터 자기 아버지를 죽인 정나라에 원한을 품고 남몰래 결사대를 길러 정나라에 원수를 갚으려 했다. 그러다 초나라에 돌아온 지 5년 되는 해에 정나라를 치겠다고 청하자 초나라 영윤令尹 자서子西가 허락했다. 그러나 아직 출병도 하기 전에 진晉나라가 정나라에 쳐들어오는 바람에 정나라가 초나라에 구원을 청해 왔다. 초나라에서는 자서를 시켜 정나라에 가서 돕도록 했다. 자서는 정나라와 화평을 맺고 돌아왔다. 그러자 백공 승이 화를 내며 말했다.

"이제는 정나라가 원수가 아니라 자서가 원수이다."

그러면서 직접 칼을 갈고 있는데 어떤 사람이 물었다.

"어떻게 하려고 하십니까?"

"자서를 없애려고 그런다."

이 말을 들은 자서는 웃으며 말했다.

"승은 아직도 알 같은 존재인데 무슨 일을 할 수 있겠나?"

그로부터 4년이 지난 뒤에 백공 승이 석걸石乞과 함께 조정에 나가 영윤 자서와 사마司馬 자기子綦를 습격해 죽였다. 그때 석걸이 말했다.

"왕을 죽이지 않으면 안 됩니다."

초나라 혜왕을 죽이려 하자 왕은 도성 안의 창고로 도망을 갔다. 석걸의 시종 굴고屈固가 혜왕을 업고 소부인昭夫人의 궁전으로 달아났다. 섭공은 백공이 난을 일으켰다는 소식을 듣고 자신의 병사들을 이끌고 백공을 공격했다. 백공의 무리는 싸움에 지자 산속으로 달아나 자결했다. 섭공이 석걸을 사로잡아 백공의 시체가 있는 곳을 물었으나 석걸은 말하지 않았다.

"일이 성공하면 대부가 되지만 실패했으니 삶겨 죽는 것이 떳떳할 것이다."

석걸이 끝내 백공의 시체가 있는 곳을 말하지 않자, 섭공은 석걸을 삶아 죽이고 혜왕을 찾아내 다시 왕으로 세웠다.

태사공은 말한다.

"원한이 사람에게 끼치는 해독은 너무나 심하다. 왕이라도 자기 신하에게 원한을 품게 하는 행동은 할 수 없다. 하물며 같은 신분끼리야 말해 무엇하랴. 처음 오자서가 아버지 오사를 따라 함께 죽었다면 땅강아지나 개미와 무엇이 달랐겠는가. 그러나 그가 작은 의를 버리고 큰 치욕을 씻어 후세에까지 이름을 남겼으니 그 뜻이 참으로 슬프구나. 오자서는 장강에서 오도 가도 못하는 위급한 상황에 놓이고 길에서 밥까지 빌어먹을 때에도 마음속으로는 잠시라도 초나라 수도 영을 잊었겠는가. 그러나 그는 참고 견디어 공명을 이룰 수 있었다. 강인한 대장부가 아니고서야 누가 이런 일을 해낼 수 있겠는가. 백공도 만일 스스로 왕이 되려고만 하지 않았던들 그 공적 또한 이루 말할 수 없었을 것이다."

〈오자서 열전〉은 복수의 기록이다. 초나라 평왕이 오
사를 인질로 잡고 두 아들을 부르자 형 오상과 오자서
는 서로 다른 선택을 한다. 순순히 잡혀 아버지와 죽음
을 같이하겠다는 형과 비록 고난과 수모를 겪더라도 훗
날의 복수를 다짐하겠다는 오자서. 과연 누구의 선택이
옳았을까. 무겁게 죽는 것과 훗날을 기약하는 것! 사마
천은 자신처럼 훗날을 기약한 오자서를 보며 자신의 삶
을 떠올렸음이 분명하다. 그는 오자서를 칭찬하면서 오
자서야말로 작은 의를 버리고 큰 부끄러움을 씻었다고
말한다. 물론 그러했기에 오자서는 복수에 성공할 수
있었다. 그러나 성공했기 때문에 오자서의 선택이 현명
했다고 이야기할 수 있는 것인지도 모른다. 결국 선택
은 각자의 몫이다.

二.
소진
열전

소진蘇秦은 동주東周 낙양雒陽 사람으로 스승을 찾아 동쪽의 제나라로 가서 귀곡선생鬼谷先生에게 배웠다.

소진은 동주를 떠나 여러 해 동안 유세하러 돌아다니다가 어려움을 겪고 집으로 돌아왔다. 그러자 형제와 형수, 누이와 아내, 첩까지 모두 비웃으며 말했다.

"주나라 풍속으로는 농사를 주로 하고 물건을 만들고 장사에 힘써 2할의 이익을 보는 것이 사람의 의무입니다. 그런데 당신은 그 본업을 버리고 입과 혀의 놀음만 일삼으니, 곤궁해진 것도 당연하지 않습니까?"

소진은 이 말을 듣고 부끄럽고 슬펐다. 그래서 방문을 닫고 나오지 않은 채, 책들을 꺼내 두루 살펴보며 말했다.

"대관절 사내가 남에게 머리를 숙여 글을 배워 놓고 아무런 벼슬과 영화도 못 누린대서야, 아무리 많이 책을 읽은들 무슨 쓸모가 있겠나?"

그러더니 이때부터 《주서》〈음부陰符〉를 찾아들고 머리를 파묻고 엎드려 읽었다. 1년쯤 되자 상대방의 심리를 알아내어 설득하는 방법을 터득하고는 이렇게 말했다.

"이것으로 이 시대의 군주들을 설득할 수 있겠다."

그는 주나라 현왕顯王을 설득하려고 했지만, 현왕의 좌우에 있는 신하들이 평소에 소진을 잘 알고 있었으므로, 모두 그를 과소평가하고 믿지 않았다.

소진은 서쪽의 진秦나라로 갔다. 때마침 진나라 효공이 죽자, 그는 그의 아들 혜왕을 설득했다.

"진나라는 사방이 요새로 둘러싸인 나라입니다. 산으로 둘러싸이고, 위수渭水가 띠처럼 둘러 있습니다. 동쪽에는 함곡관과 황하가 있고, 서쪽에는 한중漢中이 있으며, 남쪽에는 파巴와 촉蜀이 있고, 북쪽에는 대군代郡과 마읍馬邑이 있으니, 이곳이야말로 천연의 요지입니다. 진나라의 많은 선비와 백성들에게 병법을 가르친다면, 천하를 삼켜 황제라고 일컬을 수가 있습니다."

진나라 왕이 말했다.

"새도 털과 깃이 자라지 않고는 높이 날 수 없소. 우리나라는 아직 문교와 정치가 정돈되지 않았으니, 천하를 통일할 수가 없소."

당시 진나라 왕은 상앙을 죽인 뒤 얼마 되지 않은 때였으므로, 유세하는 선비를 싫어하여 등용하지 않은 것이다.

소진은 다시 동쪽의 조趙나라를 찾아갔다. 조나라 숙후肅侯는 동생 성成을 재상으로 삼고, 봉양군奉陽君이라 불렀다. 봉양군은 소진을 좋아하지 않았다. 그래서 그는 조나라를 떠나 연燕나라로 갔는데, 1년이 지나서야 왕을 뵐 수 있었다. 소진이 연나라 문후文侯를 이렇게 설득했다.

"연나라 동쪽에는 조선朝鮮과 요동遼東이 있고, 북쪽에는 임호林胡와 누번樓煩이 있으며, 서쪽에는 운중雲中과 구원九原이 있고, 남쪽에는 호타嘑沱와 역수易水가 있습니다. 땅은 사방 2천 리인 데다, 무장한 군대가 수십만, 수레가 600대에 말도 6천 필이나 되고, 군량미도 몇 년을 버틸 만합니다. 남쪽에는 풍요로운 갈석산碣石山과 안문산雁門山이 있고 북쪽에는 대추와 밤이 많이 열려서, 백성들이 비록 농사짓지 않더라도 대추와 밤만으로도 살림이 넉넉합니다. 이곳이야말로 하늘이 만들어 준 곳입니다.

대체로 편안하고 별다른 일이 없어 싸움에 지고 장수를 죽이는 일이 없는 곳은 연나라뿐입니다. 왕께선 그 까닭을 아십니까? 연나라가 무장한 다른 나라 군대에게 침략당하지 않은 까닭은 조나라가 그 남쪽을 막아 주고 있기 때문입니다. 진나라와 조나라가 다섯 번 전쟁을 하여, 진나라가 두 번 이기고 조나라가 세 번 이겼습니다. 그래서 진나라와 조나라는 서로 피폐해졌으므로, 왕께선 온전하게 연나라로써 그 후방을 제압할 수 있었습니다. 이것이 바로 연나라가 침략당하지 않았던 까닭입니다.

또 진나라가 연나라를 치려면, 운중과 구원을 넘어 대代와 상곡上谷을 지나 수천 리를 행군해야 합니다. 비록 연나라의 성을 얻는다 하더라도 진나라로서는 그 성을 도저히 지킬 수가 없습니다. 그러니 진나라가 연나라를 해치지 못할 것은 분명합니다. 그런데 지금 조나라가 연나라를 친다면, 호령을 내린 지 열흘도 못 되어 수십만 군대가 동원東垣에 진을 치고, 호타를 건너고 역수를 건너, 나흘이나 닷새도 못되어 연나라 수도에 들이닥칠 것입니다. 그러므로 '진나라가 연나라를 치려면 천리 밖에서 싸워야 하지만, 조나라가 연나라를 치려면 100리 안에서 싸운다'라고 할 수 있습니다. 100리 안의 걱정거리를 근심하지 않고 천리 밖의 걱정거리를 더 근심한다면, 이보다 더 잘못된 계책은 없겠지요. 그러니 대왕께서 조나라와 종從으로 친하여 천하 제후와 하나가 된다면, 연나라는 반드시 걱정거리가 없을 것입니다."

문후가 말했다.

"그대 말이 옳소. 우리나라는 작은 데다 서쪽으로는 조나라와 맞닿았고 남쪽으론 제나라와 가까운데, 제나라와 조나라는 강한 나라들이오. 그대가 반드시 합종을 통해 연나라를 편안케 할 수 있다면, 과인은 온 나라를 걸고 그대 말에 따르겠소."

문후는 소진에게 수레와 말과 금과 비단을 주어 조나라로 가게 했다. 그때 봉양군은 이미 죽었으므로, 소진은 곧바로 조나라 숙후를 설득했다.

"천하의 대신, 재상, 신하들과 베옷 입은 선비들까지 모두들 왕께서 의로운 일을 행하는 것을 높고 어질게 여겨, 모두들 왕 앞에 나아가 가르침을 받들고 충성스러운 의견을 아뢰고 싶어 한 지가 오래되었습니다. 그렇긴 하지만 봉양군이 질투하여 왕께서 왕으로서의 일을 할 수가 없었으므로, 빈객과 유세객들이 감히 왕 앞에 나아가 할 말을 다하지 못했습니다. 이젠 봉양군이 세상을 떠나 왕께서 다시 선비나 백성들과 가깝게 되셨기에, 신도 감히 어리석은 생각을 아뢰고자 합니다. 제가 왕을 위해 생각해 보니, 백성을 편안하게 하고 나라가 무사한 것보다 더 좋은 일은 없습니다. 그러니 일부러 일을 만들어 백성들을 괴롭게 하지 마십시오. 백성을 편안케 하는 근본 방법은 사귈 만한 나라를 고르는 데 있습니다. 사귈 만한 나라를 잘 선택하면 백성이 편안하게 되지만, 잘못 선택하면 백성들은 죽을 때까지 편안하지 못합니다. 우선 나라 밖 걱정거리를 말씀드리지요.

제나라와 진나라를 둘 다 적으로 하면, 백성이 편안할 수 없습니다. 진나라와 한편이 되어 제나라를 쳐도 백성이 편안할 수 없고, 제나라와 한편이 되어 진나라를 쳐도 백성이 편안할 수 없습니다. 그러므로 다른 나라 왕을 꾀어 다른 나라를 치게 해야 하는데, 그런 경우에는 늘 비밀이 새어 나가 다른 나라와의 관계가 끊어질 수 있기 때문에 왕께선 삼가셔서 겉으로 드러내지 마십시오. 그러면 조나라의 이로움과 해로움을 백과 흑처럼 명확히 구분하여 말씀드리겠습니다.

왕께서 진실로 신의 말을 받아들이신다면, 연나라는 반드시 모직물과 갖옷과 개와 말 등이 나는 땅을 바칠 것이고, 제나라도 물고기와 소금이 나는 바닷가를 바칠 것입니다. 초나라는 귤과 유자가 나는 동산을 바칠 테고, 한나라와 위나라와 중산中山 등의 나라는 모두 왕과 후비들에게 부세를 거두는 사읍私邑을 바칠 것이니 왕이 존경하고 귀하게 여기는 친척과 부형들은 모두 봉읍을 받고 제후가 될 것입니다. 대체로 남의 나라 땅을 빼앗고 이익을 차지하는 일은 오패五覇가 적군을 깨뜨리고 적장을 사로잡으면서까지 구하던 것입니다. 또 왕의 한 집안을 제후에 봉하는 일은, 탕왕과 무왕이 천자를 내쫓고 죽이면서까지 다투던 것입니다. 이제 왕께서 팔짱을 낀 채로 이 두 가지를 얻을 수 있도록 하는 것이 신이 왕을 위해 이루고자 하는 일입니다.

지금 왕께서 진나라와 한편이 되면 진나라는 반드시 한나라와 위나라를 약하게 하고, 제나라와 한편이 되면 제나라는 반드시 초나라와 위나라를 약하게 할 것입니다. 위나라가 약해지면 하외河外의 땅을 갈라 진나라에게 바칠 것이며, 한나라가 약해지면 의양宜陽을 진나라에 바치겠지요. 의양이 진나라에 주어지면 곧 상군上郡의 길이 끊어지고, 하외의 땅을 갈라 주면 길이 통하지 않게 되며, 초나라까지 약해지면 조나라는 도움 받을 곳이 없어집니다. 이 세 가지에 대한 대책을 깊이 생각하지 않으면 안 됩니다.

만약 진나라가 지도軹道로 쳐내려오면 한나라 남양南陽이 위태롭게 됩니다. 한나라 땅을 빼앗고 주나라를 포위하게 되면, 조나라도 스스로 무기를 잡아야만 됩니다. 진나라가 위衛나라를 근거지로 하여 권卷 땅을 빼앗으면, 제나라도 반드시 진나라에 조공하게 됩니다. 진나라가 산동山東을 얻으려고 한다면, 반드시 군대를 끌고 조나라로 향할 것입니다. 진나라 군대가 황하를 건너고 장하漳河를 넘어 파오番吾를 차지하면, 군대는 반드시 조나라의 수도 한단邯鄲 아래에서 싸우게 됩니다. 이것이 바로 신이 왕을 위해 걱정하는 것입니다.

지금 산동에 있는 여러 나라 가운데 조나라보다 더 강한 나라는 없습니다. 조나라는 땅이 사방 2천 리이고, 무장한 군대가 수십만이며, 수레가 1천 대에 군마가 1만 필인 데다 군량미도 몇 년을 견딜 만합니다. 서쪽에는 상산常山이 있고 남쪽에는 장하가 있으며, 동쪽에는 청하淸河가 있고 북쪽에는 연나라가 있습니다. 연나라는 본래 약한 나라이니, 두려울 게 없습니다. 진나라에서 본다면 조나라가 천하에서 가장 방해됩니다. 그런데도 진나라가 감히 군대를 동원해 조나라를 치지 못하는 까닭은 무엇입니까? 한나라와 위나라가 그 뒤쪽을 칠까 봐 두려워하기 때문입니다. 그렇다면 한나라와 위나라는 조나라의 남쪽 방패막이입니다. 만약 진나라가 한나라와 위나라를 친다면, 이름난 산과 큰 강이 없기 때문에 누에가 뽕 먹듯이 막아 내지 못하고, 반드시 진나라의 신하가 될 것입니다. 진나라에 한나라와 위나라의 후방을 교란할 염려가 없어진다면, 화는 반드시 조나라로 몰려듭니다. 이것이 바로 신이 왕을 위해 걱정하는 것입니다.

신이 들으니 요 임금은 세 사람 몫의 밭뙈기도 없었고, 순 임금은 손바닥만 한 땅도 없었지만 천하를 차지했다고 합니다. 또 우왕은 사람이 100명도 안 되는 마을조차 못 가졌지만 제후들의 왕이 되었고, 탕왕과 무왕은 무사가 3천 명에 지나지 않고 수레는 300대를 넘지 못했으며 병사가 3만을 넘지 못했지만 천자가 되었다고 합니다. 이들은 참으로 왕의 도를 얻은 사람들입니다. 그러므로 현명한 왕은 밖으로 자기 적이 강한지 약한지를 헤아리고 안으로는 자신의 병사가 잘났는지 못났는지를 헤아려, 두 군대가 서로 부딪치기 전에 이기고 지는 것과 죽고 사는 관건이 자기 가슴속에 있게 됩니다. 어찌 자기의 총명이 여러 사람의 말에 가려져서 캄캄한 가운데 일을 결정하겠습니까?

신이 혼자 천하의 지도를 살펴보았더니, 제후들의 땅을 합치면 진나라의 다섯 배나 되고, 제후들의 군대를 헤아리면 진나라의 열 배나 됩니다. 여섯 나라가 하나 되고 힘을 합쳐 서쪽으로 진나라를 친다면, 진나라를 반드시 깨뜨릴 수 있습니다.

그러나 서쪽을 향해 진나라를 섬긴다면, 진나라의 신하가 되는 것입니다. 남의 나라를 깨뜨리는 것과 남의 나라에게 깨뜨려지는 것, 남을 신하로 삼는 것과 남에게 신하 노릇을 하는 것을 어떻게 같이 놓고 논할 수 있겠습니까?

연횡을 내세우는 사람들은 한결같이 각 제후들의 땅을 나누어 진나라에 주려고 합니다. 진나라가 목적을 달성하면, 그들은 누대와 정자를 높이 짓고 궁궐을 아름답게 꾸민 다음, 온종일 피리와 거문고 소리를 들으며 앞에는 누대와 큰 수레가 있고 뒤에는 아름다운 미녀들이 있어, 자기 나라가 진나라에게 화를 입더라도 걱정하지 않을 것입니다. 그러기에 연횡을 주장하는 자들은 늘 진나라의 힘에 기대어 제후들에게 위협해 땅을 나누어 진나라에 바치게 하려고 힘씁니다. 그러니 왕께선 이 일을 깊이 생각해 보시기 바랍니다.

신이 들으니 현명한 왕은 의심을 끊고 참소를 물리치며, 유언의 자취를 감추게 하고 파벌의 문을 닫는 데 뛰어나다고 합니다. 그러므로 왕을 존경하고 땅을 넓히며 군대를 강하게 하는 계책을 왕 앞에서 충심으로 말할 수 있습니다. 잠시 왕을 위해 생각해 보면 한, 위, 제, 초, 연, 조의 여섯 나라가 하나로 합종하여 진나라를 배척하는 계책이 가장 좋겠습니다. 천하의 장군과 재상들을 원수洹水에 모이게 하여, 서로 인질을 교환하고, 백마를 죽여 그 피를 마시면서 맹약을 맺게 하십시오. 그 맹약은 이렇게 해야 합니다.

'진나라가 초나라를 친다면, 제나라와 위나라는 각기 정예 부대를 출병시켜 초나라를 돕고, 한나라는 진나라가 식량 운반하는 길을 끊으며, 조나라는 황하와 장수를 건너고, 연나라는 상산의 북쪽을 지킨다. 진나라가 한나라나 위나라를 친다면, 초나라는 그 후방을 끊고, 제나라는 정예 부대를 출병시켜 그들을 돕고, 조나라는 장하를 건너고, 연나라는 운중을 지킨다. 진나라가 제나라를 친다면, 초나라가 그 후방을 끊고, 한나라가 성고城皐를 지키며, 위나라는 그 길을 막고, 조나라는 장하와 박관博關을 건너며, 연나라는 정예 부대를 출병시켜 제나라를 돕는다. 진나라가 연나라를 친다면, 조나라가 상산을 지키고, 초나라가 무관武關에 군대를 머물게 하며, 제나라가 발해를 건너고, 한나라와 위나라가 모두 정예 부대를 출병시켜 연나라를 돕는다. 진나라가 조나라를 친다면, 한나라는 의양에 진치고, 초나라는 무관에 군대를 머물게 하며, 위나라는 하의에 진치고, 제나라가 청하를 건너며 연나라가 정예 부대를 보내 조나라를 돕는다. 제후 가운데 이 맹약대로 지키지 않는 자가 있으면, 다섯 나라의 군대가 함께 그를 친다.'

여섯 나라가 합종하여 함께 진나라에 맞서면, 진나라의 군대도 감히 함곡관을 나와서 산동까지 위협하지는 못합니다. 이렇게만 된다면 패왕覇王의 위업이 이루어지는 것입니다."

조나라 왕이 말했다.

"과인이 나이가 젊고 왕의 자리에 오른 지도 얼마 안 되어, 아직 사직을 오래 보존할 계책을 들은 적이 없소. 이제 상객께서 천하를 보존하고 제후를 편안케 할 뜻이 있으니, 과인은 삼가 나라를 당신 말에 따라 이끌어 가겠소."

그러고는 소진에게 수레 100대와, 황금 2만 냥, 백옥 100쌍, 비단 1천 필을 주어서 제후들과의 맹약을 추진하게 했다.

이 무렵 주나라 천자가 문왕과 무왕의 제사에 쓴 고기를 진나라 혜왕에게 보냈다. 혜왕은 서수犀首를 시켜 위나라를 치게 하여 장군 용고龍賈를 사로잡고, 위나라 조음雕陰 땅을 빼앗은 뒤에, 또 군대를 동쪽으로 보내려 했다. 소진은 진나라 군대가 조나라에 쳐들어올까 걱정되어, 장의의 화를 돋우어서 진나라로 들어가게 했다.

그리고 소진은 한나라 선왕宣王을 설득했다.

"한나라 북쪽에는 공鞏과 성고成皋 같은 험한 땅이 있고, 서쪽에는 의양과 상판商販 같은 요새지가 있으며, 동쪽에는 원宛과 양穰 두 고을과 유수洧水가 있고, 남쪽에는 경산經山이 있습니다. 땅이 사방 900리에다 무장한 군대가 수십만이며, 천하의 강한 활과 굳센 쇠뇌가 다 한나라에서 나옵니다. 계자谿子에서 만든 산뽕나무 쇠뇌와 소부少府에서 만든 시력時力이나 거래距來는 모두 600보 밖까지 쏠 수 있습니다. 한나라 병사가 발로 쇠뇌를 쏘면, 백 발이 잇달아 발사됩니다. 멀리 나간 것은 화살 끝이 적의 가슴속에 파묻힐 만큼 깊이 뚫고, 가까이 나간 것도 화살촉이 적의 가슴을 맞혀 보이지 않게 덮어 버립니다.

한나라 군사가 가진 칼과 창은 모두 명산冥山에서 만들어지는데, 당계棠谿, 묵양墨陽, 합부合賻, 등사鄧師, 완풍宛馮, 용연龍淵, 태아太阿의 명검들은 다 땅에서는 소나 말을 한칼에 베고, 물에서는 고니와 기러기도 한칼에 벱니다. 적을 만나면 단단한 갑옷과 철막鐵幕까지도 베어 버립니다. 활깍지와 방패 끈에 이르기까지 갖춰지지 않은 것이 없습니다. 한나라 군사는 용감해서, 단단한 갑옷을 입고 굳센 쇠뇌를 밟고 날카로운 칼을 차고 나서면, 한 사람이 100명의 적을 당해 내리란 것은 말할 필요도 없습니다. 이러한 한나라의 굳센 힘과 대왕의 현명하심을 가지고도 서쪽을 향해 진나라를 섬기면서 두 손을 맞잡고 복종한다면, 사직을 부끄럽게 하고 천하의 웃음거리가 되기에 이보다 더한 짓은 없습니다. 그러니 대왕께서는 깊이 생각하십시오.

왕께서 진나라를 섬기게 되면, 진나라는 반드시 의양과 성고의 땅을 달라고 할 것입니다. 이제 그 땅을 바친다면, 내년엔 다시 다른 땅을 베어 달라고 할 테지요. 계속 주려니 줄 땅이 없고, 주지 않으면 앞서 바친 공은 잊어버리고 뒤의 화만 받게 될 것입니다. 왕의 땅은 다함이 있건만, 진나라의 요구는 다함이 없습니다. 다함이 있는 땅을 가지고 다함이 없는 요구를 받아들인다는 것은 원한을 사고 불행을 불러오는 격입니다. 싸워 보지 못하고 땅은 다 깎여 나갈 것입니다. 신이 들은 속담에 '닭의 부리가 될망정 쇠꼬리는 되지 말라'는 말이 있습니다. 이제 서쪽을 향해 두 손을 맞잡고 신하가 되어 진나라를 섬긴다면, 쇠꼬리와 무엇이 다르겠습니까? 현명하신 왕께서 강한 한나라 군대를 가지고도 쇠꼬리라는 이름을 듣게 된다면, 신은 왕을 위해 부끄럽게 여기겠습니다."

그러자 한나라 왕의 얼굴빛이 발끈 변하더니, 팔을 걷어 붙이고 눈을 부릅뜬 채로 칼을 어루만지며 하늘을 우러러 탄식했다.

"과인이 비록 못났지만, 결코 진나라는 섬기지 않겠소. 지금 선생이 조나라 왕의 가르침을 전해 주었으니, 삼가 나라를 받들어 따르리다."

소진이 또 위나라 양왕襄王을 설득했다.

"왕의 땅은 남쪽으로 홍구鴻溝, 진陳, 여남汝南, 허許, 언鄢, 곤양昆陽, 소릉召陵, 무양舞陽, 신도新都, 신처新郪가 있고, 동쪽으로 회수淮水와 영수潁水, 자조煮棗와 무서無胥가 있으며, 서쪽에는 장성長城의 경계가 있고, 북쪽으로는 하외河外, 권卷, 연衍, 산조酸棗가 있어, 땅이 사방 천 리입니다. 땅이 비록 작다고 하지만 농사를 짓는 집들이 수없이 많아, 일찍부터 꼴을 베고 소를 먹일 만한 빈 땅이 없었습니다. 백성들이 많고 수레와 말도 많아, 밤낮으로 통행이 끊이질 않습니다. 와글와글 울리는 소리가 마치 삼군이 행군하는 것 같습니다. 신이 헤아려 보니, 왕의 나라가 초나라보다 못하지 않습니다. 그런데도 연횡을 내세우는 사람들은 왕을 겁나게 해서, 강한 호랑이 같은 진나라와 친교를 맺어 진나라가 천하를 침략케 하고 있습니다. 결국엔 진나라에게 환난을 당할 텐데, 그 화는 돌아보지도 않습니다.

저들은 강한 진나라의 세력을 끼고서 안으로 자기 왕을 위협하니, 이보다 더 큰 죄는 없습니다. 위나라는 천하의 강국이고, 왕께선 천하에 현명한 왕이십니다. 그런데도 왕께선 지금 서쪽을 향해 진나라를 섬기고, 스스로 동번東藩이라고 일컬으면서, 진나라 왕의 순행을 위해 궁전을 짓고, 진나라 왕으로부터 관대冠帶를 받아, 진나라 종묘의 봄, 가을 제사를 받들어 도우려는 생각을 하십니다. 신은 왕을 위해 이것을 부끄럽게 여깁니다.

신이 들으니, 월왕 구천은 지친 군사 3천으로 오왕 부차를 간수干遂에서 사로잡았고, 무왕도 군사 3천에 병거 300승으로 목야牧野에서 주紂를 제압했다고 합니다. 어찌 그들의 사졸이 많아서 이겼겠습니까? 참으로 그 위업을 떨쳤기 때문입니다.

지금 들으니 왕의 군대는 무사가 20만에 창두蒼頭가 20만이고, 분격(奮擊, 정예병)이 20만에 시도(廝徒, 잡역부)가 10만이며, 수레가 600대에 기마가 5천 필이라고 합니다. 이 정도라면 월왕 구천이나 무왕의 군대에 비해 훨씬 많습니다. 그런데도 이제 여러 신하들의 말만 듣고서 진나라의 신하가 되어 섬기려고 합니다. 만약 진나라를 섬기게 되면, 반드시 땅을 나누어 바쳐서 성의를 보여야 합니다. 그렇게 되면 아직 군대를 써 보기도 전에 나라는 이미 기울어드는 것입니다.

진나라를 섬기자고 말하는 신하들은 모두 간사한 자들이지, 충신은 아닙니다. 남의 신하가 된 몸으로 자기 왕의 땅을 나누어 바쳐서 외교를 요구하고, 한때의 공을 훔치곤 그 뒷일을 돌아보지도 않습니다. 나라를 깨뜨려 자기 집안의 이익이나 성취하려 들고, 밖으로 강한 진나라의 세력을 끼고서 안으로 자기 왕을 협박하여, 땅을 나누어 주자고 요구하는 것입니다. 왕께선 깊이 생각하십시오.

《주서周書》에 이런 말이 있습니다.

'처음에 싹을 자르지 않아 무성해지면 어떻게 하나? 터럭같이 작을 때에 치지 않았다간 장차 도끼를 써야 하리라.'
이처럼 일이 벌어지기 전에 생각해 두지 않았다간 나중에 큰 걱정이 생길 것이니, 장차 어찌 하시렵니까? 대왕께서 진정 신의 말을 들으시어 여섯 나라가 합종으로 친교를 맺고, 마음을 모아 힘을 합하고 뜻을 하나로 한다면, 아무리 강한 진나라라도 걱정할 것이 없습니다. 그러기에 저희 조나라 왕께서는 신을 보내 어리석은 계책이나마 바치고 분명한 약속을 받들게 했습니다. 대왕께서 조칙을 내려 주십시오."

위나라 왕이 말했다.

"과인이 못나서 이제껏 밝은 가르침을 듣지 못했소. 이제 선생이 조나라 왕의 조칙으로 가르쳐 주었으니, 삼가 나라를 걸고 따르겠소."

소진은 이어 동으로 가서 제나라 선왕宣王을 설득했다.

"제나라는 남쪽에 태산이 있고 동쪽에 낭야琅邪가 있으며, 서쪽에 청하清河가 있고 북쪽에 발해가 있으니, 이야말로 사방이 요새로 둘러싸인 나라입니다. 제나라의 땅은 사방 2천 리나 되고, 무장한 군대가 수십만에다 군량미는 산더미같이 쌓여 있습니다. 삼군의 정예부대와 오가五家의 민병들은 화살처럼 빠르게 진격하고, 천둥 번개처럼 무섭게 싸우며, 비바람처럼 빠르게 흩어집니다. 군대를 징발하더라도 태산을 넘고 청하를 건너거나 발해를 건넌 적은 없었습니다.

제나라 수도인 임치臨菑에만도 7만 호가 있으니, 신이 혼자 헤아리건대 한 집에 남자가 셋씩만 있다고 쳐도 21만 명이 됩니다. 먼 고을로부터 징발하지 않고 임치의 군사만 징발하더라도 벌써 21만이 됩니다. 게다가 임치는 매우 부유하고도 알차지요. 그 백성치고 피리를 못 불거나 거문고를 못 타거나 축을 두드리지 못하는 사람은 없습니다. 닭싸움과 개 경주를 즐기며 윷놀이와 공차기를 못하는 사람도 없습니다. 임치의 길은 수레바퀴가 서로 부딪치고, 사람의 어깨끼리 서로 부딪칩니다. 옷자락이 서로 이어져 휘장이 되고, 소매를 들면 장막이 되며, 땀을 뿌리면 비가 됩니다. 집집이 번창하고 사람들은 너그러우며, 뜻이 높고 기운은 드날립니다. 왕의 현명하심과 제나라의 강성함을 천하에서 당해 낼 나라가 없습니다. 그런데도 이제 서쪽을 향해 진나라를 섬긴다니, 신은 왕을 위해 그것을 부끄럽게 여깁니다.

또 한나라와 위나라가 진나라를 몹시 두려워하는 까닭은 진나라와 국경을 맞대고 있기 때문입니다. 그들의 경우에 군대를 동원하여 맞싸우게 한다면, 열흘도 못 되어서 싸움의 승패와 국가 존망의 기틀이 판가름 납니다. 설사 한나라나 위나라가 진나라와 싸워서 이기더라도 군대의 절반이 꺾였을 테니 사방의 국경을 지킬 수가 없게 됩니다. 더군다나 싸워서 이기지 못한다면, 나라는 이미 위태로워지고, 그 뒤를 잇달아 멸망하겠지요. 이런 까닭에 한나라나 위나라는 진나라와 싸우기를 어렵게 여기고, 진나라의 신하 되기를 가볍게 여기는 것입니다.

그러나 지금 진나라가 제나라를 치려고 할 경우엔 그렇지 않습니다. 진나라는 한나라와 위나라魏의 땅을 배후에 두고, 위衛나라 양진陽晉의 길을 거쳐서, 항보亢父의 험한 땅을 지나가야 됩니다. 수레는 두 대가 나란히 지나갈 수 없고, 기병도 두 줄로 행군할 수 없습니다. 100명이 험한 곳을 지키고 있으면, 1천 명으로도 지나갈 수가 없습니다. 진나라가 비록 깊숙이 쳐들어오고 싶어도 겁 많은 이리처럼 뒤를 돌아보며, 한나라나 위나라가 그 후방을 어지럽힐까 봐 두려워합니다. 그러기에 진나라는 정작 쳐들어오기 두려워하면서, 허세를 부리며 위협하는 것입니다. 교만하게 거들먹거리기나 하지, 감히 쳐들어오진 못합니다. 그러니 진나라가 제나라를 해치지 못하는 것은 명백합니다.

그런데도 진나라가 제나라를 어떻게 할 수 없다는 것은 깊이 생각지 않고 서쪽을 향해 진나라를 섬기려고 하니, 여러 신하들의 생각이 잘못된 것입니다. 이제 신하로서 진나라를 섬긴다는 오명을 없애고, 나라를 강성케 할 실리를 드리려고 합니다. 신은 그런 까닭에 왕께서 잠시 유의하여 헤아리시길 바랍니다."

제나라 왕이 말했다.

"과인이 어리석은 데다 멀리 외진 곳에서 바닷가나 지키고 있다 보니 동쪽 변두리 나라엔 길도 막혀 이제껏 남의 가르침을 들을 수가 없었소. 이제 그대가 조나라 왕의 조칙을 가지고 와서 가르쳐 주니, 삼가 나라를 들어 따르리다."

소진은 다시 서남쪽으로 가서 초나라 위왕威王을 설득했다.

"초나라는 천하에 강대한 나라이고, 대왕께선 천하에 현명한 왕이십니다. 초나라의 서쪽에는 검중黔中과 무군巫郡이 있고 동쪽에는 하주夏州, 해양海陽이 있으며, 남쪽에는 동정洞庭, 창오蒼梧가 있고 북쪽에는 형새陘塞, 순양郇陽이 있어, 땅이 사방 5천 리나 됩니다. 무장한 군대가 100만이고 수레가 1천 대이고, 기마가 만 필에다 군량미는 10년을 견딜 만합니다. 이만하면 패왕의 바탕이 갖춰졌습니다. 초나라의 강대함과 대왕의 현명함을 천하에서 당해 낼 자가 없습니다. 그런데도 이제 서쪽을 향해 진나라를 섬기려고 한다면, 천하 제후 가운데 서쪽을 향해 함양의 장대궁章臺宮에 조회하지 않을 자가 없게 될 것입니다.

진나라에서 볼 때에 초나라만큼 방해되는 나라는 없습니다. 초나라가 강해지면 진나라가 약해지고, 진나라가 강해지면 초나라가 약해지니, 그 세력이 양립할 수는 없습니다. 그러니 왕을 위한 계책으로는 여섯 나라가 합종하여 진나라를 고립시키는 것보다 나은 계책이 없습니다. 왕께서 합종책에 따르지 않으신다면 진나라는 반드시 두 갈래로 군사를 일으켜, 한 군대는 무관으로 나가게 하고 또 한 군대는 검중으로 내려보낼 것입니다. 그렇게 되면 언鄢과 영郢 일대가 동요할 것입니다.

신이 들으니 '모든 일은 혼란스러워지기 전에 다스리고, 일이 일어나기 전에 수습하라'고 합니다. 환난이 온 뒤에 걱정해 봐야, 이미 때는 늦습니다. 그러니 왕께선 빨리 깊이 생각하십시오.

왕께서 참으로 신의 말을 들으신다면, 신은 산동의 나라들로 하여금 철 따라 조공을 바쳐 왕의 현명한 가르침을 받들게 하겠습니다. 그들의 종묘와 사직을 받들어 왕께 맡기고 그들의 군사를 훈련시켜 왕의 뜻대로 쓰도록 하겠습니다. 대왕께서 참으로 신의 어리석은 계획을 받아 쓰신다면, 한, 위, 제, 연, 조, 위衛 여섯 나라의 아름다운 음악과 미인들이 반드시 왕의 후궁을 채울 것이며, 연과 대代에서 생산되는 낙타와 좋은 말들이 반드시 왕의 마구간을 채울 것입니다. 그러므로 합종이 이뤄지면 초나라가 천하의 우두머리가 되고, 연횡이 이뤄지면 진나라가 천하의 제왕이 될 것입니다. 이제 대왕께서 패왕의 업을 버리고 남이나 섬긴다는 오명을 얻게 될까 봐, 신은 왕을 위해 그렇게 권할 수가 없습니다.

대체로 진나라는 호랑이 같은 나라라서, 천하를 삼키려는 야심이 있습니다. 진나라는 천하의 원수입니다. 연횡을 내세우는 사람들은 모두 제후의 땅을 베어 바쳐서 진나라를 섬기자고 합니다. 이들이야말로 원수를 기르고 원수를 받드는 자들입니다. 남의 신하가 되었으면서도 자기 왕의 땅을 베어 가지고 밖으로 강한 호랑이 같은 진나라와 사귀어서 천하를 침략하게 하고, 막판에 진나라 때문에 근심이 생기면 그 화를 돌아보지 않습니다. 밖으로 강한 진나라의 위세를 끼고 안으로 자기 왕을 위협하여 땅을 나눠 주라고 요구하니, 이보다 더 대역불충大逆不忠한 짓은 없습니다. 그러므로 합종하면 제후들이 땅을 나누어 초나라를 섬길 것이고, 연횡하면 초나라는 땅을 베어 바쳐서 진나라를 섬겨야 합니다. 이 두 계책의 차이는 매우 큽니다. 이 두 가지 가운데 왕께선 어느 쪽을 택하시겠습니까? 그러므로 저희 조나라 왕은 신을 시켜서 어리석은 계책을 바치게 하고, 분명한 약속을 받들어 오게 했습니다. 왕의 가르침을 듣고 싶습니다."

초나라 왕이 말했다.

"과인의 나라는 서쪽으로 진나라와 국경을 맞대고 있는데, 진나라는 파와 촉을 빼앗고 한중을 병합하려는 야심을 가졌소. 진나라는 호랑이 같아서 친해질 수 없소. 한나라나 위나라는 진나라에 대한 근심이 절박하기 때문에, 그들과 함께 깊은 모의를 할 수가 없소. 깊이 모의하다간, 그들이 우리를 배반하고 진나라에 알리게 될까 두렵소. 그렇게 되면 모의한 일이 시작도 되기 전에 우리나라가 이미 위태로워질 거요.

과인이 스스로 헤아려 볼 때, 초나라가 진나라와 맞선다면 승산이 없소. 안으로 군신들과 모의한대도, 믿을 만한 것이 못 되오. 과인은 누워도 자리가 편안치 않고, 먹어도 입맛이 달지 않았소. 마음이 마치 높이 매달아 놓은 깃발처럼 흔들려서 도저히 안정할 수가 없었소. 지금 선생이 천하를 하나로 묶고 제후의 힘을 거둬 모아 위태로운 우리나라를 보존코자 하니, 과인은 삼가 나라를 들어 당신 의견을 따르겠소."

이렇게 하여 여섯 나라의 합종이 이루어지고, 힘을 합치게 되었다. 소진은 합종 맹약의 우두머리가 되고, 여섯 나라의 재상을 겸하게 되었다.

소진은 북쪽으로 조나라 왕에게 일의 경과를 보고하러 가다가 낙양에 들렀는데, 제후들이 각기 사자를 보내 전송하는 자가 많고 수레와 기마와 짐수레들이 매우 많아서 왕의 행차에 비길 만했다. 주나라 현왕은 이 소문을 듣고 두려워하여, 그가 지나가는 길을 쓸게 하고 사자를 교외로 보내 그를 마중하고 위로케 했다. 소진의 형제와 아내와 형수는 눈을 내리뜨고 감히 그를 쳐다보지도 못했다. 그렇게 고개를 숙인 채로 식사를 하자 소진이 웃으며 형수에게 말했다.

"어째서 예전엔 거만하더니 이제는 공손합니까?"

형수가 몸을 굽히고 기어와 얼굴을 땅에 대고 사과하며 말했다.

"아주버님께서 지위가 높고 돈이 많은 것을 보았기 때문입니다."

소진이 탄식하며 말했다.

"사람은 한 사람인데, 부귀해지면 친척도 두려워하고, 빈천해지면 깔보는구나. 하물며 세상 사람들이야 말해 무엇하랴. 내게 낙양성 가까운 곳에 밭 두 마지기만 있었더라면 내 어찌 여섯 나라 재상의 인수印綬를 찰 수 있었으랴?"

소진은 천금을 풀어 집안사람과 친구들에게 나눠 주었다.

전에 소진이 처음 연나라로 갈 때 다른 사람에게 100전을 빌려 노잣돈으로 썼는데, 부귀하게 되자 백 금으로 갚았다. 예전에 은혜를 입은 사람들에게도 골고루 보답했다. 그의 하인 가운데 한 사람만이 홀로 보답을 받지 못했는데, 그가 소진의 앞으로 나가서 스스로 그 사실을 말했다. 소진이 이렇게 대답했다.

"내가 너를 잊은 것은 아니다. 나와 함께 연나라에 갔을 때에, 너는 두세 번이나 나를 역수 가에다 버리려고 했다. 그때 나는 내 신세가 곤란한 처지라서 너를 몹시 원망했었다. 그랬기에 너에 대한 보답을 뒤로 미루었는데, 이제 네게도 보답해 주겠다."

소진이 여섯 나라의 합종 맹약을 성공시키고 조나라로 돌아오자, 조나라 숙후가 그를 무안군武安君으로 봉했다. 합종의 맹약서를 진나라로 보내자 그로부터 15년 동안 진나라 군대가 함곡관 동쪽을 엿보지 못했다.

그 뒤에 진나라가 서수를 시켜 제나라와 위나라를 속여 함께 조나라를 치게 하여 합종의 맹약을 깨뜨리려 했다. 제나라와 위나라가 조나라를 치자 조나라 왕이 소진을 꾸짖었다. 소진은 두려워하며 자신이 연나라에 사신으로 가서 연나라 왕을 설득해 반드시 제나라의 배신을 보복하겠다고 청했다. 소진이 조나라를 떠나자 합종의 맹약은 완전히 깨져 버렸다.

진나라 혜왕은 자기의 딸을 연나라 태자에게 아내로 주었다. 그해에 문후가 죽고 태자가 왕이 되니, 그가 연나라 역왕易王이다. 역왕이 처음 왕이 되었을 때에 제나라 선왕이 연나라의 국상을 틈타 연나라를 쳐서 성 열 개를 빼앗았다. 역왕이 소진에게 말했다.

"지난날 선생께서 연나라에 오셨을 때에 선왕先王께서 선생을 도와 조나라 왕을 만나 보게 하고, 드디어 여섯 나라가 합종의 맹약을 맺었소. 그런데 지금 제나라가 먼저 조나라를 치고 다음으로 연나라까지 치니, 선생 때문에 우리 연나라는 천하의 웃음거리가 되었소. 선생께서 연나라를 위해 제나라에게 빼앗긴 땅을 도로 찾아 줄 수 있겠소?"

소진이 몹시 부끄러워하며 말했다.

"왕을 위해 뺏긴 땅을 찾아오겠습니다."

소진은 제나라 왕을 만나 두 번 절하고, 엎드려 축하한 뒤에 곧 고개를 들어 조의를 표했다.

제나라 왕이 물었다.

"축하하자마자 조의를 표하는 것은 무엇 때문이오?"

소진이 대답했다.

"신이 들으니 배고픈 사람이 아무리 굶주려도 오훼烏喙라는 독초를 먹지 않는 까닭은, 그것이 당장 배를 채우는 데는 낫지만 결국은 굶어 죽는 것이나 마찬가지의 재앙을 당하기 때문이라고 합니다. 지금 연나라는 비록 약하고 작지만 연왕은 진나라 왕의 작은 사위입니다. 이제 약한 연나라가 선봉이 되고 강한 진나라가 그 뒤를 엄호하고 온다면, 천하의 정병을 불러들인 결과가 됩니다. 그렇게 되면 오훼를 먹은 것과 마찬가지이지요."

제나라 왕은 걱정스러워 얼굴빛이 바뀌며 물었다.

"그렇다면 어떻게 해야 좋겠소?"

소진이 말했다.

"신이 들으니, 예로부터 일을 잘 처리하는 사람들은 화를 바꾸어 복이 되게 하고 실패를 통해 성공한다고 했습니다. 왕께서 진정 신의 계교를 들어주시려면, 연나라의 성 열 개를 곧 돌려주십시오. 연나라에선 까닭 없이 성 열 개를 돌려받았으니 반드시 기뻐할 테고, 진나라 왕도 자기 때문에 연나라의 성 열 개를 돌려준 것을 알게 되면 또한 반드시 기뻐할 테지요. 이게 바로 원수를 없애고 돌처럼 단단한 친구를 얻는 길입니다. 그리하여 연나라와 진나라가 함께 제나라를 섬긴다면, 왕께서 천하를 호령해도 감히 듣지 않을 자가 없을 것입니다. 왕께서는 빈말로 진나라를 따르게 하고 성 열 개로 천하를 취하게 되는 것이니, 이것이 바로 패왕의 위업입니다."

제나라 왕이 좋다고 하면서 연나라의 성 열 개를 곧 돌려주었다.

그러나 어떤 사람은 소진을 이렇게 헐뜯기도 했다.

"여기저기에 나라를 팔아먹고 배반하는 사람이라, 장차 반란을 일으킬 것입니다."

소진은 죄를 받을까 두려워 연나라로 돌아왔지만, 연나라 왕은 그를 복직시켜 주지 않았다. 소진이 연나라 왕을 뵙고 말했다.

"신은 동주東周의 시골 사람으로 한 푼 한 치의 공도 없었는데, 선왕께서 친히 묘당에 절해 아뢰고 조정에서 예우해 주셨습니다. 그런데 이제 신이 왕을 위해 제나라 군대를 물리치고 성 열 개를 얻었으니, 더욱 아껴 주셔야 마땅할 것입니다. 신이 이렇게 왔는데도 왕께서 신에게 벼슬을 주지 않는 까닭은 누군가가 반드시 왕께 신을 불신不信한 자라고 헐뜯었기 때문입니다. 신이 불신한 것은 왕의 복입니다.

신이 듣기로 충신忠信은 자신을 위한 행동이고 진취進取는 남을 위한 행동이라고 합니다. 신이 제나라 왕을 설득한 것은 속인 것이 아닙니다. 신이 늙은 어머니를 동주에 버려두고 연나라로 온 까닭은, 근본적으로 자신을 위해 행동하기를 저버리고 남을 위해 진취적으로 행하려 했기 때문입니다. 지금 여기에 증삼처럼 효도하고 백이처럼 청렴하며 미생尾生처럼 신실한 사람이 있다고 치고, 이 세 사람이 왕을 섬긴다면 어떻겠습니까?"

왕이 말했다.

"매우 만족하겠소."

소진이 말했다.

"증삼처럼 효도하는 사람은 도리상 자기 어버이를 떠나선

하룻밤도 밖에서 자지 않습니다. 왕께선 어떻게 이런 사람을 천 리나 걸어오게 해서 약한 연나라의 위태로운 왕을 섬기게 할 수 있겠습니까? 청렴한 백이는 의리상 고죽군의 후계자가 되지 않았고, 무왕의 신하 되기를 싫어하여 제후에 봉해지기를 거부했으며, 수양산 아래에서 굶어 죽었습니다. 이처럼 청렴한 사람에게 왕께서 어떻게 천 리나 걸어가게 하여 제나라에서 연나라 왕을 위해 진취적인 일을 행하게 할 수 있겠습니까? 신의가 두터운 미생은 여자와 다리 밑에서 만나기로 약속했다가, 여자가 오지 않는다고 밀물이 들어와도 떠나지 않고 다리 기둥을 껴안은 채로 죽었습니다. 이처럼 신의가 두터운 사람에게 왕께서 어떻게 천 리나 걸어가게 하여 제나라의 강한 군대를 물리치게 할 수 있겠습니까? 신은 충성스럽기 때문에 왕께 죄를 지은 것입니다."

연나라 왕이 말했다.

"그대는 충성스럽고 신실하지 않았던 것이오. 어찌 충성스럽고 신실하면서 죄를 얻겠소?"

소진이 대답했다.

"그렇지 않습니다. 신이 이런 얘길 들었습니다. 어떤 사람이 먼 곳에서 관리 노릇을 하는데, 그 아내가 다른 사람과 정을 통했습니다. 그 남편이 돌아올 때가 되어 정부情夫가 근심하자, 아내가 '근심하지 마세요. 내가 벌써 술에 독약을 타 넣고 기다리고 있었어요'라고 말했습니다. 사흘 뒤에 그녀의 남편이 도착하자, 아내는 첩을 시켜서 독약 탄 술을 가져다가 남편에게 올리게 했습니다. 첩은 그 술에 독약이 들었다는 말을 하고 싶었지만 그러면 자기 주모主母가 쫓겨날까 봐 두려웠고, 말하지 않으려고 하자 자기 주부主父를 죽이게 될 것이 두려웠습니다. 그래서 일부러 넘어지면서 술을 쏟아 버렸습니다. 남편이 몹시 성내면서 첩에게 매 쉰 대를 때렸습니다. 첩은 한 번 넘어지면서 술을 엎질러, 위로는 주부를 살아남게 하고, 아래로는 주모를 쫓겨나지 않게 했습니다. 그렇지만 자기 자신은 매 맞는 것을 면치 못했습니다. 어찌 충성스러운 사람더러 죄 없다고 할 수 있겠습니까? 대체로 신의 허물이라고 하는 것들은 불행스럽게 이와 비슷합니다."

연나라 왕이 말했다.

"선생은 다시 예전 벼슬에 오르시오."

그러고 나서 그를 더욱 더 예우했다.

연나라 역왕의 어머니는 문후의 아내인데, 소진과 정을

통했다. 연나라 왕은 그 일을 알면서도 소진을 더욱 잘 섬겼다. 그러나 소진은 죽게 될까 봐 겁나서, 연나라 왕을 설득했다.

"신이 연나라에 있으면 연나라를 비중 있게 할 수 없지만, 제나라에 가 있으면 연나라를 반드시 비중 있게 할 수 있습니다."

연나라 왕이 말했다.

"선생께서 하고 싶은 대로 하시오."

그래서 소진은 거짓으로 연나라에서 죄를 지은 것처럼 꾸미고 제나라로 달아났다. 제나라 선왕은 그를 객경으로 삼았다. 제나라 선왕이 죽고 민왕湣王이 왕위에 오르자 소진은 민왕을 설득해 장례를 성대하게 치러 효심을 드러내게 했다. 또 궁전을 높이 짓고 동산을 크게 늘려 자신이 뜻한 바를 드러내게 했다. 그러나 사실은 연나라를 위해 제나라를 황폐하게 만들려고 한 짓이었다. 연나라에서는 역왕이 죽고 쾌噲가 즉위했다.

제나라 대부 가운데는 왕의 총애를 더 받으려고 소진과 다투는 자들이 많았다. 그 가운데 어떤 사람이 자객을 시켜 소진을 찌르게 했는데, 죽이지는 못하고 치명상만 입힌 채로 달아났다. 제나라 왕이 사람을 시켜 자객을 찾았지만 잡지 못했다. 소진은 죽음을 눈앞에 두었을 때 제나라 왕에게 말했다.

"신이 이제 죽으면, 제 시체를 수레로 갈기갈기 찢어 장터에서 여러 사람들에게 보이며 '소진이 연나라를 위해 제나라에서 반란을 일으켰다'라고 말하십시오. 그렇게만 하면 신을 죽이려던 자를 반드시 찾아낼 수 있을 것입니다."

제나라 왕이 그의 말대로 했더니, 소진을 죽이려 한 자가 과연 제 발로 나타났다. 제나라 왕은 그를 잡아 죽였다. 연나라에서 그 말을 듣고 말했다.

"제나라가 소진을 위해 원수 갚는 방법이 너무나 가혹하구나."

소진이 죽고 난 뒤에, 소진이 연나라를 위해 제나라를 피폐하게 만들었다는 말이 새어 나갔다. 제나라가 뒤에 이것을 알고, 연나라를 원망하며 노여워하자 연나라는 매우 두려워했다.

소진의 동생은 소대蘇代이고, 소대의 동생은 소려蘇厲이다. 그들은 형이 성공한 것을 보고 모두 학문에 힘썼다. 소진이 죽자 소대가 곧 연나라 왕을 뵙기 청하여, 형의 뒤를 이어 벼슬하고 싶다며 이렇게 말했다.

"신은 동주東周의 비천한 사람입니다. 왕께서는 의리가 매우 높다고 들었기에, 재주가 불민하지만 호미와 괭이를 놓고서 왕께 벼슬을 구하러 왔습니다. 처음 한단에 이르러 보니, 동주에서 듣던 것보다는 못했습니다. 신은 그래서 속으로 실망했습니다. 그러다 연나라 조정에 이르러 왕의 여러 신하와 관리들을 보니, 왕께선 천하에 현명한 왕이십니다."

연나라 왕이 물었다.

"그대가 말하는 '현명한 왕'은 어떠한 왕이오?"

"신이 듣기로, 현명한 왕은 자기 허물을 듣는 것에 힘쓰고, 자기 잘난 점은 들으려 하지 않는다고 합니다. 그래서 신은 왕의 잘못을 말씀드리려 합니다. 제나라와 조나라는 연나라의 원수이며, 초나라와 위나라는 연나라를 도와주는 나라들입니다. 지금 왕께서 원수의 나라를 받들어 모시면서 오히려 도와주는 나라를 치는 것은 연나라를 이롭게 하는 행동이 아닙니다. 왕께서도 스스로 생각해 보십시오. 이것은 잘못된 계책입니다. 그런데도 왕께 아뢰지 않는 사람은 충신이 아닙니다."

연나라 왕이 말했다.

"제나라는 본래부터 과인의 원수이기에 언젠가는 치려고 하나 우리나라가 피폐해져서 힘이 모자라는 것을 걱정하고 있을 뿐이오. 그대가 지금의 연나라로써 제나라를 칠 수 있다면, 과인은 온 나라를 그대에게 맡기겠소."

소대는 이렇게 대답했다.

"천하에 싸우는 나라가 일곱이나 있는데, 그 가운데 연나라는 약한 축입니다. 그러니 혼자 싸울 수는 없습니다. 그러나 어느 한 나라에 붙으면 그 나라는 무게 있는 나라가 될 것입니다. 남쪽으로 초나라에 붙으면 초나라가 무겁게 되고, 서쪽으로 진나라에 붙으면 진나라 무겁게 되며, 가운데로 한나라와 위나라에 붙으면 한나라와 위나라가 무게 있는 나라로 될 것입니다. 연나라가 가서 붙은 나라가 무게 있게 되면, 왕께서도 반드시 무게 있게 될 것입니다.

지금 저 제나라는 나이 많은 군주가 제멋대로 날뛰고 있습니다. 남쪽으로는 초나라를 친 지 5년이나 되어 저축했던 군량과 재물이 다 떨어졌으며, 서쪽으로는 진나라를 괴롭힌 지가 3년이나 되어 군사들이 모두 지쳐 있습니다. 북쪽으로는 연나라와 싸워서 연나라의 3군을 뒤엎고, 두 장수를 사로잡았습니다. 그런데도 그 나머지 군사로 남쪽을 향해 5천

승의 커다란 송나라를 치고, 12제후를 병합하려고 합니다. 이러한 계책은 그 왕의 욕심 때문에 백성들의 힘을 다 없애는 짓이니, 어찌 그럴 수 있겠습니까? 게다가 신이 듣기로는 자주 싸우면 백성들이 힘들고, 오래 전쟁하면 군사들이 지친다고 합니다."

연나라 왕이 물었다.

"내가 들은 바로는 제나라에는 맑은 제수濟水와 흐린 황하가 있어서 견고한 방패가 되고, 또 기다란 성과 거대한 방벽이 있어서 요새로 삼기에 넉넉하다고 하던데 정말 그런가?"

소대가 대답했다.

"하늘의 시운時運이 그들을 편들지 않으면, 맑은 제수와 흐린 황하가 있더라도 어찌 견고하다고 할 수 있겠습니까? 백성들의 힘이 다 지쳐 없어지면, 비록 기다란 성과 거대한 방벽이 있더라도 어찌 요새라고 믿을 수 있겠습니까? 일찍이 제나라가 제주濟州 서쪽에서 군사를 일으키지 않은 까닭은 조나라를 방비하기 위해서였습니다. 그런데 이제는 제주 서쪽과 황하 북쪽에서도 모두 병역을 감당케 해 영토가 피폐해졌습니다. 대체로 교만한 왕은 반드시 이익을 좋아하고, 망하는 나라의 신하는 반드시 재물을 탐내는 법입니다. 왕께서 만약에 조카나 동생을 볼모로 제나라에 보내 구슬과 비단을 선물하며 제나라 왕의 측근을 섬기는 일을 부끄러워하지 않으신다면, 제나라는 연나라를 덕스럽게 여기면서 송나라를 가벼이 보고 멸망시키려 할 것입니다. 그때쯤 되면 제나라를 멸망시킬 수 있습니다."

연나라 왕이 말했다.

"과인이 그대 덕분에 하늘의 뜻을 잇게 되었구려."

그러고는 한 아들을 제나라에 볼모로 보냈다. 소려는 볼모가 된 연나라 왕자를 데리고 가서, 제나라 왕에게 뵙기를 청했다. 제나라 왕은 소진을 원망하여 소려를 가두려고 했다. 볼모로 온 연나라 왕자가 소려를 위해 사과하고, 소려는 몸을 굽히고 예물을 바쳐 제나라 신하가 되었다.

연나라 재상 자지子之가 소대와 인척 관계를 맺고 연나라에서의 정권을 굳히기 위해, 소대를 제나라에 볼모가 된 왕자의 시종으로 삼았다. 제나라가 다시 소대를 연나라로 보내 복명케 했다. 연나라 왕 쾌가 소대에게 물었다.

"제나라 왕은 천하의 우두머리가 될 수 있겠소?"

"될 수 없습니다."

"어째서 그렇소?"

"제나라 왕은 자기 신하를 믿지 않기 때문입니다."

그즈음 연나라 왕은 나라 정치를 모두 자지에게 맡겼다. 얼마 뒤에는 왕 자리까지 물려주었으므로, 연나라는 몹시 어지러워졌다. 제나라가 연나라를 치고, 연나라 왕 쾌와 자지까지 죽였다. 연나라에서는 소왕昭王을 세워 왕을 삼았다. 소대와 소려는 감히 연나라에 들어가지 못하고, 마침내 제나라로 망명했다. 제나라에선 그들을 잘 대우해 주었다.

소대가 위나라를 지날 때 위나라가 연나라를 위해서 소대를 붙잡았다. 그래서 제나라는 사람을 시켜 위나라 왕에게 말했다.

"제나라가 송나라를 쳐서 그 땅을 진나라 왕의 동생 경양군涇陽君의 봉읍지로 바치려 해도, 진나라는 반드시 받아들이지 않을 것입니다. 진나라가 제나라와 가깝게 지내 송나라 땅을 얻는 것을 이롭지 않게 여겨서가 아니라 제나라와 소 선생(소대)을 믿지 않기 때문입니다. 지금 제나라와 위나라가 이처럼 불화가 심하면 제나라는 진나라를 속이지 않을 것입니다. 진나라가 제나라를 믿으면 제나라와 진나라가 합쳐질 것이고, 경양군은 송나라의 땅을 얻을 것입니다. 이것은 위나라에게 이롭지 않습니다. 그러니 왕께선 소대를 동쪽 제나라로 돌려보내, 진나라가 반드시 제나라를 의심하고 소대를 믿지 않게 하는 것이 더 낫습니다. 제나라와 진나라의 뜻이 맞지 않게 되면 천하에 변은 없을 테고, 제나라를 칠 수 있는 형편이 마련될 것입니다."

이 말을 듣고 위나라는 소대를 놓아주었다. 소대가 송나라에 가자, 송나라에선 그를 극진히 대접했다.

제나라가 송나라를 치자 송나라가 위급해졌다. 소대는 곧 연나라 소왕에게 이렇게 편지를 보냈다.

"다 같이 큰 나라의 지위에 있으면서 제나라에 볼모를 보낸 것은 이름을 떨어뜨리고 위엄도 손상시키는 짓입니다. 큰 나라의 신분으로 제나라를 도와서 송나라를 친다면 백성은 지치게 되고 재물은 낭비됩니다. 송나라를 깨뜨리고 초나라의 회수 북쪽 땅을 침범하여 제나라를 살찌게 만든다면, 원수를 강하게 하고 자기 나라를 해치는 결과가 될 것이 분명합니다. 이 세 가지는 모두 연나라로선 큰 실패입니다.

왕께서 장차 이 일을 하려고 하는 까닭은 제나라로부터 신임을 얻으려 하기 때문입니다. 그러나 제나라는 더욱 더 왕을 신임하지 않고, 연나라를 점점 더 싫어할 것입니다. 왕의 계책이 잘못되었기 때문입니다. 송나라에 회수 북쪽 땅을 보태 준다면 그것만으로도 강한 만승의 나라가 될 것입니다. 만약 제나라가 이 땅을 아울러 가진다면, 결국은 또 하나의 제나라를 더해 준 것과 같습니다. 북쪽 오랑캐의 땅이 사방 700리인데 여기에 노나라와 위나라를 보탠다면, 강대한 만승의 나라가 될 것입니다. 그렇게 된 뒤에 제나라가 이 땅마저 아울러 가진다면, 결국은 두 개의 제나라를 더해 준 꼴이 될 것입니다.

지금 강대한 제나라 하나만 가지고도 연나라가 마음을 놓지 못하고 절절매는데, 만약 제나라가 셋씩이나 되어 연나라 위에 군림한다면 틀림없이 피해가 올 것입니다.

비록 그렇기는 하지만, 슬기로운 사람이 일을 처리할 때는 화를 복으로 만들고 실패를 바꾸어 성공으로 만듭니다. 제나라에서 나는 자주색 비단은 품질이 나쁜 흰 비단에 자주색 물을 들인 것인데, 그 값이 열 배나 비싸고, 월왕越王 구천句踐은 회계산으로 쫓겨나 숨어 살았지만, 다시금 강한 오나라를 멸망시키고 천하의 패자가 되었습니다. 이런 것이 바로 화를 복으로 만들고 실패를 성공으로 바꾼 경우입니다.

지금 왕께서 만약 화를 복으로 만들고 실패를 성공으로 바꾸려 한다면, 제나라를 패자로 떠받들어 높이는 것보다 더 좋은 방법은 없습니다. 그러니 사신을 주나라 왕실로 보내 제나라를 제후들의 맹주盟主로 받들겠다고 맹세하게 한 뒤에, 진나라와의 서약서를 불태우며 이렇게 말하십시오.

'가장 좋은 계책은 진나라를 깨뜨리는 것이다. 그다음 가는 계책은 진나라를 오래오래 배척하는 일이다.'

진나라가 배척을 당해 파멸을 기다린다면 진나라 왕이 반드시 걱정할 것입니다. 진나라는 5대에 걸쳐 제후들을 쳤지만 지금은 제나라 밑에 있습니다. 그러니 어떻게 해서든지 제나라를 궁지로 몰아넣을 수만 있다면 진나라 왕은 온 나라의 힘을 기울여서라도 성과를 얻으려 들 것입니다. 그렇다면 왕께선 어째서 변사를 보내 이렇게 진나라 왕을 설득하지 않으십니까?

'연나라와 조나라가 송나라를 깨뜨려 제나라를 살찌게 하고, 제나라를 높여 스스로 그 아래에 있는 까닭은 연나라나 조나라가 그러한 행동을 이롭게 여겼기 때문이 아닙니다. 연나라나 조나라가 불리한 것을 알면서도 사세가 그렇게 된 까닭은 진나라 왕을 믿지 않기 때문입니다.

그렇다면 왕께선 어째서 연나라나 조나라가 믿을 만한 사람을 내세워 그 두 나라를 한편으로 끌어들이지 않으십니까? 왜 왕의 동생인 경양군이나 고릉군高陵君을 먼저 연나라나 조나라로 보내지 않으십니까? 진나라의 마음이 변할 경우엔 그들을 볼모로 잡으라고 하십시오. 그렇게 하면 연나라나 조나라도 진나라를 믿을 것입니다. 그리하여 진나라는 서쪽의 제왕이 되고 연나라는 북쪽의 제왕이 되며 조나라는 중원의 제왕이 되어, 삼제三帝가 들어서면 천하를 호령할 수 있을 것입니다.

만약에 한나라나 위나라가 그 호령을 듣지 않으면 진나라가 그들을 정벌하고, 제나라가 그 호령을 듣지 않으면 연나라와 조나라가 제나라를 정벌합니다. 그렇게 하면 천하 어느 나라가 복종하지 않겠습니까? 온 천하가 복종하게 되면 이어 한나라와 위나라를 뒤에서 몰아 제나라를 치면서 '송나라의 땅을 꼭 돌려주고. 회수 북쪽에 있던 초나라의 땅도 돌려주시오'라고 말하십시오. 제나라가 송나라의 땅을 돌려주고 회수 북쪽에 있던 초나라의 땅도 돌려준다면, 연나라와 조나라에게 이익이 됩니다. 진, 연, 조 삼제가 나란히 서는 것도 바로 연나라와 조나라 모두에게 이익이 되는 일입니다.

 만약 연나라나 조나라가 실제로 이익을 얻고 바라던 제왕의 지위마저 얻는다면, 그들은 제나라를 마치 헌신짝 벗어버리듯 버릴 것입니다. 지금 왕께서 연나라와 조나라를 한편으로 끌어들이지 못하신다면, 제나라가 반드시 패업을 이룰 것입니다. 제후들이 모두 제나라를 돕는데 왕만이 복종하지 않는다면, 진나라는 제후들의 공격을 받게 될 것입니다. 제후들이 모두 제나라를 돕고 왕께서도 제나라에 복종한다면, 스스로 명성을 떨어뜨리게 됩니다.

 만일 진나라가 연나라와 조나라를 한편으로 끌어들이면, 나라는 편안해지고 이름은 높아지겠지만 그 두 나라를 한편으로 끌어들이지 못한다면, 나라도 위태로워지고 이름도 떨어질 것입니다. 높고 편안해지는 길을 버리고, 위태롭고 낮아지는 길을 취하는 것은 슬기로운 사람의 할 일이 아닙니다.'

 진나라 왕이 이러한 설득을 듣는다면 반드시 가슴이 찔릴 것입니다. 그런데 왕께선 어째서 유세객을 시켜 이러한 말로 진나라 왕을 설득하지 않으십니까? 그렇게 하면 진나라를 반드시 한편으로 끌어들일 수 있고, 제나라를 반드시 칠 수 있을 것입니다.

진나라를 한편으로 끌어들이는 것은 중요한 외교이고, 제나라를 치는 것은 정당한 이익입니다. 중요한 외교를 진지하게 처리하고 정당한 이익에 힘쓰는 것이야말로 성왕의 사업입니다."

연나라 소왕이 그 편지를 칭찬하면서 이렇게 말했다.

"내 아버님께서 예전에 소씨蘇氏에게 은덕을 베풀었는데, 자지의 반란이 일어나자 소씨가 연나라를 떠나갔다. 연나라가 제나라에게 원수를 갚으려면, 역시 소씨가 아니고는 할 수 없다."

그러고는 소대를 불러다가 다시 잘 대우하곤, 그와 함께 제나라를 칠 계획을 세웠다. 그들이 마침내 제나라를 깨뜨리자 제나라 민왕은 달아났다.

그 뒤 오랜 시간이 흐른 뒤에 진나라에서 연나라 왕을 초대했다. 연나라 왕이 가려고 하자 소대가 말리며 이렇게 말했다.

"초나라는 지현枳縣을 얻고 나라가 망했으며, 제나라는 송나라를 얻고서 나라가 망했습니다. 제나라와 초나라가 지현과 송나라를 가졌다고 해서 진나라를 섬길 수 없게 된 까닭이 무엇이겠습니까? 바로 공을 세운 자라면 진나라와 큰 원수가 되기 때문입니다. 진나라가 천하를 취할 때는 의를 행하지 않고 폭력을 썼습니다. 진나라는 폭력 정치를 하면서 천하에 드러내 놓고 경고했습니다.

예를 들면 초나라에 대해서는 이렇게 경고했습니다.

'촉蜀 땅의 군대를 배에 태워 민강玟江에 띄우고 여름에 물이 불었을 때를 타서 양자강으로 내려가면, 닷새 만에 영郢에 이를 것이다. 한중漢中의 군대를 배에 태우고 파수巴水를 떠나 여름에 물이 불었을 때 한수漢水로 내려가면, 나흘 만에 오저五渚에 이를 것이다. 내가 군대를 완宛에서 싣고 수읍隨邑을 향해 동쪽으로 내려간다면, 슬기로운 사람도 대책을 세울 틈이 없고 용맹스러운 사람도 성내며 맞설 틈이 없을 것이다. 나는 이렇듯 매를 쏘는 것처럼 당신들을 재빨리 공격할 것이다. 그런데도 왕은 천하의 요새인 함곡관을 치러 오기를 기다리고 있으니, 너무나 먼 이야기가 아닌가?'

초나라 왕은 이 때문에 17년간이나 진나라를 섬겼습니다. 진나라가 한나라에 대해서는 이렇게 버젓이 경고했습니다.

'우리가 소곡少曲에서 군대를 일으키면 하루 만에 태행산 길목을 막을 것이다. 우리가 의양宜陽을 출발하여 한나라 평양平陽에 닿으면, 한나라 온 땅에 동요하지 않는 곳이 없을 것이다. 우리가 동주東周와 서주西周를 지나서 정주鄭州에 닿으면, 닷새 만에 한나라 도성을 함락시킬 것이다.'

한나라는 그 말이 맞다고 생각했으므로 진나라를 섬겼습니다. 또 진나라는 위나라에 대해서 이렇게 경고했습니다.

'우리가 안읍安邑을 함락시키고 여극女戟을 막아 버리면, 한나라의 태원太原도 끊길 것이다. 우리가 지도軹道로 내려가 남양南陽과 봉릉封陵과 기읍冀邑을 지나 동주와 서주를 포위하고, 여름에 물이 불었을 때 가벼운 배를 띄워, 강한 쇠뇌를 앞세우고 날카로운 창을 뒤에 세우면서 형택滎澤 어구의 제방을 깨뜨리면 위나라의 도성 대량大梁은 물바다가 될 것이다. 백마白馬 어구의 제방을 깨뜨리면 위나라의 성읍인 외황外黃과 제양濟陽이 물바다가 될 것이며, 숙서宿胥 어구의 제방을 깨뜨리면 위나라의 허虛와 돈구頓丘가 물에 휩쓸려 없어질 것이다. 육지로 공격하면 바로 하내河內를 칠 것이고, 바다로 공격하면 대량을 함락시킬 것이다.'

위나라도 그렇게 생각했으므로 진나라를 섬겼습니다.

진나라는 위나라 안읍을 공격하려고 했는데, 제나라가 구원하러 올까 봐 두려워 송나라를 제나라에 내맡기면서 이렇게 말했습니다.

'송나라 왕이 무도하여, 과인의 모습을 나무로 만들어 놓고 그 얼굴에다 화살을 쏜다고 합니다. 과인의 나라는 송나라에서 멀리 떨어져 있어 군대를 보내 공격할 수가 없습니다. 왕께서 송나라를 깨뜨려 소유한다면 과인이 직접 얻은 것과 같이 알겠습니다.'

그렇게 말해 놓고는 안읍을 빼앗고 여극을 에워싼 뒤에, 송나라 깨뜨린 것을 도리어 제나라의 죄목으로 삼았습니다.

진나라가 한나라를 치려고 했을 때는 천하의 제후들이 구원해 주러 올까 봐 걱정이 되었습니다. 그래서 제나라를 천하 제후들에게 내맡기면서 이렇게 말했습니다.

'제나라 왕은 나와 네 번이나 약속하고도, 네 번 다 나를 속였습니다. 천하의 제후들을 이끌고 과인을 치려고 한 것이 세 번입니다. 제나라가 있으면 진나라가 망하고, 진나라가 있으려면 제나라가 망해야 합니다. 반드시 제나라를 정벌해야 하고, 반드시 제나라를 멸망시켜야 합니다.'

그러나 한나라 땅 의양과 소곡을 얻고 인藺과 석石을 차지한 뒤에는 도리어 제나라 깨뜨린 것을 천하 제후들의 죄목으로 덮어씌웠습니다.

진나라는 위나라를 치려고 했지만, 초나라가 구원해 주러 올까 봐 겁났습니다. 그래서 본래 한나라의 땅이던 남양南陽을 초나라에게 내맡기면서 이렇게 말했습니다.

'과인은 본래부터 한나라와 교제를 끊으려고 했습니다. 만약 초나라가 균릉均陵을 깨고 맹액鄳阨의 요새지를 막는 것이 참으로 초나라의 이익이 된다면, 과인은 스스로 그곳을 점령한 것처럼 기쁠 것입니다.'

그러나 이 때문에 위나라가 가깝게 지내던 한나라를 내버리고 진나라 편으로 돌아서자, 진나라는 맹액의 요새지를 막은 것을 초나라의 탓으로 돌렸습니다.

진나라의 군대가 위나라를 치다가 임중林中에서 곤경에 빠지게 되자, 연나라와 조나라가 적을 도울까 봐 걱정이 되었습니다. 그래서 교동膠東을 연나라에 내맡기고, 제서濟西를 조나라에 내맡겼습니다. 그러나 위나라와 강화를 맺은 뒤에는 위나라의 공자 연延을 볼모로 삼고 위나라 장군 서수犀首에게 군대를 조직하여 조나라를 치게 했습니다.

진나라의 군대가 조나라와 싸우다가 초석譙石에서 깨지고 양마陽馬에서 패하게 되자, 위나라가 적을 도울까 봐 걱정이 되었습니다. 그래서 섭葉과 채蔡를 위나라에 맡겼습니다. 그러나 조나라와 강화를 맺은 뒤에는 다시 위나라를 위협하여 약속해 준 섭과 채를 떼어 주지 않았습니다. 곤경에 빠졌을 때에는 태후太后의 동생인 양후穰侯를 시켜서 강화를 맺더니, 이기고 난 뒤에는 외삼촌도 어머니도 모두 속였습니다.

연나라를 꾸짖을 때에는 교동을 빼앗은 것을 구실로 삼고, 조나라를 꾸짖을 때에는 제수 서쪽을 빼앗은 것을 구실로 삼았습니다. 위나라를 꾸짖을 때에는 섭과 채를 빼앗은 것을 구실로 삼았으며, 초나라를 꾸짖을 때에는 맹액의 요새를 막은 것이 구실이었습니다. 제나라를 꾸짖을 때에는 송나라를 깨뜨린 것을 구실로 삼았습니다. 이처럼 진나라 왕이 남에게 시킬 때에는 반드시 둥근 고리처럼 돌고 돌아서 끝이 없게 했으며, 군대를 움직일 때에는 짐승의 피를 빠는 등에처럼 악랄했습니다. 어머니도 그를 말릴 수 없었고, 외삼촌도 그를 막을 수 없었습니다.

위나라 장수 용고龍賈와의 싸움, 한나라 군대를 격파한 안문岸門에서의 싸움, 위나라 군대를 패배시킨 봉릉封陵에서의 싸움, 고상高商에서의 싸움, 조나라 장수 조장趙莊과의 싸움 등에서 진나라가 죽인 삼진(三晉, 한나라, 위나라, 조나라)의 백성은 수백만이나 됩니다. 지금 그나마 살아남은 자들은 모두 진나라가 죽인 자들의 고아들입니다. 서하西河 외에도 상락上雒의 땅, 삼천 일대 등 삼진의 땅 중에서 진나라에 침략된 땅이 그 절반이나 됩니다.

진나라가 만든 재앙은 이처럼 큽니다. 그런데도 연나라나 조나라에서 진나라에 드나드는 유세객들은 모두 다투어 진나라를 섬기자고 자기 왕을 설득하고 있습니다. 이것이야말로 신이 가장 걱정하는 바입니다."

연나라 소왕은 진나라로 가지 않고 소대는 다시 연나라에서 중용되었다.

연나라는 소진이 활동하던 때처럼 제후들과 합종의 약속을 맺으려고 했다. 그랬더니 어떤 제후들은 합종책에 따르고, 어떤 제후들은 따르지 않았다. 그러나 천하 사람들이 이로 말미암아 소대의 합종책을 믿고 받들게 되었다. 소대와 소려는 모두 타고난 수명을 누리며 제후들 사이에 이름을 널리 알렸다.

태사공은 말한다.

"소진의 형제 세 사람은 모두 제후들에게 유세하여 이름을 드날렸으며, 특히 권모술수와 임기응변의 술책이 능했다. 그러나 소진이 반간反間의 이름을 뒤집어쓰고 죽임을 당하자 천하 사람들이 모두 그를 비웃었으며, 그의 술책을 배우기를 꺼려했다. 그러나 세상에 퍼진 소진의 행적에 대해 논하는 사람들 가운데는 다른 주장이 많은데, 이것은 다른 시대에 발생한 일이라도 비슷한 점이 있으면 다들 소진에게 덧붙였기 때문일 것이다.

그러나 소진이 보통 사람의 집에서 일어나 여섯 나라를 연결해 합종의 맹약을 맺게 한 것은 그의 지혜가 남보다 뛰어났기 때문이다. 그런 까닭에 나는 그가 행한 사적을 늘어놓고, 그것들을 시대 순서에 따라 그의 경력과 사적을 서술하여 유독 그만이 악평을 뒤집어쓰게 하지는 않았다."

세상에서는 소진을 나라를 팔아먹은 반역의 신하로 일컫지만 그는 합종에 성공하여 진나라 병사가 15년 동안 동쪽으로 쳐들어오지 못하게 하는 데 크게 공헌한 인물이다. 그러나 그가 성공하기까지는 수많은 서러움이 있었다. 오죽하면 형제와 형수뿐 아니라 누이와 아내, 첩에게서까지 비웃음을 살 정도였다. 당시에는 아무도 소진이 성공하리라고는 생각지 않았던 것이다. 겉모습과 배경을 중시하는 세상 인심은 그때도 마찬가지였을 테니까. 그러나 그가 이런 굴욕을 견디고 우뚝 서 여섯 나라의 재상이 되자 그를 비웃던 이들은 그의 앞에서 고개를 들지 못했다. 부유하고 귀하면 사람들이 모여들고 가난하고 지위가 낮으면 벗이 적어진다.

三.
악의 열전

악의樂毅의 선조는 악양樂羊이다. 악양은 위나라 문후文侯의 장수였는데 그는 중산국을 정벌했다. 그러자 위나라 문후는 악양을 영수靈壽에 봉했다. 악양이 죽자 그를 영수에 장사 지냈는데 그 뒤 그의 자손들이 이곳에서 집안을 이루게 되었다. 한편, 중산은 다시 나라를 일으켰지만 조나라 무령왕 武靈王 때 다시 멸망당했다. 악씨樂氏의 후손 중에 악의라는 사람이 있었다.

악의는 어진 데다 병술을 좋아해 조나라에서 그를 천거했으나 무령왕 때 사구沙丘의 난이 일어나자 그는 조나라를 떠나 위나라로 갔다. 그때 연나라에서는 자지子之의 난이 일어났고, 이 틈을 타서 제나라가 연나라를 크게 격파했다. 이에 연나라 소왕은 제나라를 원망해 제나라에 보복할 것을 하루도 잊은 적이 없었다. 그러나 연나라는 나라가 작고, 제나라와 멀리 떨어져 있어 힘으로는 제압할 수 없자, 자신의 몸을 낮추어 우선 곽외郭隗라는 선비를 예우함으로써 어진 사람을 끌어들이려고 했다. 악의는 위나라 소왕의 사자가 되어 연나라로 갔는데, 연나라 왕은 그를 빈객의 예로써 대우하려고 했다. 그러나 악의는 이를 사양하고 예물을 바치며 그의 신하가 되고자 했다. 연나라 소왕은 그를 아경亞卿으로 삼았다. 그 뒤 오랜 세월이 흘렀다.

그 무렵 제나라의 민왕은 힘이 강성하여 남쪽으로는 중구重丘에서 초나라의 재상인 당말唐眛을 패퇴시켰고, 서쪽으로는 관진觀津에서 삼진三晉을 꺾었다. 그리고 마침내는 삼진과 힘을 합해 진나라를 쳤고, 조나라를 도와서 중산국을 멸망시켰으며, 송나라를 격파하여 1천 리가 넘는 땅을 개척했다. 그는 진나라의 소왕과 세력을 겨루어 황제라고 일컬었으나 얼마 후 그 칭호를 거두었다. 이리하여 제후들은 모두 진나라에 등을 돌리고 제나라에 복종하려고 했다. 민왕은 교만해졌고, 백성들은 그 고통을 견디기 어려웠다.

이러한 때 연나라 소왕이 제나라를 정벌하는 일에 대해 묻자 악의가 이렇게 대답했다.

"제나라는 세상을 제패한 업적이 있는 나라로서 땅이 넓고 백성이 많아서 혼자서는 공격하기가 쉽지 않습니다. 왕께서 반드시 제나라를 정벌하고 싶으시다면 조나라, 초나라, 위나라와 연합하는 것이 최상일 것입니다."

그래서 연나라 왕은 악의로 하여금 조나라 혜문왕과 동맹을 맺게 하고, 따로 사신을 보내 초나라, 위나라와도 연합을 하도록 했다. 그리고 조나라를 통해 진나라가 제나라를 치는 것이 유리하다고 설득하도록 했다. 제후들은 제나라 민왕이 교만하고 난폭한 것을 싫어하고 있었으므로 앞을 다투어 합종을 맺어 연나라와 함께 제나라를 정벌하려고 했다.

악의가 돌아와서 보고를 올리자 연나라 소왕은 병력을 총동원하고 악의를 상장군으로 삼았다. 조나라 혜문왕은 상국相國의 직인을 악의에게 주었다. 악의는 조, 초, 한, 위, 연의 병사를 합해 통솔하여 제수濟水 서쪽에서 제나라를 격파했다. 제후들의 병사는 싸움을 마치고 돌아갔지만 악의는 연나라 군대를 이끌고 제나라 군대를 추격해 임치까지 쳐들어갔다. 그때 제나라 민왕은 제수의 서쪽에서 패한 후 달아나 거莒를 지키고 있었다. 악의는 홀로 머무르며 제나라 땅을 공격했지만 제나라 성은 모두 문을 닫고 수비를 할 뿐이었다.

악의는 임치를 공격해 제나라의 보물, 재화, 제기 등을 빼앗아 연나라로 보냈다. 그러자 연나라 소왕은 매우 기뻐하며 몸소 제수 기슭까지 나아가 군대를 위로하고, 상을 내리고 병사들에게 잔치를 베풀었으며, 악의를 창국昌國에 봉하여 창국군이라 불렀다. 연나라 소왕은 제나라 노획물을 거두어

가지고 귀국했다. 그리고 악의에게 다시 군대를 이끌고 아직 함락시키지 못한 제나라의 나머지 성을 평정하게 했다.

악의는 제나라에 머물면서 5년간 제나라의 70여 개 성을 함락시켜 모두 연나라의 군현으로 만들었다. 그러나 거와 즉묵만은 항복하지 않았다.

그때 마침 연나라 소왕이 죽고 그의 아들이 왕위에 올랐는데, 그가 바로 혜왕이다. 혜왕은 태자 시절부터 악의에 대해 좋지 않은 감정을 가지고 있었다. 그가 왕위에 오르자 제나라의 전단田單이 이러한 소문을 듣고 연나라에 첩자를 보내 이런 말을 퍼뜨렸다.

"제나라에서 함락되지 않은 성은 두 개밖에 없다. 그런데 들리는 말에 의하면, 그 두 성이 빨리 함락되지 않는 까닭은 악의가 연나라의 새로 즉위한 왕과 틈이 생겨서 다른 군대와 연합해 제나라에 남아 왕이 되려고 하기 때문이라고 한다. 그래서 연나라에서 다른 장수가 오지 않을까 두려워하고 있다고 한다."

연나라 혜왕은 전부터 악의를 의심하던 터에 이제 제나라 첩자의 이간질하는 말까지 듣자 기겁騎劫을 대신 장군으로 삼아 보내고 악의를 불러들였다.

악의는 연나라 혜왕이 좋지 못한 일 때문에 자신을 교체 시켰다고 생각하고 죽임을 당할 것을 두려워하여 서쪽으로 달아나 조나라에 항복했다. 조나라는 악의를 관진觀津 땅에 봉하고, 그를 망제군望諸君이라 불렀다. 그들은 악의를 존중 하고 총애하여 연나라와 제나라를 놀라게 했다.

한편 제나라의 전단은 그 뒤에 기겁과 전투를 하였는데, 위장 전술을 사용해 연나라 군대를 속이고 즉묵성 아래에서 격파했다. 그는 돌아다니며 연나라 군대를 추격해 북쪽으로 황하 근처에까지 진격했다. 그리하여 제나라의 성을 완전히 회복하고 거 땅에서 양왕을 맞아 임치로 들어갔다.

연나라 혜왕은 기겁을 악의와 교체시켰기 때문에 싸움에 서 지고, 장수를 잃었으며, 전에 빼앗았던 제나라마저 잃게 된 것을 후회했다. 또 악의가 조나라에 항복한 것을 원망스 럽게 생각하고, 조나라가 악의를 시켜 연나라가 피폐한 틈 을 타 연나라를 정벌할까 두려워했다. 혜왕은 이에 사람을 보내 악의를 꾸짖는 한편, 그에게 사과하는 말을 전했다.

"선왕께서 온 나라를 장군에게 맡겼소. 장군은 연나라를 위하여 제나라를 격파하고 선왕의 원수를 갚아 주었으니 천 하에 놀라지 않는 자가 없었소. 그러하니 과인이 어찌 감히 하루인들 장군의 공을 잊을 수가 있겠소! 그때 마침 선왕께서 여러 신하를 버리고 세상을 떠나 과인이 새로 왕위에 올랐는데 좌우의 사람들이 과인을 그른 길로 이끌었소. 과인이 기겁으로 장군을 교체시킨 까닭은 장군이 오랫동안 바깥에서 수고를 하고 있기에 장군을 불러들여서 잠시 휴식의 기회를 주기 위해서였소. 그런데 장군은 이러한 뜻을 잘못 전하여 듣고 과인과 틈이 생긴 것이라 판단해 연나라를 버리고 조나라로 갔소. 장군이 자기 자신을 위하여 그렇게 한 것은 좋은 일이겠으나 선왕이 장군에게 후히 대하여 준 마음에는 무엇으로 보답을 하겠소?"

그러자 악의는 연나라 혜왕에게 이렇게 답장을 보냈다.

"아무 재주도 없는 신은 왕명을 받들어 모시지 못하고 좌우 신하들의 마음을 따르지 못하여 선왕의 현명하심에 손상을 입히고, 왕의 높으신 덕을 해칠까 두려워서 도망해 조나라에 이르게 되었습니다. 지금 왕께서 사람을 보내 제 죄목을 헤아리시니, 지금 신은 왕을 모시는 신하들이 선왕께서 신을 총애한 까닭을 살피지 못하고, 또 신이 선왕을 섬긴 뜻을 명백히 하지 못할까 두려워 감히 글로 대답합니다.

신이 듣기에 현명하고 성스러운 군주는 친하다는 이유로

봉록을 주지 아니하고, 공로가 많은 사람에게만 주며, 그 임무를 감당할 수 있는 사람에게 그에 맞는 일을 맡긴다고 합니다. 그러한 까닭에 사람을 살핀 뒤 능력이 있으면 그에게 관직을 주는 군주는 공적을 이루는 군주이고, 상대의 행동을 헤아려 본 뒤 그와 교제하는 선비는 명성을 드날릴 선비인 것입니다. 신이 선왕의 일을 살펴보건대, 이 세상 군주들보다 높은 뜻을 가지고 있다는 것을 알았습니다. 그리하여 신이 위나라 사신이라는 신분을 빌려 연나라로 갔던 것입니다.

선왕께서는 과분하게도 신을 등용하시어 빈객들 사이에 거하게 하고, 뭇 신하들의 위에 있는 지위를 주셨습니다. 종실의 군신들과 상의하지도 않고 저를 아경의 자리에 임명했습니다. 신은 속으로 그 책임을 감당할 수 있을지 자신이 없었지만 선왕의 명령을 받들고, 가르침을 실행하는 것만이 죄를 저지르지 아니하는 길이라고 여기었기 때문에 선왕의 명을 받들고 사양하지 않았습니다.

선왕께서는 저에게 '나는 제나라에 깊이 쌓인 원한과 노여움을 가지고 있어 연나라의 힘이 나약하고 경미한 것을 생각하지도 않고 제나라에 복수하고 싶다'라고 했습니다.

그래서 신은 '제나라는 환공이 세상을 제패한 업적이 있으며 전쟁에서 언제나 이긴 나라이므로 무기와 장비가 잘 갖춰져 있고 싸움에도 익숙합니다. 왕께서 제나라를 치려면 반드시 천하 제후들과 함께 이 일을 꾀해야 합니다. 천하 제후들과 함께 꾀하려면 조나라와 맹약을 맺는 것이 가장 좋습니다. 또한 회수 북쪽의 옛 송나라 땅은 초나라와 위나라가 탐내는 땅입니다. 조나라가 만약 이 일에 가담하기로 허락하고 네 나라가 동맹을 맺어 친다면 제나라를 깨뜨릴 수가 있을 것입니다'라고 말씀드렸습니다.

선왕께서는 신의 말을 옳다고 여기시고 부절을 마련해 신을 남쪽 조나라에 사신으로 보냈습니다. 임무를 완성하고 돌아와 보고한 뒤 군사를 일으켜 제나라를 공격했습니다.

하늘의 도움과 선왕의 신령에 힘입어서 황하 북쪽의 모든 지역이 선왕에게 복종했으므로 그곳 병사들을 제수 가에 모이도록 했습니다. 제수 가에 모인 군사는 명을 받들어 제나라를 공격하여 제나라 군사를 대패시켰습니다. 그리고 날랜 병사와 정예 군대가 멀리 적을 뒤쫓아 제나라의 수도 임치에 이르자 제나라 왕은 겨우 몸만 피해 거 땅으로 달아났습니다. 제나라의 주옥과 재물, 보배와 수레, 갑옷, 진기한 물건 등을 모두 거두어 연나라로 들여왔습니다. 제나라에서 가져온 기물을 연나라의 영대靈臺에 진열하고, 제나라의 큰 종은 연나라의 원영전元英殿에 전시하였으며, 제나라에게 빼앗겼던 옛 연나라의 정鼎은 연나라의 역실曆室로 되돌아왔으며, 연나라의 수도 계구薊丘에는 제나라 문수汶水 가에서 생산되는 대나무를 옮겨 심었습니다. 그리하여 오패 이래로 선왕보다 더 큰 공적을 세운 분은 없습니다.

선왕께서는 흡족하게 여기며 땅을 떼어 신에게 봉해 작은 나라의 제후와 비길 만한 지위로 만들어 주었습니다. 신은 책임을 감당할 수 있을지 잘 모르지만 왕의 명령을 받들고 가르침을 실천한다면 다행히 큰 허물은 없으리라고 생각해 명을 받고 사양하지를 않았던 것입니다.

신이 듣건대, 현명하고 어진 군주가 공을 세우면 그것이 무너지지 않기 때문에 역사에 이름이 남고, 선견지명이 있는 선비는 명성을 이룬 뒤에 그 명성을 허물어뜨리지 않기 때문에 후세까지 칭송을 받는다고 합니다. 선왕께서는 원수를 갚아 치욕을 씻고, 일만 대의 수레를 가진 강국 제나라를 무찔러 800년 동안 축적해 놓은 재화를 빼앗아 왔고, 세상을 떠나는 날까지도 가르침이 아직 시들지 않았습니다. 정사를 맡은 신하들이 그 법령을 준수하고, 적자와 서자를 신중히 지키게 하여 이를 하인들에게까지 미치게 한 것은 모두 후세에 교훈이 될 만합니다.

또 신은 듣건대, 일을 잘 꾸미는 사람이 반드시 완성을 잘하는 것은 아니고, 시작을 잘하는 사람이 끝을 잘 맺는 것은 아니라고 합니다. 옛날에 오자서의 의견이 오나라 왕 합려에게 받아들여져서 오나라 왕이 멀리 초나라의 수도 영 땅에까지 원정을 할 수 있었습니다. 그러나 그 아들 부차는 오자서의 의견이 그르다 하고 그를 죽여 그 시신을 말가죽 부대에 넣어 양자강에 띄웠습니다. 오나라 왕 부차는 선왕의 정책을 그대로 이어 가면 공을 이룰 수 있음을 깨닫지 못했기 때문에 오자서를 물에 빠뜨리고도 후회하지 않았습니다. 또 오자서도 군주의 도량이 똑같은 것이 아니라는 점을 빨리 깨닫지 못했기 때문에 자신의 몸이 강물에 던져지는 신세가 되도록 자신의 의견을 굽히지 않았던 것입니다.

그런데 신의 경우에는 재앙을 벗어나 공을 세워 선왕께서 남긴 공적을 분명하게 하는 것이 가장 좋은 일입니다. 신은 헐뜯음과 오욕의 비방을 받음으로써 선왕의 이름을 떨어뜨릴까 봐 가장 두렵습니다. 이미 연나라를 버리고 조나라로 가는 큰 죄를 지었는데, 또 연나라가 지친 틈을 타서 조나라를 위해 연나라를 쳐서 연나라에게 앞서 지은 죄를 요행으로 면해 보려는 것은 도의상 도저히 할 수 없는 일입니다.

신은 듣건대, 옛 군자는 사람과 관계를 끊더라도 그를 훼방하는 말은 입 밖에 내지 않으며, 충신은 그 나라를 떠나더라도 군주에게 허물을 돌리어 자신의 이름을 결백하게 만들지 않는다고 합니다. 신은 영리하지는 않지만 자주 군자의 가르침을 받았습니다. 다만 왕을 모시는 신하들이 주위 사람들의 말을 가까이하여 멀리 내쳐진 신의 행동을 살펴보시지 아니할까 두려워서 감히 글을 바쳐 회답을 하오니 왕께서는 헤아려 주시기를 바랄 뿐입니다."

그러자 연나라 왕은 악의의 아들인 악간樂間을 창국군에 봉했다. 악의는 연나라와 조나라 사이를 왕래하여 다시 연나라와 친해졌다. 연나라와 조나라는 모두 악의를 객경으로 삼았다. 악의는 조나라에서 죽었다.

악간이 연나라에 산 지 30여 년이 되었을 때 일이다. 연나라 왕 희喜는 재상인 율복栗腹의 계책을 써서 조나라를 치려고 창국군 악간에게 의견을 물었다. 악간은 이렇게 답했다.

"조나라는 사방의 적과 싸워 온 나라입니다. 조나라 백성들은 전투에 익숙하니 그들을 정벌하는 것은 옳지 않습니다."

그러나 연나라 왕은 이 말을 듣지 않고 조나라를 쳤다. 조나라는 염파로 하여금 연나라의 군대를 공격하게 하여 호部 땅에서 율복의 군대를 대파시켰고 율복과 악승樂乘을 사로잡았다. 악승은 악간의 집안사람이므로 악간은 조나라로 달아났다. 조나라는 마침내 연나라를 포위했다. 연나라는 이에 많은 땅을 떼어 주고 조나라와 강화를 맺었다. 조나라는 그제야 포위를 풀고 돌아갔다.

연나라 왕은 악간의 말을 듣지 않은 것을 후회했지만 악간은 이미 조나라에 있었다. 왕은 악간에게 편지를 보냈다.

"은나라 주왕 때에 기자箕子는 자신의 말을 들어주지 않는다 해도 왕의 뜻을 거스르면서까지 간하기를 게을리하지 않고 왕이 자신의 말을 들어주기를 갈구했소. 상용商容도 간언했으나 자기 뜻을 전달하지 못하고 몸까지 치욕을 당했으나 주왕이 마음을 바꾸기를 바랐소. 그러다가 백성들의 마음이 떠나고 죄수들이 마음대로 옥문을 나서는 데까지 이르자 그 두 사람은 물러나 은거했소. 그 까닭에 주왕은 포악하다는 이름을 얻었음에도 두 사람은 충성스럽고 성스럽다는 명예를 잃지 않았던 것이오. 그 이유는 무엇이겠소? 두 사람은 나라를 근심하는 정성을 다했기 때문이오. 지금 과인은 비록 어리석지만 주왕처럼 포악하지는 않소. 그리고 연나라 백성도 비록 문란하기는 하지만 은나라 백성처럼 심하지는 않은 것 같소. 집안에서 말다툼을 했다고 각자의 노력을 해 보지도 아니하고 그 이웃 사람에게 불평을 늘어놓는 격이니 그대가 과인에게 간하지 않고 또 이웃 나라인 조나라로 달아난 두 가지 일은 그대를 위해 잘한 일이라 할 수 없소."

그러나 악간과 악승은 연나라가 자신들의 계책을 들어주지 않은 것을 원망하며 계속 조나라에 머물고 말았다. 조나라는 악승을 무양군武襄君에 봉했다. 그다음 해에 악승과 염파는 조나라를 위하여 연나라를 포위했다. 연나라는 후한 예물로써 강화를 하고자 했으므로 조나라는 포위를 풀었다. 그로부터 5년 뒤에 조나라의 효성왕이 죽었다. 조나라 양왕은 염파 대신 악승을 장군으로 삼았으나 염파가 이에 따르지 않고 악승을 쳤다. 악승은 싸움에 져서 달아나고 염파는 위나라로 망명했다. 그로부터 16년 뒤에 진나라가 조나라를 멸망시켰다.

그로부터 20년이 지난 뒤 고제高帝가 조나라의 옛 땅을 지나면서 이렇게 물었다.

"악의의 후손이 남아 있는가?"

"악숙樂叔이라는 이가 있습니다."

고제는 악숙을 악경樂卿에 봉하고 화성군華城君이라 불렀다. 화성군은 악의의 손자다. 그 밖에 악씨의 집안사람으로는 악하공樂瑕公과 악신공樂臣公이 있는데, 조나라가 진나라에 멸망당할 무렵 그들은 제나라의 고밀高密 땅으로 망명했다. 악신공은 황제黃帝와 노자老子의 학문에 정통하여 제나라에서 이름이 높았고 현명한 스승으로 일컬어졌다.

태사공은 이렇게 말한다.

"일찍이 제나라의 괴통蒯通과 주보언主父偃은 악의가 연나라 왕에게 올리는 글인 '보연왕서報燕王書'를 읽을 때마다 책을 덮고 울지 아니한 적이 없었다고 한다. 악신공은 황제와 노자에 대하여 공부했다. 그의 원래 스승은 하상장인河上丈人이라고 불리는 사람으로, 그의 내력은 알 수가 없다. 하상장인은 안기생安期生을 가르쳤고, 안기생은 모흡공毛翕公을 가르쳤고, 모흡공은 악하공을 가르쳤으며, 악하공은 악신공을 가르쳤고, 악신공은 갑공蓋公을 가르쳤다. 그리고 갑공은 제나라의 고밀, 교서膠西 일대에서 그 학문을 전수해 조상국曹相國의 스승이 되었다."

연나라 소왕을 도와 제나라를 정벌했던 악의는 그가 세운 공적에도 불구하고 위나라에서 태어나 조나라에서 벼슬을, 다시 위나라를 거쳐 연나라로 갔기에 지조 없다는 평가를 받는다. 하지만 그는 연나라 소왕이 자신을 능력을 알아보았기에 그를 위해 일했다. 소왕의 아들인 혜왕이 그를 내치자 생명의 위협을 느낀 그는 능력을 인정받지 못해 떠났을 뿐이다. 뒤늦게 제나라의 기습에 당한 연나라는 그제야 악의를 떠나보낸 것을 후회하고 밀서를 보내 그의 마음을 돌리려 했지만 악의는 거절했다. 악의는 오자서가 오왕 협려에게는 중용을 받았지만 그의 아들 부차에게는 도리어 죽임당하는 것을 보면서 이는 모두 군주의 도량이 똑같지 않음을 깨닫지 못했기 때문이라며 연나라 혜왕의 제의를 거절했다. 악의가 썼던 거절의 편지가 바로 '보연왕서'인데, 이는 고전중국어 독본에 빠짐없이 등장하는 명문으로 제갈량의 '출사표'와 비교할 만하다.

四.
회음후 열전

회음후淮陰候 한신韓信은 회음 사람이다. 벼슬을 하기 전에는 가난한 데다 행실이 좋지 못했으므로 추천 받아 관리도 될 수 없었고, 장사를 해 생계를 꾸릴 능력도 없어 언제나 남에게 빌붙어 먹고 사니, 그를 싫어하는 사람들이 많았다. 그중에서도 회음의 속현인 하향下鄕의 남창南昌 정장亭長의 집에서 여러 번 얻어먹은 적이 있었다. 몇 달이 지나자 정장의 아내가 한신을 귀찮게 여겨, 새벽에 일찍 밥을 지어 이불 속에서 먹어 버렸다. 밥 먹을 시간에 한신이 가도 밥을 차려 주지 않았다. 한신도 그 속셈을 알아차리고 화가 나서 절교하고는 떠나 버렸다.

한신이 회음성 아래에서 낚시질을 하고 있었을 때였다. 여러 아낙네들이 빨래를 하고 있었는데, 그 가운데 한 아낙이 한신이 굶주린 것을 보고 그에게 밥을 주었다. 그 아낙은 빨래를 마칠 때까지 수십일 동안이나 그렇게 했다. 한신은 고마워서 아낙에게 이렇게 말했다.

"내 반드시 당신의 은혜를 갚겠소."

그러자 아낙은 화를 내며 말했다.

"대장부가 제 몸 하나 건사하지 못하기에 내가 가엾게 여겨 밥을 주었을 뿐인데, 어찌 보상을 바라겠소?"

회음 백성들 가운데 한신을 업신여기는 젊은이가 있었는데, 그가 이렇게 한신을 놀렸다.

"네놈이 키는 커서 칼 차기는 좋아하나 보지만, 속은 겁쟁이일 것이다."

그러고는 여러 사람 앞에서 한신을 모욕하며 말했다.

"한신, 이놈아! 용기가 있다면 나를 칼로 찌르고, 용기가 없다면 내 가랑이 사이로 기어가거라."

한신이 그를 한참 동안 바라보다가, 머리를 숙이고 가랑이 밑으로 기어갔다. 시장 바닥에 있던 모든 사람이 한신을 겁쟁이라고 비웃었다.

항량이 회수를 건너오자 한신은 칼 한 자루에 의지해 그의 밑으로 들어갔지만, 이름은 알려지지 않았다. 항량이 패하자 이번에는 항우 밑으로 들어갔다. 항우는 그를 낭중郞中으로 삼았다. 한신이 여러 차례 항우에게 계책을 올렸지만, 항우는 받아들이지 않았다.

한나라 왕 유방이 촉蜀에 들어오자, 한신은 초나라에서 도망쳐 한나라로 갔다. 그러나 아직 이름이 알려지지 않았으므로, 연오(連放. 곡식창고를 관리하는 직책)라는 보잘것없는 벼슬을 받았다. 그러다 어느 날 법을 어겨 목을 베이는 형벌을 받게 되었는데, 같은 죄를 지은 무리 열세 명이 이미 목을 베이고 한신의 차례가 되었다. 한신이 고개를 들어 하늘을 쳐다보다가, 마침 등공騰公 하후영夏侯嬰과 눈이 마주쳤다. 한신이 말했다.

"주상께서는 천하를 차지하려고 하시지 않으십니까? 그런데 어째서 장사를 죽이려 하십니까?"

등공이 그의 말을 기특하게 여기고 그를 풀어 주었다. 그리고 한신과 함께 이야기를 나누어 보더니 그를 매우 좋아하여 한나라 왕에게 그에 대해 말했다. 한나라 왕은 그를 치속도위(治粟都尉. 식량과 말 먹이를 관리하는 군관)로 삼았으나 그를 비범하게 여기지는 않았다.

한신은 소하蕭何와 자주 이야기를 나누었는데 소하는 그가 뛰어난 인물임을 알아보았다. 한나라 왕이 한중漢中 땅을 영토로 받고 남정南鄭까지 오는데, 달아난 장군이 수십 명이나 되었다. 한신도 소하 등이 이미 주상에게 여러 번 자신을 추천했지만 주상이 자신을 등용하지 않는다고 생각하고 달아났다. 소하는 한신이 달아났다는 말을 듣고 그 사실을 한나라 왕에게 보고할 겨를도 없이 스스로 그를 뒤쫓았다. 어떤 사람이 한나라 왕에게 말했다.

"승상 소하가 달아났습니다."

한나라 왕은 크게 화내며, 마치 양손을 잃어버린 것처럼 실망했다. 며칠 뒤에 소하가 와서 한나라 왕을 만나자 한나라 왕은 노여움과 기쁨이 뒤섞여 소하를 꾸짖었다.

"그대는 어째서 도망쳤소?"

소하가 대답했다.

"신은 달아난 것이 아니라 달아난 자를 뒤쫓아 간 것입니다."

"그대가 뒤쫓아 간 자가 누구요?"

"한신입니다."

한나라 왕이 다시 꾸짖었다.

"여러 장수 가운데 달아난 자가 몇십 명이나 되었지만, 공이 뒤쫓아 간 적은 없었소. 그러니 한신을 뒤쫓아 갔다는 말은 분명 거짓이오."

"보통의 장수들은 얻기 쉽습니다. 그러나 한신 같은 자는 나라 안에 다시없는 인물입니다. 왕께서 한중의 왕으로만 만족하신다면, 한신을 가지고 문제 삼을 필요는 없습니다.

그러나 반드시 천하를 다투려고 한다면, 한신 말고는 함께 일을 의논할 사람이 없습니다. 왕의 생각이 어느 쪽에 달려 있는가의 문제입니다."

"나도 또한 동쪽으로 가고자 할 뿐이오. 어찌 마음 답답하게 여기에만 머물러 있겠소?"

"왕께서 반드시 동쪽으로 가실 계획이라면, 한신을 잘 쓰십시오. 그러면 한신도 머무를 것입니다. 쓰시지 않는다면 한신은 끝내 달아날 뿐입니다."

"내가 공을 위해 그를 장군으로 삼겠소."

"그런다 하더라도 한신은 남아 있지 않을 것입니다."

"그러면 대장으로 삼겠소."

"정말 다행한 일입니다."

한나라 왕이 한신을 불러서 대장으로 삼으려고 했다. 그러자 소하가 말렸다.

"왕께서는 본래 오만하고 예를 모르십니다. 지금 대장을 임명하시면서 어린아이를 부르는 것처럼 하시니, 바로 이 때문에 한신이 달아나려고 하는 것입니다. 왕께서 정말 그를 대장으로 임명하려고 한다면, 좋은 날을 가려 목욕재계하고, 광장에 단을 설치해 예를 갖추셔야 합니다."

한나라 왕이 그렇게 하겠다고 했다. 여러 장수들은 모두 기뻐하며 제각기 자신이 대장이 될 것이라고 했다. 그런데 막상 한신이 대장으로 임명되자 모두 놀랐다.

한신이 예를 마치고 자리에 올라가자 한나라 왕이 말했다.

"승상이 자주 장군의 이야기를 했소. 장군은 무엇을 가지고 과인에게 계책을 가르치겠소?"

한신이 감사하다고 인사하고 한나라 왕에게 물었다.

"지금 동쪽을 향해 천하의 대권을 함께 다툴 상대자는 항왕이 아니겠습니까?"

"그렇소."

"대왕께서 스스로 생각하기에, 용감하고 사납고 어질고 굳세기가 항왕과 견주어 누가 더 낫다고 생각하십니까?"

한나라 왕이 한참 동안 잠자코 있다가 말했다.

"내가 항왕만 못하오."

한신이 두 번 절하고 치하하며 말했다.

"네, 그렇습니다. 신 또한 대왕께서 그만 못하다고 생각합니다. 그러나 신은 일찍이 그를 섬겼기에, 항왕의 사람됨을 말씀드려 보겠습니다. 항왕이 성내어 큰소리로 꾸짖으면 천명의 사람이라도 모두 꿇어 엎드릴 지경입니다만, 어진 장수를 믿고서 병권을 맡기지 못하니 이것은 그저 필부의 용기에 불과할 뿐입니다.

항왕이 사람을 대하는 태도는 공경스럽고 자애로우며, 말씨도 부드럽습니다. 누가 병에 걸리면 눈물을 흘리며 음식을 나누어 줍니다. 그러나 자기가 부리는 사람이 공을 이루어 마땅히 봉작을 주어야 할 경우가 되면, 그 인장이 다 닳아 망가질 때까지 망설이며 선뜻 내주지를 못합니다. 이것은 이른바 아낙네의 인仁일 뿐입니다.

항왕이 비록 천하의 패자가 되어 여러 제후를 신하로 삼았지만, 관중關中에 머무르지 않고 팽성에 도읍을 정했습니다. 또 의제義帝와의 약속을 저버리고 자기가 친애하는 정도에 따라 제후들을 왕으로 삼은 것은 공정치 못한 일입니다. 제후들은 항왕이 의제를 옮겨 강남으로 내쫓는 것을 보고, 모두 자기 나라로 돌아가서 그 임금을 쫓아내고 자신이 좋은 땅의 왕이 되었습니다. 항왕의 군대가 지나간 곳이라면 학살과 파괴가 없는 곳이 없어, 천하의 많은 사람이 그를 원망하고 백성들은 가깝게 따르지 않습니다. 다만 그의 강한 위세에 위협당하고 있을 뿐입니다. 그러니 항왕이 비록 패자라고 불리지만, 사실은 천하의 민심을 잃은 것입니다. 그렇기 때문에 그 위세는 약해지기 쉽습니다.

지금 대왕께서 항왕의 정책과는 반대로 천하의 용맹한 자들에게 믿고 맡긴다면, 멸하지 못할 적이 어디 있겠습니까? 천하의 성읍을 공신들에게 봉한다면 심복하지 않을 신하가 어디 있겠습니까? 정의를 내세운 군사를 거느리고 동쪽으로 돌아가고 싶어 하는 병사를 따른다면 흩어져 달아나지 않을 적이 어디 있겠습니까?

삼진三秦의 왕들은 본래 진나라의 장군이었습니다. 그들이 진나라의 자제들을 거느린 여러 해 동안 죽고 도망친 사람의 수를 다 헤아릴 수가 없습니다. 그러고도 휘하의 병사들을 속여 제후에게 항복하게 하고 신안新安으로 왔는데, 항왕이 진나라에서 항복해 온 병졸 20여만 명을 속여서 구덩이에 묻어 죽였습니다. 이때 오직 장한, 사마흔, 동예만이 죽음을 벗어났습니다. 그래서 진나라의 부모형제들은 이 세 사람을 원망해 그 원한이 뼛속에 사무쳐 있습니다. 지금 초나라가 위력으로 이 세 사람을 왕으로 삼았습니다만, 진나라 백성 가운데 그들에게 애정을 가진 사람은 없습니다. 그런데 대왕께서는 무관에 들어가서서 터럭만큼도 백성들을 해치는 일이 없었으며, 진나라의 가혹한 법을 폐지하고 진나라 백성들에게 삼장三章의 법만을 두겠다고 약속했습니다. 그래서 진나라 백성 가운데는 왕께서 진나라의 임금이 되는 것을 바라지 않는 자가 없습니다.

제후들끼리 먼저 관중에 들어간 자가 왕이 된다고 약속한 만큼, 왕이 마땅히 관중의 왕이 되셔야 합니다. 관중의 백성들도 이 사실을 다 알고 있습니다. 왕께서 항왕 때문에 정당한 직책을 잃고 한중으로 들어가자, 관중의 백성 가운데 원망하지 않는 자가 없었습니다. 이제 왕께서 군사를 이끌고 동쪽으로 쳐들어가신다면, 저 삼진의 땅은 격문 한 장으로도 평정될 것입니다."

한나라 왕이 이 말을 듣고 매우 기뻐하며 한신을 너무 늦게 얻었다고 생각할 정도였다. 마침내 그의 계책을 듣고 여러 장군이 공격할 곳을 나누어 정했다.

한나라 원년 8월에 한나라 왕이 군대를 동원하여 동쪽 진창陳倉에 진출해 삼진을 평정했다. 한나라 2년에 함곡관을 나와서 위나라의 황하 이남의 땅을 점령했다. 한나라와 은나라 왕도 모두 항복했다. 제나라와 조나라의 군대와 연합해 초나라를 공격했다. 4월에 팽성까지 이르렀지만 한나라 군대가 패하자 모두 흩어져 퇴각했다. 한신이 다시 병사를 모아 한나라 왕과 형양에서 합류해, 초나라 군대를 경수와 삭수 사이에서 격파했다. 이리하여 초나라 군대는 더 이상 서쪽으로 나아갈 수가 없게 되었다.

한나라 군대가 팽성에서 패해 물러나자 새왕塞王 사마흔과 적왕翟王 동예가 한나라에서 도망 나와 초나라에 항복했다. 제나라와 조나라도 한나라를 배반하고 초나라와 화친했다. 6월에는 위나라 왕 표豹가 한나라 왕에게 배알하고 부모의 병을 돌본다는 핑계로 휴가를 얻어 고향으로 돌아가더니 그 나라에 이르자 곧장 하관河關을 폐쇄하고 한나라를 배반해 초나라와 화친 조약을 맺었다. 한나라 왕이 역생酈生을 시켜 위나라 왕을 달랬지만, 그는 뜻을 굽히지 않았다.

한나라 왕이 그해 8월에 한신을 좌승상으로 삼아 위나라를 공격했다. 위나라 왕은 포판에 군비를 강화하고, 임진으로 통하는 물길을 막았다. 한신은 대군을 거느린 것처럼 위장해, 배를 줄지어 임진에서 황하를 건너려는 것처럼 꾸몄다. 그러나 실은 하양에서 나무로 만든 통에 군사를 태워 황하를 건너게 하여 위나라의 도성인 안읍을 습격했다. 위나라 왕이 놀라 군사를 이끌고 한신을 맞아 싸웠지만, 한신은 그를 사로잡아 위나라를 평정하고, 한나라의 하동군으로 만들었다.

한나라 왕은 장이張耳를 파견해, 한신과 함께 병사를 이끌고 동북으로 진격해 조나라와 대代나라를 치게 했다. 윤년 9월에 그들은 대나라 군대를 격파하고, 알여閼與에서 대나라 재상 하열夏說을 사로잡았다. 한신이 위나라를 항복시키고 대나라를 격파하자, 한나라 왕이 사자를 보내 그의 정병을 이끌고 형양으로 가서 초나라 군대를 막게 했다.

한신은 장이와 함께 병사 수만 명을 이끌고 동쪽으로 진격해 정형에서 내려와 조나라를 치려고 했다. 조나라 왕과 성안군成安君 진여陳餘는 한나라 군대가 장차 습격할 것이란 보고를 듣고 병사를 정형 어귀에 집결시켰는데, 그 수가 20만이나 되었다. 광무군廣武君 이좌거李左車가 성안군에게 말했다.

"들리는 바로 한나라 장군 한신이 서하를 건너 위나라 왕 표를 사로잡고, 하열을 사로잡아, 알여를 피로 물들였다고 합니다. 이번엔 장이의 보좌를 받아 우리 조나라를 항복시키려고 의논하고 있다니, 승세를 타고 고국을 떠나 멀리서 싸우는 그들의 예봉을 막아내기가 어려울 것입니다. 신이 들기로는 '천리 밖에서 군량미를 보내면 운송이 곤란해 병사들에게 주린 빛이 돌고, 땔나무를 하고 풀을 베어 밥을 지을 수 있게 되면 군사들이 저녁밥을 배불리 먹어도 아침까지 가지 못한다'라고 합니다. 지금 정형으로 가는 길이 좁아서 두 대의 수레가 함께 지나갈 수 없으며, 기병도 줄을 지어 갈 수가 없습니다. 이러한 길이 수백 리나 되기 때문에, 그 형세로 보아 군량미를 나르는 수레는 반드시 그 뒤쪽에 있을 것입니다. 신에게 기습병 3만 명만 빌려 주신다면, 지름길로 가서 그들의 군량미 수송대를 끊어 놓겠습니다. 군께서는 물길을 깊이 파고 성벽을 높이 쌓고 진영을 굳게 지켜 한나라 군대와는 맞서 싸우지 마십시오. 이렇게 하면 적군은 전진해서 싸울 수가 없으며, 후퇴하고 싶어도 돌아갈 수가 없습니다. 그때 우리 기습병이 적의 뒤쪽을 끊고 들판에서 적이 약탈할 만한 식량을 치워 버리면, 열흘도 못 돼서 적의 두 장군 한신과 장이의 머리를 휘하에 바칠 수 있습니다. 군께서는 신의 계책에 유의해 주십시오. 이렇게 하지 않는다면 반드시 적의 두 장군에게 사로잡힐 것입니다."

성안군은 유자儒者여서 언제나 정의의 군대라고 일컬으면서 속임수를 쓰지 않았다. 그는 이렇게 말했다.

"내가 들으니 병법에 병력이 열 배가 되면 적을 포위하고,

두 배가 되면 싸우라고 했소. 지금 한신의 병력이 수만이라고 하지만, 실제로는 수천에 지나지 않소. 게다가 천 리 먼 곳에서 와서 우리를 치는 것이니, 벌써 아주 지쳤을 것이오. 지금 이런 적을 피하고 치지 않는다면, 나중에 대군이 쳐들어올 때에 어찌 맞서 싸우겠소? 그렇게 되면 제후들이 우리를 비겁하게 여기고 함부로 덤벼들어 칠 것이오."

그러고는 광무군의 계책을 듣지 않았다.

한신은 첩자를 보내 그 계책이 채용되지 않은 것을 알고는 매우 기뻐하며, 군대를 이끌고 드디어 정형을 향해 내려갔다. 정형 어귀에서 30리 떨어진 곳에 멈춰 야영하고, 그날 밤에 군령을 전해 가볍게 무장한 기병 2천 명을 선발한 후 사람마다 붉은 깃발 한 개씩을 가지고 들어가 지름길로 해서 산속에 숨어 엎드려 조나라 군대를 바라보게 했다. 그러고는 이렇게 명령했다.

"조나라 군대는 우리가 달아나는 것을 보면 반드시 성벽을 비워 놓고 우리를 쫓아올 것이다. 너희들은 그 사이에 빨리 조나라 성벽으로 들어가서 조나라 깃발을 뽑아 버리고 한나라의 붉은 깃발을 세우라."

그리고 비장을 시켜서 가벼운 음식을 모든 군사에게 나누어 주면서 이렇게 말하게 했다.

"오늘 조나라 군대를 격파한 뒤에 모여 실컷 먹자."

장수들은 대부분 그 말을 믿지 않았지만, 그래도 건성으로 그렇게 하겠다고 대답했다. 한신은 군리軍吏에게도 이렇게 말했다.

"조나라 군대는 우리보다 먼저 편리한 지점을 골라서 성벽을 구축했다. 또 저들은 우리 대장의 깃발과 북을 보기 전에는 우리의 선봉을 공격하려고 하지 않을 것이다. 왜냐하면 우리가 좁고 험한 곳에 부딪쳐 돌아가 버릴까 봐 두려워하기 때문이다."

그래서 한신은 군사 만 명을 먼저 가도록 하고, 정형 어귀로 나가서 물을 등지고 배수진을 치게 했다. 조나라 군대는 이것을 보고 병법을 모른다며 크게 비웃었다.

새벽이 되자 한신이 대장의 깃발을 세우고 진을 치면서 정형 어귀로 나갔다. 조나라 군대가 성벽을 열고 그들을 공격하여 한참 동안 크게 싸웠다. 한신과 장이가 거짓으로 북과 깃발을 버리고 강가의 진으로 달아나자, 강가의 진에서는 문을 열어 그들을 들어오게 했다. 그러고는 다시 치열하게 싸웠다. 조나라 군대는 과연 성벽을 비워 놓고 한나라의 북과 깃발을 빼앗으려고 한신과 장이를 뒤쫓아 왔다. 그러나 한신과 장이가 이미 강가의 진으로 들어간 후에는 한나라 군대가 죽기를 각오하고 싸웠으므로 깨뜨릴 수가 없었다. 한신이 앞서 보냈던 기습병 2천 명은 조나라 군대가 성벽을 비우고 전리품을 쫓는 틈을 엿보아 곧 조나라 성벽 안으로 달려 들어갔다. 그들은 조나라 깃발을 다 뽑아 버리고, 한나라의 붉은 깃발 2천 개를 세워 놓았다. 조나라 군대는 이기지도 못하고 한신 등을 사로잡을 수도 없었으므로 성벽으로 돌아가려고 했다. 그러나 조나라의 성벽에는 모두 한나라의 붉은 깃발만 세워져 있었다. 매우 놀란 조나라 군대는 한나라 군대가 이미 조나라 왕의 장군들을 다 사로잡았을 것이라고 생각하여 어지럽게 달아났다. 조나라 장군들이 달아나는 군사를 베어 죽이면서 막으려고 했지만, 막을 수가 없었다. 이에 한나라 군대가 앞뒤에서 협공해 조나라 군대를 크게 깨뜨리고 병사들을 사로잡았다. 성안군을 지수泜水 부근에서 베고, 조나라 왕 헐歇을 사로잡았다.

이때 한신이 군중에 명령을 내렸다.

"광무군을 죽이지 말라. 그를 사로잡는 자가 있으면 1천 금으로 사겠다."

그러자 광무군을 결박해 휘하로 끌고 오는 자가 있었다. 한신이 광무군의 포승을 풀어 주고 동쪽을 보고 앉게 한 뒤, 자신은 서쪽을 향해 마주 보며 광무군을 스승으로 섬겼다.

여러 장수들이 적의 머리와 포로를 바치며 축하하고는 한신에게 물었다.

"병법에는 산과 언덕을 오른쪽으로 등지고, 물과 못을 앞으로 해 왼쪽에 두라고 했습니다. 그런데 이번에 장군께서는 저희들에게 도리어 물을 등지고 배수진을 치라고 명하고는, 조나라 군대를 깨뜨린 뒤에 모여서 실컷 먹자고 했습니다. 그래서 저희들은 마음속으로 받아들이지 않았습니다. 그런데 마침내 이겼습니다. 이것은 무슨 전술입니까?"

한신이 말했다.

"이것도 병법에 있는데 여러분이 살펴보지 않았을 뿐이다. 병법에 이런 말이 있지 않던가? '죽을 땅에 빠뜨린 뒤에라야 살게 할 수 있으며, 망할 땅에 둔 뒤에라야 생존하게 할 수 있다'라고. 또 내가 평소부터 사대부들을 길들여 따르게 하는 것이 아니라, 평소 아무런 훈련도 받지 않았던 시장바닥의 사람들을 몰아다가 싸우게 한 것이다. 그들을 죽을 땅에 두어서 사람마다 자신을 위해 싸우도록 만들지 않고,

이제 그들에게 살아남을 수 있는 땅을 준다면 모두 달아났을 것이니 어떻게 적을 이길 수 있었겠는가?"

여러 장수들이 다 탄복해 말했다.

"훌륭하십니다. 저희들이 미처 따를 수가 없는 일입니다."

그런 뒤 한신이 광무군에게 물었다.

"내가 북쪽으로 연나라를 치고 동쪽으로 제나라를 치려는데, 어떻게 하면 공을 세우겠습니까?"

광무군이 사양하며 말했다.

"신이 들으니 패장은 용기에 대해 말할 수 없으며, 망한 나라의 대부는 나라를 존속시킬 일을 도모할 수 없다고 합니다. 지금 신은 싸움에서 진 포로인데 어찌 대사를 의논할 수 있겠습니까?"

한신이 말했다.

"내가 들으니 백리해가 우虞나라에 있었지만 우나라는 망했고, 진나라에 있을 때엔 진나라가 패자가 되었다고 합니다. 백리해가 우나라에 있을 때엔 어리석었다가 진나라에 있을 때엔 슬기로워졌기 때문이 아닙니다. 그 임금이 그를 등용했는지 등용하지 않았는지, 또는 그의 계책을 들었는지 듣지 않았는지에 원인이 있을 뿐입니다. 만약 성안군이 공의 계책을 들었다면, 나 같은 자는 벌써 포로가 되었을 것입니다. 성안군이 공을 쓰지 않았기 때문에 내가 공을 모실 수 있게 되었을 뿐입니다."

그러면서 한신은 애써 그의 가르침을 구했다.

"내가 마음을 다해 공의 계책을 따르겠습니다. 공은 사양하지 마십시오."

광무군이 말했다.

"신이 들으니 슬기로운 사람도 1천 번 생각하면 반드시 한 번은 실수가 있고, 어리석은 사람도 1천 번 생각하면 반드시 한 번은 얻음이 있다고 합니다. 그래서 미치광이의 말도 성인은 가려서 듣는다고 했습니다. 신의 계책이 반드시 채용될 만한 것은 못 되지만, 그래도 충심으로 아뢰겠습니다. 저 성안군은 백 번 싸워서 백 번 이길 계책이 있었으면서도, 한 번의 실수로 그 군대가 호의 성 밑에서 격파되고 자신은 지수 부근에서 죽었습니다. 지금 장군께서는 서하를 건너 위나라 왕을 사로잡았으며, 하열을 알여에서 사로잡았습니다. 또한 단번에 정형으로 내려와 하루아침에 조나라 20만 대군을 깨뜨리고 성안군을 베어 죽였습니다. 그 이름이 온 나라에 들리고 그 위엄은 천하에 떨쳤습니다. 농부들도 나라의 앞날이 머지않다고 생각해 농사를 그치고 쟁기를 내버린 채, 아름다운 옷에 맛있는 음식을 먹으면서 장군의 명령을 귀 기울여 기다리지 않는 자가 없습니다. 이러한 상황은 장군에게 유리한 점입니다. 그러나 백성들은 피로하고 병졸들은 지쳐서 실은 쓰기가 어렵습니다. 그런데도 지금 장군께서는 싸움에 지친 군대를 몰아서 갑자기 연나라의 견고한 성 아래로 쳐들어가려 합니다. 싸우려고 해도 아마 시일이 오래 걸려 힘으로 함락시킬 수 없을 것입니다. 오히려 우리 군대의 피폐한 실정을 드러내고 기세가 꺾인 채로 시일만 오래 끌다가 군량미가 다 떨어질 것입니다. 그러다가 약한 연나라조차 항복하지 않게 되면 제나라는 반드시 국경의 방비를 갖추고 자기 나라를 강화시킬 것입니다. 그렇게 되어 연나라와 제나라가 서로 의지해 항복하지 않는다면, 유씨劉氏와 항씨項氏의 권력 쟁탈은 그 승부가 분명해지지 않을 것입니다. 이러한 상황은 장군에게 불리한 점입니다. 신의 어리석은 생각으로는 연나라와 제나라를 치는 것은 잘못이라고 봅니다. 그러므로 용병을 잘하는 자는 이쪽의 단점을 가지고 적의 장점을 치는 것이 아니라, 이쪽의 장점을 가지고 적의 단점을 칩니다."

"그렇다면 어떠한 계책을 써야 할까요?"

광무군이 대답했다.

"지금 장군을 위한 계책으로는 싸움을 멈추고 군대를 쉬게 하며, 조나라의 백성을 안정시키고 전쟁고아들을 어루만지고, 백 리 안의 땅에서 소고기와 술로 날마다 잔치를 벌여 사대부들을 대접하고 군사들에게 술을 먹인 뒤에 그들의 사기를 북돋워 북쪽으로 연나라를 치는 것이 가장 좋겠습니다. 그런 뒤에 변사를 시켜 편지를 받들고 가서 장군의 장점을 연나라에 알린다면, 연나라가 감히 복종하지 않을 수 없습니다. 연나라가 복종하게 되면 변사를 동쪽으로 보내 연나라가 복종했다는 사실을 제나라에 알리게 하십시오. 그러면 제나라는 바람에 휩쓸리듯 따라서 복종할 것입니다. 비록 슬기로운 자가 있더라도 제나라를 위한 계책을 낼 수 없을 것입니다. 이렇게만 한다면 천하의 일을 다 도모할 수 있습니다. 용병에서 본래 큰소리를 먼저 치고 실전은 나중에 한다는 것은 바로 이런 경우를 말하는 것입니다."

"좋습니다."

한신은 이렇게 말하고 그의 계책을 따랐다. 사자를 연나라에 보내자 연나라는 바람에 쓰러지듯 복종했다. 또한 한신은 사자를 보내 한나라 왕에게 아뢰고, 이 기회에 장이를 세워 조나라 왕으로 삼아 그 나라를 어루만지기를 청했다. 한나라 왕이 그 청을 허락하고, 장이를 세워 조나라 왕으로 삼았다.

초나라는 여러 차례 기습병을 보내, 황하를 건너서 조나라를 치게 했다. 조나라 왕 장이와 한신은 여기저기 쫓아다니며 조나라를 구원했다. 가는 곳마다 조나라 성읍을 평정했으며, 병사를 징발해 한나라로 보냈다.

초나라가 갑자기 한나라 왕을 형양에서 포위했다. 한나라 왕이 남쪽으로 달아나다가 원宛과 섭葉 사이에서 경포를 만나 성고成皐로 함께 들어갔다. 그러자 초나라가 또다시 그곳을 급히 포위했다. 6월에 한나라 왕이 성고를 나와, 동쪽으로 황하를 건너 등공만을 데리고 수무脩武에 있는 장이의 군대에 몸을 맡기려고 찾아갔다. 수무에 이르자 역사驛舍에서 잠자고는, 새벽에 자신을 한나라 사자라고 칭하면서 말을 달려 조나라 성벽 안으로 들어갔다.

장이와 한신은 아직 일어나지 않았는데 한나라 왕이 그들의 침실로 들어가 그들의 인부印付를 빼앗고는, 여러 장군들을 소집해 그들의 배치를 바꾸어 놓았다. 한신과 장이가 일어나 한나라 왕이 와 있는 것을 알고는 매우 놀랐다. 한나라 왕은 두 사람의 군대를 빼앗고는 장이를 시켜 조나라 땅을 지키게 하고, 한신을 상국으로 임명했다. 그러고는 조나라 병사 가운데 아직도 징발하지 않은 자를 거두어 제나라를 치게 했다.

한신이 군대를 이끌고 동쪽으로 진격해 아직 평원진을 건너기 전에, 한나라 왕이 역생을 시켜서 이미 제나라를 달래 항복 받았다는 소문이 들려왔다. 그래서 한신은 제나라 치는 일을 멈추려고 했다. 이때 범양范陽의 변사 괴통蒯通이 한신을 설득하며 이렇게 말했다.

"장군이 조책을 받고 제나라를 공격하려는데, 한나라 왕이 독단으로 밀사를 보내 제나라를 항복시켰습니다. 그러나 장군에게 공격을 중지하라는 조서가 어디 있었습니까? 그러니 어찌 진격하지 않을 수 있겠습니까? 게다가 역생은 한낱 변사일 뿐인데도 수레 앞의 가로나무에 기대어 세 치 혀를 놀려서 제나라 70여 성의 항복을 받았습니다. 그러나 장군께서는 수만 군대를 거느리고 한 해가 넘도록 겨우 조나라의 50여 성의 항복을 받았을 뿐입니다. 장군이 되신 지 벌써 여러 해가 되었는데, 보잘것없는 한낱 선비의 공보다도 못하단 말입니까?"

이 말을 듣고 한신도 옳다고 생각했다. 제나라를 치라는 그의 계책에 따라 드디어 황하를 건넜다. 제나라는 이미 역생의 말을 듣고 그를 머물게 한 뒤에 술잔치를 벌여, 한나라에 대한 방비를 하지 않고 있었다. 한신이 이 틈을 타서 역하歷下에 있던 제나라 군대를 습격하고, 드디어 수도인 임치에 이르렀다. 제나라 왕 전광田廣은 역생이 자기를 속였다고 생각해 그를 삶아 죽이고 고밀高密로 달아났다. 그리고 그곳에서 초나라에 사자를 보내 구원을 청했다. 한신은 임치를 평정한 뒤에 동쪽으로 전광을 추격해, 고밀 서쪽에 이르렀다. 초나라도 용저龍且를 장군으로 삼아 20만 대군을 이끌고 제나라를 구하게 했다.

제나라 왕 전광과 용저가 군사를 합쳐 한신과 싸우려는데, 싸움이 벌어지기 전에 어떤 사람이 용저를 이렇게 설득했다.

"한나라 군대는 멀리서 싸우러 왔으니 있는 힘을 다해서 싸울 것입니다. 그렇게 되면 그 예봉을 막아내기가 어렵습니다. 제나라와 초나라 군대는 자기 나라 땅에서 싸우기 때문에 병사들이 패해 흩어지기가 쉽습니다. 그러니 성벽을 높이 쌓아 지키면서, 제왕으로 하여금 그가 신임하는 신하를 보내서 제나라가 이미 잃어버린 성을 이쪽으로 돌아오게 하는 것이 좋겠습니다. 함락된 성의 군사들이 자기 왕이 건재하다는 것과 초나라 군대가 구원하러 왔다는 소식을 들으면 반드시 한나라를 배반할 것입니다. 한나라 군대는 2천 리나 떨어진 남의 나라에 와 있습니다. 제나라 성들이 모두 배반하면 그 정세로 보아 식량도 얻을 수 없을 테니, 싸우지 않고도 항복시킬 수 있을 것입니다."

용저가 말했다.

"내가 평소부터 한신의 사람됨을 알고 있는데, 그는 상대하기가 쉽소. 게다가 제나라를 구원한다면서 싸우지도 않고 한나라 군대를 항복시킨다면 내게 무슨 공이 되겠소? 지금 싸워서 승리하면 제나라의 절반은 내 것이 되는데 어찌 이대로 그만두겠소?"

그래서 싸우기로 하고, 유수濰水를 사이에 두고 한신과 마주해 진을 쳤다. 한신이 밤에 사람을 시켜 1만여 개의 주머니를 만들고, 거기에 모래를 가득 채워서 유수의 상류를 막게 했다. 그러고는 한나라 군대를 이끌고 반쯤 건너가서 용저를 공격하다가 거짓으로 지는 척 돌아서서 달아났다. 용저가 기뻐하며 말했다.

"나는 한신이 겁쟁이라는 것을 예전부터 알고 있었다."

그러고는 한신을 뒤쫓아 유수를 건너가기 시작했다. 한신이 사람을 시켜 막아 놓았던 모래주머니를 트자, 갑자기 물살이 세져 용저의 군사는 절반도 건너지 못했다. 한신은 급히 습격해 용저를 죽였다. 용저가 죽자 유수 동쪽에 남아 있던 용저의 군사도 흩어져 달아나고, 제나라 왕 전광도 도망갔다. 한신은 달아나는 초나라 군사들을 뒤쫓아 가서 성양에 이르러 초나라 병사들을 모두 사로잡았다.

한나라 4년에 한신이 드디어 제나라를 모두 항복시켜 평정하고, 사자를 보내 한나라 왕에게 말하도록 했다.

"제나라는 거짓이 많고 변절이 심한 나라입니다. 게다가 남쪽으로는 초나라와 변경을 맞대고 있습니다. 가왕(假王, 임시로 왕 노릇하는 것)을 세워서 진정시키지 않으면, 정세가 안정되지 않겠습니다. 원컨대 신을 가왕으로 삼아 주시면 일이 순조롭겠습니다."

이때 초나라가 급습해 한나라 왕을 형양에서 포위하고 있었다. 그런데 한신의 사자가 오자 그 편지를 펴 보고는 한나라 왕이 매우 화를 내며 꾸짖었다.

"나는 여기서 곤경에 빠져 어서 빨리 와서 도와주기를 바라는데, 왕이 되겠단 생각이나 하고 있다니!"

장량과 진평이 한나라 왕의 발을 일부러 밟아 사과하는 척하고는 귓가에 입을 대고 소곤거렸다.

"한나라는 지금 불리한 처지에 있습니다. 어찌 한신이 왕 되는 것을 막을 수 있습니까? 차라리 그대로 세워서 왕을 삼고 그를 잘 대우해, 자진해서 제나라를 지키게 하는 편이 낫습니다. 그렇게 하지 않으면 변이 일어납니다."

이에 한나라 왕도 깨닫는 바가 있어서 다시 이렇게 꾸짖었다.

"대장부가 제후를 평정했으면 진짜 왕이 될 것이지 어찌 거짓 왕이 된단 말이냐?"

그러고는 장량을 보내 한신을 세워 제나라 왕으로 삼고, 그의 군대를 징발해 초나라를 쳤다.

용저를 잃은 초나라 항왕은 겁을 먹었다. 그래서 우이盱眙 사람인 무섭武涉을 보내 제왕 한신을 설득하게 했다.

"온 천하 사람들이 모두 진나라로부터 괴로움을 당한 지가 오래되었습니다. 그래서 서로 힘을 합해 진나라를 쳤습니다. 진나라가 무너지자 공을 헤아려 땅을 분할하고, 그 나누어진 토지에 왕을 봉해 병사들을 쉬게 했습니다. 그런데 지금 한나라 왕이 다시 군사를 일으켜 동쪽으로 진격해, 남에게 나누어 준 땅을 침범하고 남의 땅을 빼앗았습니다. 그는 이미 삼진三秦을 깨뜨렸으며, 군대를 이끌고 함곡관을 나와 제후의 군대를 거두어 동쪽으로 초나라를 공격하고 있습니다. 천하를 죄다 삼키지 않고선 그의 뜻이 그치지 않을 것입니다. 그의 탐욕은 끝이 없습니다.

게다가 한나라 왕은 믿을 수 없는 자입니다. 그의 몸이 항왕의 손안에 여러 번 쥐어졌지만, 항왕은 늘 그를 가엾게 여겨 살려 주었습니다. 그런데도 위기를 벗어나기만 하면 번번이 약속을 어기고 다시 항왕을 공격했습니다. 그를 가까이하고 믿을 수 없음이 이와 같습니다. 지금 왕께선 스스로 한나라 왕과 두터운 친교가 있다고 생각하고 그를 위해 있는 힘을 다해 군대를 부리고 있지만, 끝내는 그의 포로가 되고 말 것입니다. 왕께서 지금까지 살아남을 수 있었던 까닭은 항왕이 아직 건재한 덕분입니다. 지금 항왕과 한나라 왕 두 사람의 싸움에서 승리의 저울추는 왕에게 달려 있습니다. 왕께서 오른쪽으로 추를 던지면 한나라 왕이 이기고, 왼쪽으로 추를 던지면 항왕이 이길 것입니다. 항왕이 오늘 망하면 다음엔 왕을 멸하려 할 것입니다. 왕께서는 항왕과 옛 연고가 있습니다. 어째서 한나라를 배반하고 초나라와 화친을 맺어, 천하를 셋으로 나누어 왕이 되지 않으십니까? 지금 이 기회를 버리고 스스로 한나라를 믿으며 초나라를 치다니, 지혜로운 분이 어찌 그럴 수가 있습니까?"

한신이 사절하며 말했다.

"내가 항왕을 섬긴 적이 있지만, 벼슬은 낭중에 지나지 않았으며 지위도 집극執戟에 불과했습니다. 바른말을 아뢰어도 들어주지 않았고, 계책도 채용되지 않았습니다. 그런 까닭에 초나라를 배반하고 한나라로 갔습니다. 그런데 한나라 왕은 나를 상장군으로 삼고, 나에게 수만의 군대를 주었습니다. 자기의 옷을 벗어서 나에게 입히고 자기의 밥을 주어 내게 먹였습니다. 나의 말은 받아들여지고, 계책도 채용되었습니다. 그러므로 내가 오늘에 이를 수 있었습니다. 남이 나를 가까이 여기고 신뢰하는데 내가 그를 배반하는 것은 옳지 못한 짓입니다. 내가 비록 죽을지라도 마음을 바꿀 수는 없습니다. 나를 위해 항왕에게 거절의 뜻을 전해 주면 좋겠습니다."

무섭이 떠나간 뒤 제나라 사람 괴통이 천하 대권의 방향이 한신에게 달린 것을 알아차리고, 기이한 계책으로 한신을 움직이려 했다. 그는 자기가 관상을 잘 본다고 하면서 한신에게 말했다.

"제가 일찍이 관상 보는 법을 배운 적이 있습니다."

"선생은 어떤 방법으로 관상을 봅니까?"

"고귀하게 되느냐 비천하게 되느냐 하는 것은 골상骨相에 달렸고, 걱정거리가 생기느냐 기쁜 일이 생기느냐 하는 것은 얼굴 모양과 얼굴빛에 달렸으며, 성공과 실패는 결단력에 달렸습니다. 이러한 것을 참고하면 만에 하나도 어긋나지 않습니다."

"좋소. 그러면 선생은 과인의 상을 어떻게 보십니까?"

"잠시 주위 사람을 물러 주십시오."

한신이 말했다.

"다들 물러가라."

괴통이 말했다.

"장군의 상을 보니 제후에 불과합니다. 그것마저도 위태로워 안정된 상이 아닙니다. 그러나 장군의 등을 보니 고귀하기가 이를 데 없습니다."

"그게 무슨 말이오?"

괴통이 말했다.

"천하가 처음 어지러워졌을 때에 영웅호걸들이 왕이라고 일컬으면서 한번 외치자, 천하의 선비들이 구름처럼 모여들어 물고기 비늘처럼 겹치고 불길이나 바람처럼 일어났습니다. 이 당시의 걱정은 오직 진나라를 멸망시키는 데에 있었을 뿐입니다. 그런데 지금 초나라와 한나라가 서로 다투게 되자, 천하의 죄 없는 백성들이 죽어나게 되고 들판에 나뒹구는 해골만 해도 이루 다 헤아릴 수가 없습니다. 초나라 사람 항우가 팽성에서 일어나 여기저기 돌아다니며 달아나는 적을 쫓아다녀 형양까지 이르렀습니다. 그 승세를 타고 곳곳을 휩쓸고 지나가니, 그 위세가 천하를 진동시켰습니다. 그러나 그의 군대가 경수와 삭수 사이에서 곤경에 빠지고 서산에 궁박하게 틀어박혀 전진할 수 없게 된 지 이제 3년이나 되었습니다. 그런데 한나라 왕은 수십만 군대를 거느리고 공鞏과 낙양에서 험준한 산하를 방패 삼아 하루에도 여러 차례 전투를 했습니다만, 작은 공도 세우지 못했습니다. 좌절하고 패배해도 구원해 주는 사람이 없어 형양에서 패하고 성고에서 군사를 잃은 채 드디어 완宛과 섭葉 사이로 달아났습니다. 이것이 이른바 슬기로운 한나라 왕도 용맹스러운 항왕도 다 함께 괴로움을 당하는 것입니다. 그 날카로운 기세는 험준한 요새에서 꺾이고, 양식은 창고에서 다 떨어졌으며, 백성들은 매우 피폐해져서 원망합니다. 이리저리 떠돌면서 의지할 곳조차 없습니다. 신이 생각하기에 이러한 형세는 천하의 성현이 아니고서는 이런 환란을 그치게 할 수 없을 것입니다. 그런데 지금 한나라 왕과 항왕의 운명은 왕에게 달렸습니다. 왕께서 한나라를 위하면 한나라가 이기고, 초나라 편이 되면 초나라가 이길 것입니다. 신의 속마음을 터놓고 목숨을 걸고 어리석은 계책을 말씀드리고 싶지만, 왕께서 받아들이지 않을까 걱정됩니다. 왕께서 신의 계책을 써 주신다면, 한나라와 초나라를 모두 이롭게 하고 두 임금을 그대로 두어, 천하를 셋으로 나누는 것이 가장 좋습니다. 세 세력이 솥발처럼 대립하면 누구도 움직이지 못할 것입니다.

왕께서 재능과 덕을 바탕으로 수많은 병사를 거느리고 강한 제나라에 의지해 연나라와 조나라를 복종시키고, 주인이 없는 땅으로 나아가 한나라와 초나라의 후방을 견제하는 것이 좋습니다. 백성들이 바라는 대로 서쪽으로 진격해 두 나라의 전투를 끝내게 하고 백성들의 생명을 구해 준다면, 천하가 바람처럼 달려오고 메아리처럼 호응할 것입니다. 누가 감히 왕의 명령을 듣지 않겠습니까? 이렇게 되면 큰 나라는 나누고 강한 나라는 약하게 해 제후를 세우십시오. 제후가 서게 되면 천하가 복종하며, 그 은덕을 제나라에 돌릴 것입니다. 그렇게 되면 왕께서 제나라의 옛 땅인 것을 생각해 교暇와 사泗의 땅을 보유하고, 덕으로써 제후들을 회유하십시오. 궁중 깊은 곳에서 두 손 모아 예를 다하면, 천하의 군주들이 앞다투어 제나라에 입조할 것입니다. 하늘이 주는 것을 받지 않으면 도리어 벌을 받고, 때가 왔을 때 단행하지 않으면 도리어 그 재앙을 받는다고 합니다. 왕께서는 깊이 생각하시기 바랍니다."

한신이 말했다.

"한나라 왕이 나를 매우 후하게 대해 주었습니다. 자기의 수레로 나를 태워 주며, 자기의 옷으로 나를 입혀 주고, 자기가 먹을 것으로 나를 먹여 주었습니다. 내가 들으니 남의 수레를 타는 자는 그의 걱정을 제 몸에 싣고, 남의 옷을 입는 자는 그의 걱정을 제 마음에 품으며, 남의 밥을 먹는 자는 그의 일을 위해 죽는다고 합니다. 내 어찌 이익을 바라고 의리를 저버릴 수 있겠습니까?"

괴통이 말했다.

"왕께서는 스스로 한나라 왕과 친한 사이라고 생각해 만세 불멸의 공업을 세우려 하시지만, 신은 그것이 잘못이라고 생각합니다. 처음에 상산왕 장이와 성안군 진여가 벼슬이 없었을 때에는 서로 목을 베어 줄 만큼 가깝게 사귀었습니다. 그러나 나중에 장염과 진택의 일 때문에 다투어 두 사람은 서로 원망하게 되었습니다. 상산왕은 항왕을 배반하고, 항영項嬰의 머리를 베어 들고 도망쳐서 한나라 왕에게 갔습니다. 한나라 왕이 장이에게 군대를 주어 동쪽으로 내려가서 성안군을 지수 남쪽에서 죽이자 천하의 웃음거리가 되었습니다. 상산왕과 성안군의 사귐은 천하에 둘도 없는 사이였지만 서로 죽이려고 한 까닭은 무엇일까요? 걱정거리는 욕심이 많은 데서 생기고, 사람의 마음은 예측할 수 없기 때문입니다. 지금 왕께서는 충성과 신의를 다해 한나라 왕과 친하게 사귀려고 하지만, 그 사귐이 아무래도 상산왕과 성안군의 사귐보다 든든하지는 못할 것입니다. 그리고 왕과 한나라 왕 사이에 틀어진 일은 장염과 진택의 일보다도 많고 큽니다. 그래서 신의 생각으로는 왕께서 한나라 왕이 결코 자신을 위태롭게 하지 않을 것이라고 기대하는 것은 역시 잘못이라고 여겨집니다. 대부 종種과 범려范蠡는 망해 가는 월나라를 존속시키고 월왕 구천을 패자로 만들어 공을 세우고 이름을 날렸지만, 자기 몸은 죽었습니다. 들짐승이 다 없어지면 사냥개도 쓸 데 없어져 삶아 먹히기 마련입니다. 교분으로 말한다면 장이와 성안군보다 더 친하지 못하며, 충성과 신의로 말하더라도 대부 종과 범려가 월왕 구천에게 한 것만 못합니다. 이 두 가지의 일은 거울로 삼을 만합니다. 왕께서는 깊이 생각해 보십시오.

또 신이 들으니 용기와 지략이 군주를 떨게 만드는 자는 그 자신이 위태롭고, 공로가 천하를 덮는 자는 상을 받지 못한다고 합니다. 신이 왕의 공과 지략을 말씀드려 보겠습니다. 왕께서는 서하를 건너가서 위나라 왕과 하열을 사로잡았으며, 군대를 이끌고 정형으로 내려와서 성안군을 베어 죽이고 조나라를 항복시켰습니다. 연나라를 위협하고 제나라를 평정했으며, 남쪽으로 내려와 초나라 20만 대군을 꺾었습니다. 또한 동쪽으로 진격해 용저를 죽이고 서쪽으로 향해 한나라 왕에게 승리를 아뢰었으니, 이것이 이른바 공로는 천하에 둘도 없고, 지략은 아무 때나 나타나는 것이 아니라는 것입니다. 지금 왕께서는 군주를 떨게 할 만한 위력을 지녔으며, 상 받을 수 없을 정도의 공로를 이루셨습니다. 그러니 왕께서 초나라로 돌아가더라도 항왕이 믿지 못할 것이며, 한나라로 돌아가더라도 한나라 왕은 떨며 두려워할 것입니다. 왕께서는 그런 위력과 공로를 가지고 어디로 가려 하십니까? 남의 신하의 위치에 있으면서도 군주를 벌벌 떨게 할 만한 위력이 있고, 그 이름은 천하에 드높아졌으니 제 생각에 왕께서는 위태롭습니다."

한신이 감사의 예를 표하면서 말했다.

"선생께서는 잠시 쉬시지요. 나도 이 일에 대해 한번 생각해 보겠습니다."

며칠 뒤 괴통이 다시 한신에게 설득했다.

"남의 의견을 듣는 것은 일의 성공과 실패의 조짐이고, 계획을 세우는 것은 일의 성공과 실패의 기틀이 됩니다. 진언을 잘못 받아들이고 계략에 실패했는데도 오래도록 편안히 지낸 자는 드뭅니다. 진언을 분별해 한두 가지도 실수하지 않으면 말로도 어지럽힐 수가 없고, 계략이 처음과 끝을 잃지 않으면 교묘한 말로써 분란을 일으킬 수 없습니다.

대체로 나무를 하고 말을 먹이는 자는 만승의 천자가 될 만한 권위도 잃어버리고, 한두 섬의 봉록이나 지키기에 급

급한 자는 경상卿相의 지위를 지키지 못합니다. 그래서 지혜
는 일을 결단하는 힘이 되며, 의심은 일하는 데 방해만 됩니
다. 터럭 같은 작은 계획이나 자세히 따지고 있으면, 천하대
세를 잊어버립니다. 지혜로 그것을 알고 있으면서도 결단해
감행하지 않는 것이 바로 모든 일의 화근이 됩니다. 그래서
'아무리 맹호라도 머뭇거리고 있으면 벌이나 전갈만한 해도
끼치지 못하며, 아무리 준마라도 주춤거리고 있으면 노둔한
말이 느릿느릿 걷는 것만도 못하며, 맹분孟賁같이 용감한 자
라도 여우처럼 의심하고만 있으면 보통 사람들이 일을 결행
하는 것만 못하며, 비록 순임금이나 우임금 같은 지혜가 있
더라도 입을 다물고 말하지 않으면 벙어리나 귀머거리가 손
짓 발짓으로 말하는 것만 못하다'라는 말이 있습니다.

이것은 그만큼 실행하는 것이 귀하다는 말입니다. 대체로
공은 이루기 힘들고 실패하기는 쉬우며, 시기란 얻기 어렵
고 잃기는 쉽습니다. 좋은 때는 다시 오지 않습니다. 원컨대
부디 이것을 자세히 살피십시오."

그러나 한신은 망설이면서 차마 한나라를 배반하지 못했
다. 또한 자신의 공이 많으니 한나라가 끝내 나의 제나라를
빼앗지는 않을 것이라고 생각해 괴통의 말을 거절했다. 괴

통은 한신이 자기의 말을 들어주지 않자, 거짓으로 미친 척하고 무당이 되었다.

한나라 왕이 고릉固陵에서 궁지에 몰리자, 장량의 계책을 따라 제나라 왕 한신을 불렀다. 한신은 군대를 이끌고 해하垓下에서 한나라 왕과 만났다. 항우가 패하고 나자 고조가 제나라 왕의 군대를 습격하여 빼앗았다.

한나라 5년 정월에 제나라 왕 한신을 옮겨서 초나라 왕으로 삼고, 하비下邳에 도읍하게 했다.

한신은 초나라에 도착하자 예전에 빨래를 하다 자기에게 밥을 먹여 준 아낙네를 불러 1천 금을 내렸다. 그리고 하향의 남창 정장에게도 백전을 내리면서 말했다.

"그대는 소인이다. 남에게 은덕을 베풀면서 끝까지 하지 않고 중도에서 그만두었기 때문이다."

자기를 욕보이던 젊은이들 가운데 가랑이 밑으로 지나가라고 모욕한 자를 불러 초나라 중위中尉로 임명하고, 여러 장군과 재상들에게 말했다.

"이 사람은 장사다. 나를 욕보일 때에 내가 어찌 이 사람을 죽일 수 없었겠는가? 죽인다 하더라도 이름을 얻을 수 없었기에 꾹 참고 오늘날과 같은 공업을 성취한 것이다."

항왕에게서 도망해 온 장군 종리매鐘離昧의 집이 이려伊廬에 있었다. 종리매는 본래 한신과 사이가 좋았으므로 항왕이 죽은 뒤에 도망해 한신에게 온 것이다. 한나라 왕은 종리매에게 원한이 있었으므로 그가 초나라에 와 있다는 말을 듣고는 초나라에 조서를 내려 종리매를 체포하라고 했다. 당시 한신은 처음으로 초나라에 왔기 때문에 현과 읍을 순행할 때면 군대를 거느리고 드나들었다. 한나라 6년에 어떤 사람이 글을 올려 초나라 왕 한신이 모반했다고 말했다.

고조가 진평의 계책을 채용해 천자가 순행한다고 하면서 제후를 모두 불러 모으기로 했다. 그러고는 남방에 운몽雲夢이란 큰 호수가 있는 것을 이용해 사자를 보내 제후들에게 거짓으로 이렇게 말하게 했다.

"모두 진陳에 모이라. 내가 운몽으로 갈 것이다."

사실은 한신을 습격하려고 한 것이지만, 한신은 그 사실을 알지 못했다. 고조가 초나라에 도착할 무렵, 한신이 병사를 일으켜 모반하려고 했다. 그러나 자기에겐 죄가 없다고 생각하고, 고조를 만나려고 하면서도 사로잡힐까 봐 걱정이 되었다. 어떤 사람이 한신을 달래며 말했다.

"종리매의 목을 베고 황제를 뵙는다면 황제께서 반드시

기뻐하실 것입니다. 그러면 걱정할 게 없습니다."

한신이 종리매를 만나서 의논하자 종리매가 말했다.

"한나라가 초나라를 공격해 빼앗지 못하는 까닭은 내가 당신 밑에 있기 때문입니다. 만약 당신이 나를 체포해 한나라에 잘 보이고 싶다면 나는 오늘이라도 죽겠습니다. 그러나 그다음엔 당신도 망할 것입니다."

그러고는 한신에게 호통을 쳤다.

"당신은 훌륭한 인물이 아닙니다."

그러고는 마침내 자기 목을 찔러서 죽었다. 한신이 그의 목을 가지고 진으로 가서 고조를 만나자, 고조가 무사를 시켜 한신을 결박하게 하고 뒷수레에 실었다. 그제야 한신이 말했다.

"사람들의 말에 '교활한 토끼가 죽고 나면 훌륭한 사냥개를 삶아 죽이고, 높이 나는 새가 없어지면 훌륭한 활도 치워버린다. 적국을 깨뜨리고 나면 지모 많은 신하를 죽인다'라고 하더니, 천하가 평정되었으니 내가 삶겨 죽는 것은 당연하구나."

고조가 말했다.

"그대가 모반했다고 고한 사람이 있소."

그러고는 드디어 한신에게 차꼬와 수갑을 채웠다. 그는 낙양에 도착한 뒤에야 한신의 죄를 용서하고 회음후로 삼았다.

한신은 한나라 왕이 자기의 능력을 두려워하고 미워하는 것을 알았으므로 늘 병을 핑계 대고 조회하지도 않았으며 수행하지도 않았다. 한신은 이로부터 밤낮으로 고조를 원망하며 늘 불만을 품고, 강후絳侯 주발周勃이나 관영灌嬰 등과 같은 위치에 있는 것을 부끄럽게 여겼다. 한신이 언젠가 장군 번쾌의 집에 들렀더니, 번쾌가 무릎을 꿇고 절하면서 마중하고 배웅했다. 또한 한신에게 자신을 신臣이라고 일컬으면서 이렇게 말했다.

"대왕께서 신의 집까지 왕림하실 줄은 몰랐습니다."

한신이 문을 나와서 쓴웃음을 지으며 말했다.

"내가 살아생전에 번쾌와 같은 반열이 되었다니."

고조가 일찍이 한신과 함께 여러 장수의 능력을 마음 놓고 말하면서 각각 등급을 매긴 적이 있었다. 고조가 물었다.

"나 같은 사람은 능히 얼마나 되는 군대를 거느릴 수 있겠소?"

한신이 말했다.

"폐하는 그저 10만을 거느릴 수 있을 정도입니다."

"그대는 어떤가?"

"신은 많으면 많을수록 더욱 좋습니다."

고조가 웃으며 말했다.

"하하. 많으면 많을수록 더욱 좋다면서, 어째서 나에게 사로잡혔는가?"

"폐하께서 많은 병사를 거느릴 수는 없지만, 장수는 잘 거느리십니다. 이것이 바로 신이 폐하에게 사로잡힌 까닭입니다. 폐하는 하늘이 주는 것이지, 사람의 힘으로는 안 되는 것입니다."

진희陳豨가 거록군 태수로 임명되어 회음후 한신에게 작별 인사를 하러 왔다. 회음후가 그의 손을 잡고 좌우를 물리친 뒤에, 그와 함께 뜰을 거닐면서 하늘을 우러러 탄식하며 말했다.

"그대에게는 말할 수 있겠지? 그대와 함께 하고 싶은 말이 있소."

진희가 말했다.

"예. 장군께서는 명령만 하십시오."

회음후가 말했다.

"그대가 태수로 부임하는 곳에는 천하의 정병이 모여 있소. 그리고 그대는 폐하가 신임하는 신하요. 누군가 그대가 모반했다고 고하더라도 폐하는 반드시 믿지 않을 것이오. 두 번쯤 그런 밀고가 들어와야 폐하가 의심할 테고, 세 번쯤 밀고가 들어온 뒤에라야 화를 내면서 직접 치실 것이오. 내가 그대를 위해 안에서 일어나면 천하를 도모할 수 있을 것이오."

진희는 본래부터 그의 능력을 알고 있었기 때문에 그를 믿고 말했다.

"삼가 말씀대로 하겠습니다."

한나라 10년에 진희가 과연 모반했다. 고조는 장수가 되어 직접 정벌하러 갔다. 한신은 병을 핑계 대고 따라가지 않았다. 그러고는 아무도 모르게 진희에게 사람을 보내 말했다.

"군사를 일으키면 내가 여기서 그대를 돕겠다."

한신이 그의 가신들과 짜고 밤중에 거짓 조서를 내려 각 관아의 관노들을 풀어놓고, 이들을 동원해 여후呂后와 태자를 습격하려고 했다. 각기 맡을 부서가 정해지자, 진희에게서 올 회답만을 기다렸다. 그런데 한신이 그의 가신 중 죄지은 자를 죽이려 하자 그 가신의 아우가 변이 일어났다고 고발하고 한신이 모반하려는 상황을 여후에게 아뢰었다. 여후는 한신을 불러들이려 했지만 그가 혹시라도 오지 않을까 봐 염려되었다. 그래서 상국 소하와 의논하고 거짓으로 사람을 시켜 고조에게서 온 것처럼 말하게 했다.

"진희가 벌써 사형당했습니다. 여러 제후와 뭇 신하들이 모두 축하하고 있습니다."

상국 소하도 다시 한신에게 속여 말했다.

"병중이긴 하지만 부디 들어와서 축하하시오."

한신이 궁 안에 들어가자, 여후가 무사를 시켜 그를 포박한 뒤 장락궁 종실에서 그를 목 베었다. 한신은 죽으면서 이렇게 말했다.

"괴통의 계책을 쓰지 못한 것이 후회스럽다. 아녀자에게 속았으니, 어찌 운명이 아니랴?"

여후는 한신의 삼족을 멸했다.

고조가 진희를 토벌하고 돌아와 한신이 죽은 것을 보았다. 한편으로는 기뻐하면서도 한편으로는 가엾게 여기며 물었다.

"한신이 죽으며 무슨 말을 하던가?"

여후가 대답했다.

"괴통의 계책을 쓰지 못한 것이 한스럽다고 했습니다."

고조가 말했다.

"그는 제나라의 변사이다."

이에 제나라에 조서를 내려 괴통을 체포했다. 괴통이 잡혀 오자 고조가 물었다.

"네가 회음후에게 모반하라고 가르쳤는가?"

"그렇습니다. 신이 가르쳤습니다. 그러나 그 못난이가 신의 계책을 쓰지 않았기 때문에 자멸해 버렸습니다. 만약 그가 신의 계책을 썼던들 폐하께서 어찌 그를 무찌를 수 있었겠습니까?"

고조가 화를 내며 말했다.

"이놈을 삶아 죽여라."

괴통이 말했다.

"삶겨 죽는 것은 억울합니다."

고조가 말했다.

"네가 한신을 모반하게 해 놓고는 무엇이 원통하단 말이냐?"

"진나라의 기강이 해이해지자 산동 땅이 크게 어지러워지고, 이성(異姓, 성이 다른 사람)이 아울러 일어나 영웅 준걸들이 까마귀 떼처럼 모여들었습니다. 진나라가 그 사슴(황제의 권한)을 잃어버리자, 천하가 모두 그 사슴을 쫓았습니다. 이리하여 키가 크고 발이 빠른 자(고조)가 먼저 그 사슴을 잡았습니다. 도척의 개가 요 임금을 보고 짖는 까닭은 요 임금이 어질지 않아서가 아닙니다. 그 개는 자기 주인이 아니기 때문에 짖는 것입니다. 그때 신은 오직 한신만 알았을 뿐이지, 폐하를 알지는 못했습니다. 게다가 천하에는 칼끝을 날카롭게 갈고 폐하가 하신 일을 자기도 해 보려고 하는 사람이 많았습니다. 그러나 그들의 힘이 모자랐을 뿐입니다. 폐하께서는 그들을 모두 삶아 죽이시겠습니까?"

고조가 말했다.

"이 사람을 풀어 주어라."

드디어 괴통의 죄를 용서했다.

태사공은 말한다.

"내가 회음에 갔을 때 그곳 사람들이 내게 한신은 벼슬하기 전에도 그 뜻이 여느 사람들과는 달랐다고 했다. 자기 어머니가 죽었을 때 너무 가난해서 장사도 지낼 수 없었지만 높고 넓은 땅에 무덤을 만들어, 그 곁에 1만 호의 집이 들어

앉을 수 있게 했다고 한다. 내가 그의 어머니 무덤을 보니 정말 그러했다. 만약 한신이 도리를 배우고 겸양해 자기의 공로를 자랑하지 않고 자기의 능력을 자랑하지 않았더라면, 한나라에 대한 공훈은 주공周公, 소공召公, 태공太公 등의 공훈과 견줄 수도 있었을 것이다. 그리고 자자손손 제사도 끊이지 않았을 것이다. 하지만 그는 이렇게 되려고 힘쓰지 않고 천하가 안정된 뒤에 반역을 꾀했으니, 온 집안이 멸망한 것은 당연하지 않은가."

한나라를 세우는 데 큰 역할을 했던 한신은 젊은 시절 초나라의 가난한 유랑자에 불과했다. 그러나 큰 뜻을 이루기 위해 남의 가랑이 사이도 기어갈 정도의 치욕을 견디며 때를 기다렸다. 진정 살아남는 자가 기회를 잡는 법이다. 그는 항우 밑에서는 인정받지 못하다가 유방의 참모 눈에 띄어 승승가도를 달렸다. 출세 후에는 자신에게 가랑이 밑을 기어가게 한 자에게도 벼슬을 줄 정도로 겸허하게 처신하려고 했으나 결국 현실에 만족하지 못하고 유방에게 자신을 제나라 왕으로 책봉해 달라고 요구해 화를 불렀다. 자신의 요구가 받아들여지지 않자 반역을 꾀한 그는 '높이 나는 새가 없어지면 좋은 활도 거두어 치운다'는 말대로 비극적으로 삶을 마감하고 말았다.

현대인을 위한 고전 다시 읽기 05
사기열전2

보급판 1쇄 인쇄 · 2018. 7. 1.
보급판 1쇄 발행 · 2018. 7. 15.

발행인 · 이상용 이성훈
발행처 · 청아출판사
출판등록 · 1979. 11. 13. 제9-84호

주소 · 경기도 파주시 회동길 363-15
전화 · 031-955-6031 팩시밀리 · 031-955-6036
E-mail · chungabook@naver.com

ISBN 978-89-368-1133-4 04800
ISBN 978-89-368-1128-0 04800 (세트)

* 잘못된 책은 구입한 서점에서 바꾸어 드립니다.
* 본 도서에 대한 문의 사항은 이메일을 통해 주십시오.